LUNE
DE SANG

ROBIN SAXON
ET ALEX KIDWELL

LUNE
DE SANG

ROBIN SAXON
ᴇᴛ ALEX KIDWELL

Publié par
DREAMSPINNER PRESS

5032 Capital Circle SW, Suite 2, PMB# 279, Tallahassee, FL 32305-7886 USA
www.dreamspinnerpress.com

Lune de sang
Copyright de l'édition française © 2014 Dreamspinner Press.
Titre original : Blood Howl
© 2011 Robin Saxon et Alex Kidwell.
Première édition : septembre 2011
Traduit de l'anglais par Jennifer Joffre.

Illustration de la couverture :
© 2011 Anne Cain.
annecain.art@gmail.com
Les éléments de la couverture ne sont utilisés qu'à des fins d'illustration et toute personne qui y est représentée est un modèle

Édition e-book en français : 978-1-62380-765-8
Édition e-book en française : novembre 2014
Édition imprimée en français : 978-1-63533-931-4
Première édition imprimée française : juillet 2017
v 1.1

Édité aux États-Unis d'Amérique.

Pour Robin,
Toi et moi, toujours.
Alex

À Alex. Et à nos gros chats poilus.
R.

I

LE CALME de la nuit fut déchiré d'explosions et le bleu profond du ciel fut dévoré par les langues pourpres d'un feu rugissant. Il y eut une éruption fracassante qui secoua les fenêtres et envoya des vibrations dans toute la ville.

Les flammes projetaient leur lueur vacillante de rouges et d'orangés lorsqu'une moto démarra dans un grondement sourd à peine audible sous les claquements et les sifflements du feu. Le cuir noir de la selle grinça sous la silhouette sombre qui s'élançait au loin, illuminée par l'incendie.

Pas mal, pour une nuit de travail.

Jed Walker ne demandait qu'une chose à ses connaissances : ne jamais l'appeler par son vrai prénom. Journey, après tout, était un nom que seul un chanteur de folk méditatif aurait pu porter sans être ridicule, et ce n'était pas vraiment son genre. Non, Jed lui allait très bien. C'était ce qui était gravé sur ses plaques d'identification et ça lui suffisait.

Les muscles de ses bras se contractèrent, ondulant sous sa peau bronzée, lorsqu'il prit un virage sec, évitant de justesse un camion de pompiers qui fonçait en sens inverse. La cafétéria 24/24 à proximité était prometteuse, augurant café et compagnie, et leur attrait était trop fort pour qu'il résiste.

— Salut, chérie, lança-t-il à la serveuse revêche avec un sourire charmeur.

Elle avait un certain âge, un uniforme à col rose, et se contenta de lever un sourcil et de lui glisser un menu, de toute évidence blasée par sa réplique. Pas plus mal; il n'aurait sans doute pas pu continuer à jouer longtemps à ce jeu. Une femme avec des boucles aussi rigides ne pouvait être rien d'autre qu'une couguar.

Quatre œufs sur le plat, des toasts, du café aussi sombre qu'un péché et deux fois plus amer, et une pile de pancakes. Exactement ce qu'un médecin aurait recommandé. Jed s'assit au comptoir, ses longues jambes moulées dans un jean usé, balançant ses vieilles bottes contre les pieds en métal du tabouret. Il arrondit ses lèvres pleines pour souffler sur son café et aperçut un mec à l'autre bout du comptoir qui le regardait plus d'une fois. Ça lui allait, d'ailleurs : l'homme avait les cheveux poivre et sel, la taille bien épaisse et des doigts que Jed adorerait sentir en lui. Et une alliance sur la main gauche, ce qui concluait l'affaire.

Il fut un temps où il avait peut-être été idéaliste. Tout le monde l'était, à un moment ou à un autre. Mais ensuite, il avait atteint l'âge mûr de quatorze ans, et son vieux l'avait frappé avec son ceinturon une fois de trop ; Jed avait vite appris que personne n'en avait rien à faire des autres. Les hommes mariés étaient un bon coup facile : ils baisaient comme s'ils ne pouvaient plus s'arrêter parce que c'était nouveau pour eux. Puis ils remettaient leur pantalon et rentraient en sifflotant, laissant Jed exactement comme il préférait l'être : seul.

Cet homme, là, semblait penser qu'il était au centre du monde, le teint hâlé, un peu débraillé. Sans doute sorti pour un petit déjeuner avant le boulot ou rentrant après un quart de nuit. Parfait pour un coup vite fait, pour le faire redescendre en douceur de son trip à l'adrénaline. Il essuya le reste de jaune d'œuf avec son pain et mordit dedans vigoureusement, se léchant les doigts et ne cherchant même pas à dissimuler son sourire obscène. Il se laissa glisser du tabouret et s'avança d'un pas fringant vers l'autre homme, le déshabillant du regard, sans cacher ses intentions.

À quatre heures du matin, la cafétéria était vide, donc lorsque Jed se hissa sur le tabouret juste à côté de l'autre homme, on ne pouvait pas se méprendre sur ce qu'il cherchait. Il lui tendit la main avec un grand sourire, les yeux brillants d'anticipation.

— M'appelle Jed, murmura-t-il. Ravi de faire ta connaissance.

L'homme poussa un léger grognement, sans doute habitué à écarter ce genre de propositions. Mais la cafétéria était déserte, à part la serveuse occupée à faire la vaisselle et un vieux poivrot endormi dans un coin. Prenant son courage – et ses hormones – à deux mains, il glissa une main calleuse dans celle de Jed.

— Mark, dit-il d'une voix rocailleuse.

Jed rit et s'avança vers lui, la tête penchée, comme une invitation.

— Eh bien, Mark, j'espérais que tu pourrais m'aider avec un problème. Tu vois, ma verge est sur le point d'exploser et t'as l'air de savoir quoi en faire.

Avec un clin d'œil, il tourna les talons et s'avança lentement vers les toilettes des hommes, laissant au petit Mark largement le temps de reluquer son cul.

Et bien sûr, il eut à peine le temps de s'appuyer contre le lavabo crasseux avant que Mark ne surgisse, l'air furieux et plutôt délicieux.

— Je ne suis pas une tapette, gamin, gronda-t-il, mais Jed se contenta de passer le bras derrière lui pour verrouiller la porte en lui adressant un sourire sardonique.

— Bien sûr que non, admit Jed aussitôt. T'avais juste l'air d'avoir besoin d'un peu de bon temps.

C'était le prélude typique. Pas question de roses et de mots doux – les hommes que Jed avait tendance à choisir voulaient tous affirmer clairement que ce n'était pas leur genre. Même s'ils bavaient presque d'envie qu'il baisse son pantalon. Jed avait arrêté depuis longtemps d'essayer de les comprendre. C'était sans doute juste que, quand on avait une femme et des enfants à la maison, c'était plus important que tout d'être autre chose que soi-même. C'était le genre de choses que Jed appréciait de n'avoir jamais voulu. Il savait ce qu'il aimait et il n'y avait rien, ici-bas ou au-delà, qui pourrait le retenir ; et ce qu'il aimait, c'était les mecs plus vieux, plus imposants, et mariés. Les hommes qui le prenaient et le baisaient sans merci et sans écouter rien de ce qu'il pouvait dire, à part *encore* et *je t'en prie* et *plus fort*.

Ils ne dirent pas grand-chose. Quel aurait été l'intérêt ? À la place, les lèvres de Mark effleurèrent les siennes, les touchant à peine, hésitantes, comme pour inspirer une dernière fois avant de plonger. Le baiser submergea Jed comme une vague, comme une force brutale, l'entraînant dans les profondeurs. Il prit une grande inspiration lorsque Mark le repoussa contre le lavabo, lorsque tout d'un coup son jean se retrouva par terre, son sexe durci tendu contre le tissu fin de son boxer.

Le membre de Mark était lourd et chaud entre ses mains lorsque Jed défit la fermeture de son pantalon, qu'il se laissa tomber à genoux et y frotta sa joue. Il referma ses lèvres sur le gland gonflé, au goût de sel et de sueur, et Mark émit un grognement au-dessus de lui. Il sentit ses doigts s'emmêler dans ses cheveux, le tirant pour qu'il prenne davantage le sexe dur en bouche. Jed s'étrangla un peu lorsque le bout heurta le fond de sa bouche, et il s'agrippa à la courbe de ses hanches, essayant de trouver une prise sur le tissu rêche du jean tandis que Mark baisait sa bouche.

Les mains de Mark le tiraient à chaque va-et-vient et sa tête heurta le rebord de l'évier. Les grognements et les halètements rauques se mêlaient au son de la peau glissant sur la peau, au bruit de succion qu'émettaient ses lèvres en accueillant le sexe de Mark, et Jed s'abandonna aux sensations. Il glissa une main autour de son propre sexe douloureusement tendu, s'empoignant en rythme. Lorsque Mark jouit, se fut avec un grondement violent, la tête rejetée en arrière, se mordant la langue, tandis que son sexe tressautait et se vidait dans la gorge de Jed. La main de celui-ci était collante et humide du sperme qui gouttait sur le sol, et il appuya son front contre la cuisse de Mark pendant un instant, cherchant désespérément à reprendre sa respiration.

L'instant d'après, les toilettes étaient vides, la porte se refermant avec un bruit sourd, et Jed était seul.

Il lui fallut un moment pour se remettre et se nettoyer. Mais cette agréable sensation qui restait après n'était pas près de disparaître, ça non. Il rejoignit sa moto en se pavanant presque, balança sa jambe par-dessus la selle et se lança sur la route. Il avait dû aller voir un psy, après son renvoi à la vie civile, qui lui avait demandé pourquoi il faisait ça. Le principe du « *don't ask, don't tell* » ne s'appliquait que lorsque vous faisiez partie des forces armées et, une fois qu'il avait été renvoyé à la vie civile, son homosexualité n'était plus un sujet à cacher. À l'époque, il avait eu un petit problème de colère. Tout petit, rien de bien grave, mais vu qu'il avait été dans les forces spéciales, ils s'étaient intéressés à lui lorsqu'il était passé du côté civil. Sans doute parce qu'il aimait bien les explosions. Beaucoup, même. Donc, son psy, en tout cas ce psy-là, lui avait posé des questions à propos des inconnus et des coups d'un soir, pourquoi ça n'allait jamais nulle part.

C'était simple, en fait. Lorsqu'ils l'utilisaient, lorsqu'ils fourraient leur sexe dans sa gorge ou si profondément dans son cul qu'il voyait des étoiles, il était important. Freud s'en serait donné à cœur joie avec lui, ça c'était sûr, mais Jed ne voyait pas le problème. Tout le monde avait ses soucis ; les siens n'étaient rien qui ne pût se régler avec un bon vieux sexe dur enfoncé bien profondément en lui.

Et puis, il avait passé une bonne journée. Travailler en free-lance signifiait qu'il fallait accepter les jobs qui vous étaient offerts, mais celui d'aujourd'hui avait été un bon job. Déclencher une explosion au gaz qui ait l'air accidentelle alors qu'elle ne l'était pas le moins du monde était vraiment difficile. La fraude à l'assurance était une arnaque aussi vieille qu'Al Capone, mais ça ne devenait jamais ennuyeux. Quelqu'un l'engageait et *boum*, quelques semaines plus tard son client avait droit à un beau tas de cendres et un bon gros chèque.

Ça avait été une bonne journée ; et maintenant qu'il en avait fini et avait tiré son coup, tout ce qu'il voulait, c'était une cigarette, un verre à boire et son lit. Malheureusement, sa marraine-fée était en retard de trente-trois ans et il n'avait jamais trouvé de génie enfermé dans une bouteille. Frotter au bon endroit, même si c'était bon, n'empêcha pas son portable de sonner à la seconde où il passa la porte de son appartement.

— Oh, putain de merde, marmonna-t-il en arrachant ses gants avec les dents tout en cherchant son téléphone.

Il l'ouvrit et aboya un « Walker » tout en fusillant du regard la chatte siamoise qui s'était enroulée autour de ses jambes en miaulant comme une désespérée. Bien sûr, ça ne l'empêcha pas d'attraper le stupide animal et il soupira tandis qu'elle frottait sa tête contre son menton en ronronnant comme une perdue.

Stupide chat.

— M. Walker. Un ami commun vous a recommandé. Pouvons-nous nous rencontrer ?

La voix à l'autre bout du fil était soyeuse, une main de fer dans un gant de velours, un son qui saisit Jed aux tripes et l'enflamma. Knievel ronronnait plus fort, sentant qu'elle n'était plus le centre de son attention, et essayait de lui mettre des coups de patte sur le nez. Il tourna la tête et la laissa tomber sur le canapé en passant. Le téléphone coincé contre son épaule, il ouvrit le réfrigérateur et en parcourut le contenu, cherchant une bière au milieu du lait périmé et du fromage à moitié moisi.

— Désolé, princesse, grogna-t-il en poussant la moutarde. Je ne me déplace pas. Tout se passe au téléphone ou par e-mail, pas de traces, et ensuite chacun part de son côté. Je suis très timide et solitaire, tu comprends. J'ai un tempérament fragile.

Ah, la voilà. Jed décapsula la bouteille et prit une longue gorgée, se demandant quel abruti pouvait bien l'avoir recommandé à M. la star de cinéma. Peut-être Kenny. Sauf que Kenny était toujours en colère contre lui à cause de l'Irlande, ce qui se comprenait, étant donné qu'il l'avait abandonné sur une piste d'aéroport en flamme avec une bande de membres de l'IRA en colère pas loin derrière. Et ils n'avaient pas vraiment eu l'air de prévoir une sortie barbecue.

— C'est inacceptable. J'ai besoin de vous voir…

— Pas de deal dans ce cas, l'interrompit joyeusement Jed en raccrochant, avant de s'affaler sur le canapé.

Grattant machinalement Knievel derrière les oreilles, il alluma la télé et zappa entre les chaînes, dans l'attente. Les nouveaux clients avaient en général besoin d'un peu de fermeté. Les personnes qui l'appelaient n'étaient pas exactement des mecs lambda. Ils avaient l'habitude d'avoir exactement ce qu'ils voulaient, tout le temps. Mais ils devaient réaliser que Jed ne travaillait pas pour eux, pas comme ça. C'était un professionnel, l'un des meilleurs, et il n'écoutait pas les civils, peu importe combien ceux-ci étaient prêts à payer.

Son portable sonna à nouveau dix minutes plus tard et Jed sourit, mais le laissa basculer sur messagerie. Son nouveau meilleur ami rappela aussitôt et cette fois il répondit, sans même essayer de dissimuler le sourire moqueur qui transparaissait dans sa voix.

— Tout se passe au téléphone ou par e-mail, pas de traces, merci. Maintenant, tu es sûr de toi ou est-ce que tu préfères rappeler quand tu te seras calmé? Prends ton temps, je t'en prie. Ne te précipite pas pour moi.

— Je vous envoie les détails.

Oh, il avait l'air *furieux*. Jed adorait vraiment son boulot, parfois.

— Contactez-moi si les termes vous conviennent. Et M. Walker? Je n'apprécie pas que l'on joue avec moi. Ne recommencez pas.

Et la conversation s'arrêta là-dessus. Jed émit un grognement en balançant son portable. Il s'allongea et grogna à nouveau lorsque Knievel décida que son dos était un bon emplacement où dormir. Eh bien, d'une manière ou d'une autre, ça s'annonçait plus intéressant que ce dont il avait d'habitude.

II

Jed

LES WEEK-ENDS étaient censés être dédiés à la détente. Éventuellement, le moment de jouer un peu au football, si on suivait ce genre de clichés. Une bière bien fraîche, un bon barbecue, peut-être. De longues siestes, ça c'est sûr. Le genre de choses qui évoquent la richesse paresseuse des pays développés.

Les week-ends n'étaient *pas* faits pour rester dans sa voiture puante, à observer une maison apparemment vide. La puanteur n'était pas de sa faute : Knievel était malade sur les longs trajets, et il avait peut-être perdu un hamburger quelque part sur la banquette arrière.

Bon, peut-être que c'était *un peu* de sa faute.

Il y avait quelque chose dans ce job qu'il ne sentait pas. Déjà, la paye était trop importante. Et même si Jed n'avait pas l'habitude de poser des questions, l'insistance obstinée qu'avait ce client à ne pas lui donner une putain d'info était agaçante. Ce n'est pas comme s'il avait besoin de connaître toute l'histoire sordide, mais, pour un boulot de récupération, c'était sympa de savoir si ce qu'il piquait était plus gros ou plus petit qu'une boîte à biscuits.

Quoi que ce soit, cette chose se trouvait apparemment dans cette maison. Le client, qui ne voulait se faire appeler que « Fil », même si Jed l'avait surnommé M. Star de Ciné dans ses notes (parce que qui n'appréciait pas un bon surnom débile ?), lui avait dit qu'il saurait de quoi il s'agissait une fois qu'il serait à l'intérieur. Ce qui aidait vraiment beaucoup. Quelle que soit la chose qu'il devait récupérer, c'était la seule chose dans toute la maison qui avait de la valeur, selon ses instructions.

Tout ce que Jed voulait, honnêtement, c'était d'en finir et de rentrer. Il avait eu une longue semaine et il était plus que prêt à prendre des vacances bien méritées. Il pourrait peut-être aller dans un de ces endroits où on sert des boissons avec de petites épées en plastique dedans. Réserver une cabane sur la plage, avec vue sur l'océan, s'asseoir sur le quai et passer ses journées à pêcher. Il n'avait jamais pêché. Il ne savait pas pourquoi, mais il pensait qu'il serait sans doute doué.

Cela faisait six heures que Jed attendait, assis là. Six putains d'heures et les rideaux n'avaient même pas bougé. S'il y avait quelqu'un, et il en doutait fort, c'était la personne la plus recluse depuis Michael Jackson avant son retour sur scène.

— Ça suffit, marmonna-t-il en coinçant un revolver dans son dos, dans la ceinture de son jean et en en sanglant un autre dans son holster d'épaule. J'entre.

Il avait revêtu un uniforme générique, salopette grise, badge portant le nom de « Ted », bloc-notes, la totale. Il était seize heures trente, ce qui voulait dire que personne ne ferait attention à lui. De toute manière, la maison avait l'air de ne pas avoir été repeinte depuis une époque où le plomb était le principal ingrédient dans la peinture, donc peut-être que personne n'aurait fait attention de toute manière.

Il frappa sèchement à la porte et attendit, les yeux fixés sur l'avancée du toit. Cette maison aurait dû être condamnée : on pouvait voir qu'elle avait été belle, mais, après des années de négligence, elle était d'un gris maussade, taché par les éléments, et en très mauvais état.

Alors qu'il levait la main pour frapper à nouveau, la porte s'ouvrit tout à coup, et apparemment il était possible d'ouvrir une porte avec nervosité. Des yeux qui ressemblaient à la mer, à un océan durant une tempête, bleu-gris et sans fond, se fixèrent sur lui, encadrés par une touffe de cheveux bruns en bataille. Jed hésita, cherchant rapidement un mensonge, n'importe lequel des milliers de mensonges à sa disposition. Il ne faisait jamais que mentir, mais ces putains d'yeux, grand ouverts et surpris, qui semblaient voir à travers lui, les réduisaient tous en fumée.

— Je...

Il prit une grande inspiration puis se redressa et lança à l'autre homme un petit sourire, confiant et charmeur.

— Je viens juste vérifier la tuyauterie. Vos voisins, là, ils ont eu des problèmes avec une fuite, et je voudrais juste faire tourner le système de votre côté, voir ce qui se passe. Je peux entrer ?

Sans attendre de réponse, il passa facilement à côté de l'homme et entra, étudiant la pièce d'un regard. S'il avait trouvé l'extérieur de la maison déprimant, l'intérieur jouait à un tout autre niveau. Une fois, il avait vu un film à l'étranger alors qu'il se trouvait sur une stupide base au milieu de ce pays. Son équipe utilisait la base comme point de chute avant de s'engager dans la jungle pour un bon vieil assassinat et ils étaient arrivés juste à temps pour la soirée ciné. Il n'avait pas la moindre idée de l'intrigue de ce film pourri, il était parti en plein milieu pour un peu de thérapie antistress qui n'était sûrement pas approuvée par le gouvernement, mais il y avait eu une scène dans un institut psychiatrique qui l'avait hanté pendant des années. La même couleur terne partout, rien de chaleureux, rien qui puisse donner l'impression que quelqu'un *vivait* encore là.

C'était ce que cette maison lui rappelait. Pas de photos. Pas de chaleur. C'était comme si quelqu'un y était mort, des années auparavant, et que la maison le savait, mais personne d'autre. Il y avait un canapé usé jusqu'à la corde dans le salon, avec des étagères de livres le long des murs ; les couvertures des livres étaient visiblement usées. Tout était très propre. Mort et délavé, sans couleur ni mouvement, mais propre.

— C'est quoi, ton nom ? demanda Jed.

Il passa du salon à la cuisine, puis au couloir et au placard, où tout était pareil que dans le salon. C'était comme si la maison tout entière avait cessé de respirer.

— Redford.

Le nom avait été murmuré juste derrière lui, prudemment, avec une voix hésitante et perplexe. Jed sursauta un peu et se tourna pour le fixer.

— La vache, t'es discret, marmonna Jed, se passant la main dans les cheveux avant de rentrer dans la salle de bain au pas de charge. Je vais te trouver une clochette ou quelque chose dans ce genre.

Redford le suivit, de toute évidence confus, mais sans rien faire pour protester. Tant mieux. Ça lui éviterait de devoir le baratiner.

— Je m'appelle Jed. Euh, Ted. Peu importe, je suis le plombier. J'aurai fini dans une minute.

Il ne pouvait imaginer personne en train de dormir dans la chambre. Le lit était un grand lit en métal, couvert d'une poussière accumulée pendant des années de négligence. C'était la source de la sensation d'étouffement, l'endroit où tout s'était fini. La couette était parsemée de roses dont la couleur, sans doute un rouge vif, avait pâli à un vieux rose, et reposait, parfaitement propre, sous une couverture en plastique. Il y avait une lampe sur la table de chevet, et des napperons en dentelles délicats qui parsemaient le bois sombre comme des larmes. Pas de meubles usés ici, ni de bois craquelé ou de tissu déchiré. Tout était simplement figé, peu à peu recouvert par le manteau gris du temps et de l'oubli.

— Où est-ce que tu dors ? demanda-t-il, s'impatientant.

9

Il se tourna et étudia du regard le visage de Redford. Quoi qu'il soit censé chercher, ce n'était pas abandonné sur le sol avec une pancarte « ramasse-moi ». Et, pour une quelconque raison, il n'avait pas vraiment l'impression que M. Star de Ciné soit du genre à qui on puisse demander davantage d'explications.

— Ce n'est pas ta chambre, ça. Elle est où ?

Redford le regardait comme si le son de sa voix était quelque chose d'inhabituel, comme s'il n'y avait eu presque aucun bruit dans la maison pendant très longtemps. Il y avait de la peur au fond de ses yeux, comme si Jed était trop imposant et trop sûr de lui, tout simplement trop, et comme si cette chose, ce silence affreux, oppressant, devait absolument être maintenu.

— C'est... commença-t-il avant de faire une pause, d'inspirer et de prendre son courage à deux mains. Dans la chambre à l'autre bout du couloir.

Il y avait quelque chose de vraiment mignon chez lui. Solitaire et sauvage, mais adorable.

Il n'avait pas le temps pour ce genre de choses. Et il n'avait pas non plus envie de découvrir pourquoi un mec avec des yeux magnifiques et les joues creuses hantait cet endroit. Pas son problème.

— Fantastique, dit Jed, se tournant brutalement vers la chambre.

Redford le suivit, presque inaudible sauf en tendant l'oreille. Jed sentait son regard posé sur son dos lorsqu'il ouvrit la porte de sa chambre, de plus en plus impatient à mesure que sa recherche avançait.

— Les voisins, vous avez dit... Ils vont bien ? murmura Red d'une voix douce, qui n'allait pas du tout avec les cicatrices sur son visage.

Il y avait deux fines lignes en travers de son nez, qui descendaient le long de sa joue. Il rentrait les épaules, recroquevillé sur lui-même, et Jed éprouva un moment de culpabilité. La pièce ne contenait que d'autres livres. Même pas un lit. Des livres de tous genres, y compris une série complète d'encyclopédies ; Jed ne pensait pas qu'on puisse en posséder encore. Dans un coin se trouvait un jouet, un petit cheval en bois, et Jed en caressa les naseaux lisse avec un soupir.

— Ouais. Ouais, Red, tout le monde est au top.

Vous saurez de quoi il s'agit quand vous le verrez, disaient ses instructions. *La seule chose de valeur dans toute la maison.*

— Tu ne cacherais pas un collier de diamants ou un autre truc hors de prix quelque part, par hasard ? demanda-t-il presque avec espoir, s'appuyant contre le mur avec les mains dans les poches.

Il avait l'air nonchalant, les yeux à moitié fermés, mais il ne manquait pas une réaction de Redford.

L'expression de celui-ci se fit suspicieuse, contrastant avec sa perplexité innocente et timide ; ses yeux allaient et venaient entre Jed et la porte ouverte sur la chambre vide.

— Vous avez dit que vous étiez là pour réparer une fuite.

En temps normal, Jed aurait fait une blague sur un autre genre de tuyauterie et aurait proposé de fouiller Redford pour trouver ce qu'il voulait. Mais il commençait à éprouver cette sensation, ce nœud à l'estomac, qui lui disait qu'il était sur le point de se faire baiser, et sans avoir le temps de baisser son pantalon. Pas de manière agréable, non plus. Il fit un pas en avant, ses yeux dans ceux de Redford, et demanda à nouveau, très doucement :

— S'il te plaît, Red, dis-moi que tu as autre chose dans cette maison. Je ne veux faire de mal à personne. Je veux juste...

Il s'interrompit, secouant la tête et fermant brièvement les yeux, avant de passer une main dans ses cheveux.

— Ouais. Une fuite. C'est pour ça que je suis là. Peu importe que je n'aie pas d'outils, pas pris rendez-vous, ou même pas une *putain d'histoire qui tient debout*. Bon sang, est-ce que tu passes ton temps assis à devenir de plus en plus stupide ? Allez, *dis-moi où cette chose se trouve*.

Les yeux de Redford s'arrondirent sous la surprise, et s'il avait paru méfiant auparavant, maintenant quelque chose qui ressemblait à de la vraie peur s'allumait dans ses yeux, à l'idée d'avoir été assez naïf pour laisser rentrer un faux plombier chez lui sans même lui demander son nom. Il esquissa un pas vers l'arrière, les épaules rentrées.

— Vous dire où se trouve quoi ? Il n'y a rien ici. Juste moi.

Merde.

Jed avala sa salive et se mit à faire les cent pas, une main sur le front tandis qu'il réfléchissait. Il n'avait peut-être pas le code moral le plus élevé au monde ; un coup était un coup, et il en avait fait un certain nombre. Mais il n'était plus dans l'armée : il pouvait choisir ses cibles, ses jobs, et il ne pouvait pas juste attraper quelqu'un sans une bonne raison. Fil, ce connard, l'avait piégé. Il n'y avait pas d'objet hors de prix. Juste un mec effrayé dans des fringues trop grandes, avec de beaux bras.

— Et merde !

Jed envoya son poing dans le mur et sa main se couvrit de poussière. Redford sursauta au bruit et à la violence soudaine de son geste. Avec un soupir, Jed baissa la tête, ferma les yeux et fit le tour de ses options. Le plus simple était de finir le boulot. Redford ne pouvait pas vraiment lui faire face. Il ne s'était pas vraiment préparé à ça, mais c'était faisable. Il l'enlevait, le livrait et ramassait un bon gros chèque. Exactement ce que voulait ce connard de Fil.

Il n'y avait pas une seule bonne raison qu'il ne le fasse pas. Sauf que lorsqu'il jeta un œil à Redford, quelque chose se tordit douloureusement dans sa poitrine et il se demanda où il pourrait bien planquer ce mec jusqu'à ce que toute cette histoire se tasse.

Putain de bordel de merde.

— T'aimes la bière ? demanda-t-il dans un grognement, se dirigeant vers la porte en dépassant Redford.

Il voulait sortir de cette maison, de ça il en était sûr.

— J'ai besoin d'une putain de bière.

— Vous… Vous entrez dans ma maison de force, en prétendant être un plombier, vous me demandez si j'ai des diamants, et maintenant vous… me demandez si j'aime la bière ?

Redford le regarda en clignant des yeux, de toute évidence un peu dépassé par les événements. Il avait toujours l'air d'être à deux doigts de tourner les talons et de déguerpir de sa propre maison.

— Hé, protesta Jed en se tournant et en levant le doigt vers lui. Personne n'est entré de force, joli cœur. J'ai frappé et t'as ouvert.

Et oui, tout cela était sans doute exagéré. Malheureusement, ils n'avaient pas vraiment le temps pour un tête-à-tête.

— Écoute, je dois avoir à peu près vingt minutes avant que mon portable ne sonne. Et quand il sonnera, ce sera un homme qui me demandera si je t'ai bien saucissonné et enfermé dans le coffre de ma voiture. Alors *toi*, amigo, tu as à peu près *quinze* de ces minutes pour me convaincre que ce n'est pas une bonne idée. Compris ?

S'il était possible de se fondre spontanément dans le papier peint, alors c'était ce que Redford avait l'air de tenter de faire. Et ça aurait presque pu marcher. Les murs étaient ternes et mornes, et les vêtements qu'il portait allaient parfaitement avec, comme s'il les avait choisis exprès pour ne pas se faire remarquer, pour pouvoir se fondre dans le décor à n'importe quel moment. Malheureusement pour lui, son tour de passe-passe ne fonctionnait pas vraiment.

— Je ne comprends pas, dit-il doucement, fixant de grands yeux sur le visage de Jed. Je n'ai rien fait de mal. Je n'ai jamais été arrêté, je… je paie mes impôts, je vous jure.

Seigneur, il était au beau milieu d'un roman de Dickens. Redford allait d'un moment à l'autre s'écrier : « Monsieur, s'il vous plaît, j'en veux encore » et lui quémander du porridge. Il avait une certaine innocence, une douceur qui entourait quelque chose d'autre dans ses yeux, quelque chose de plus sombre qui y rôdait. Mais malgré son cynisme bien développé, Jed le croyait. Quel que soit l'objectif de Fil, ce n'était rien de très moral. En temps normal, Jed aurait assuré à tout le monde qu'il n'en avait rien à faire. Tout ce qu'il voulait, c'était être payé et qu'on lui foute la paix.

Et pourtant, il se retrouva à hausser les épaules.

— Je sais.

Les dents serrées, il fixa Redford droit dans les yeux pendant un long moment, la pendule sur le mur comptant leurs battements de cœur, leurs inspirations, pendant cet instant où ils n'existaient plus que dans les yeux l'un de l'autre. Il allait aider ce type. Pour l'amour du ciel, il allait le faire, il sentait qu'il allait le faire. Ce gros paquet d'argent, qui aurait dû servir à lui payer ses vacances à la mer, il lui disait au revoir, et tout ça à cause d'un type maigre avec des yeux couleur de tempête et des vêtements trop grands.

— Une bière, affirma-t-il sur un ton fatigué, en indiquant la porte. Peut-être un whisky. Définitivement un whisky.

Avant qu'il n'ait pu faire un pas, la voix de Redford, embarrassée et hésitante, l'arrêta.

— C'est à propos du bruit ? Je me suis excusé, je vous le promets. Ça n'arrivera plus.

Il ne put qu'éclater de rire. Le son, dur, se coinça dans sa gorge, et il secoua la tête en tapant Redford sur l'épaule.

— Ouais, chéri. Je suis sûr que tu peux faire trembler les murs.

L'image de Redford en train de faire le moindre bruit était vraiment comique. L'entraînant à sa suite, il se dirigea vers sa voiture.

— Je dois coucher avec qui pour avoir une putain de boisson dans ce patelin ? Allez, viens Red. Il faut qu'on parle.

III

Redford

C'ÉTAIT UN cauchemar.

    Redford admettait volontiers que son cerveau ne fonctionnait pas très bien lorsqu'il était effrayé ; c'était comme ça qu'il avait laissé Jed le traîner hors de la maison, dans sa voiture, et les emmener tous les deux au bar le plus proche, l'Éléphant et le Moineau. Redford n'avait jamais été à ce bar (dire qu'il ne sortait pas souvent de chez lui aurait été un bel euphémisme) et il essaya de ne pas paraître trop tendu lorsque Jed l'entraîna à l'intérieur.

    Le bar, un peu comme sa maison, avait l'air d'avoir été construit des dizaines d'années auparavant et d'avoir ensuite été complètement oublié. Jed s'avança d'un pas assuré vers une table, dégainant une autorité confiante et un sourire charmeur en commandant leurs boissons, tandis que Redford le suivait nerveusement, se frottant le nez pour ne pas éternuer à cause de la fumée. L'endroit sentait la sueur, la fumée froide et la bière renversée.

    Jed devait faire partie d'un genre de corps de police, avait-il décidé. La CIA, le FBI, une de ces agences mystérieuses à initiales. Redford ne s'y connaissait pas vraiment donc, même si l'idée que Jed puisse prétendre être un plombier et poser des questions sur des diamants était étrange, il ne voulait pas avoir plus de problèmes. Jed avait dit qu'il allait le saucissonner et l'enfermer dans le coffre de sa voiture. Était-ce légal ? Redford en doutait. Il doutait aussi que boire pendant le service soit légal, mais qu'en savait-il ?

    Dans le laps de temps qu'il fallut à ses yeux pour s'habituer au manque de luminosité, Jed s'était déjà assis à une table et lui faisait signe de le rejoindre. Redford ne savait pas comment l'expliquer, mais Jed avait l'air étrangement à sa place, complètement chez lui au milieu de la fumée et du bois sombre, du sol sale et de la quantité copieuse de cuir que les autres clients portaient. Il s'était changé dans la voiture, enlevant sa salopette de travail et enfilant à la place un tee-shirt ; ses plaques d'identité s'étaient entrechoquées sur son torse large. Et aussi simplement que ça, en se changeant, il était passé de plombier inoffensif à quelque chose d'autre. Quelque chose de dangereux d'une certaine manière, d'acéré, et sûrement pas juste un type qui voulait réparer sa tuyauterie. Comment avait-il pu ne pas le voir ?

Jed avait posé deux bouteilles de bière sur la table, accompagnées de deux verres de whisky. Son regard appuyé, légèrement impatient, fit accélérer Redford.

— Désolé, dit-il doucement, les yeux baissés sur la table.

Il avait goûté de la bière, un jour, et il n'avait pas aimé. Le whisky était une nouveauté.

Tout ça devait être à cause du bruit. Redford se sentait encore terriblement coupable. Il connaissait sa routine de pleine lune par cœur. La cage était installée dans la cave, plutôt bien isolée, depuis des années maintenant. Sauf que la cage vieillissait et, trois semaines auparavant, la serrure rouillée avait cédé. Il avait dû la remplacer.

C'était peut-être bien que Jed soit venu. Peut-être que le gouvernement voulait regrouper tous les monstres comme lui et les mettre quelque part où ils ne pourraient blesser personne. Redford n'avait encore fait de mal à personne, mais ce n'était sans doute qu'une question de temps.

Prenant son courage à deux mains, Redford lança un coup d'œil à Jed. Le peu de temps qu'il passait avec des gens, il le passait en général à éviter leur regard ; mais Jed semblait *vouloir* le regarder dans les yeux. C'était troublant, et assez surprenant, parce que Redford n'avait jamais rencontré personne avec des yeux si intensément verts auparavant. Ils lui rappelaient des forêts qu'il avait vues en photo, avec une végétation luxuriante et des feuilles parsemées de rosée. Redford s'était toujours demandé comment ce serait de se promener dans une de ces forêts, de voir de ses propres yeux quelque chose de si intensément vivant. À présent, il avait l'intuition que ce serait sans doute un peu comme de regarder Jed dans les yeux, le même tressautement dans son corps, le même tourbillon de chaleur dans sa poitrine, l'admiration, l'envie, l'étrange poussée de désir.

— Tu n'es jamais venu ici ?

La voix de Jed était un reflet de sa personnalité : bruyante et exigeante, exhibant ce sourire comme s'il n'avait jamais eu peur de rien. Ce n'était pas entièrement véridique : il y avait quelque chose de caché derrière ces apparences, que l'on distinguait à peine à travers les bordures effilochées. Redford ne sortait peut-être pas beaucoup, ne comprenait peut-être pas très bien ses contemporains, mais même lui parvenait à voir ce qui se cachait derrière le sourire de Jed. Celui-ci s'avança dans sa chaise, les coudes sur la table en bois patiné, et avala son verre de whisky d'un trait avant de faire passer le tout avec un peu de bière.

— Oh, allez, c'est juste à côté de chez toi. Je croyais que tout le monde allait au bar du coin. C'est pas une règle, comme porter des chaussettes avec des sandales quand on a plus de soixante ans ?

Ses longs doigts restaient sur la bouteille de bière et il lançait sans arrêt des regards vers la porte. Il paraissait si confiant, et pourtant Redford aurait juré pouvoir sentir de la nervosité sous l'odeur entêtante de pin qui était la sienne, verte et fraîche, soulignée par une odeur plus agressive, comme une bougie que l'on vient d'allumer.

— Bon. Ce qui s'est passé aujourd'hui. Tu n'aurais pas des ennemis, par hasard ? Quelqu'un qui, je ne sais pas, serait prêt à payer un bon paquet à un mec sans scrupules pour qu'il t'embarque ?

Réfléchissant à sa réponse, Redford tendit la main vers son verre de whisky, l'amena à ses lèvres et en prit une gorgée hésitante. Ça brûlait, et il ne manqua pas l'expression amusée qui traversa le visage de Jed lorsqu'il se mit à tousser, surpris par la sensation.

— Non, croassa-t-il en fronçant les sourcils, se frottant la gorge. Je ne suis jamais venu ici. Je ne pense pas que ce soit une règle. Je n'ai pas d'ennemis.

Jed parlait beaucoup et, honnêtement, c'était un peu difficile de le suivre. Il avait déjà posé quatre questions différentes, émaillées de ses commentaires sur la vie et comment les choses devraient se passer. Mais de ce que Redford en savait, personne ne devrait avoir de raison de payer qui que ce soit pour le kidnapper.

La notion sembla soudain s'imprimer dans son esprit à cet instant et Redford releva brutalement la tête, les yeux grand ouverts, fixés sur Jed. Il avait été momentanément distrait par le goût horrible et brûlant du whisky et il n'en boirait plus de sitôt.

— Quelqu'un vous a payé pour m'enlever ? Qui ? Qu'est-ce que... Qu'est-ce que j'ai fait ?

La main de Jed, chaude et ferme, vint se poser sur la sienne, et leurs doigts s'enlacèrent.

— Hé, dit Jed doucement, les sourcils froncés, de l'inquiétude dans le vert profond de ses yeux. Ça va aller. Je vais t'aider à y voir plus clair dans cette histoire.

Il laissa sa main s'attarder un moment avant de la retirer, une expression illisible traversant son visage tandis qu'il se frottait le menton, marmonnant : « Bon sang, mais pourquoi est-ce que je fais ça... » Puis, plus fort, en se tournant à nouveau vers Redford :

— Okay. Alors voilà, je... je fais des trucs. Pour des gens. C'est un peu touche-à-tout. Et il y a deux jours, j'ai reçu un appel ; quelqu'un qui s'appelle Fil et qui m'a engagé pour récupérer quelque chose à ton adresse. C'est tout ce que j'ai pour le moment, mais je suis à peu près sûr que c'est plutôt louche. Je vais juste le rappeler et lui dire que je refuse son offre. D'accord ?

Fil. Redford ne connaissait pas ce nom, n'avait jamais entendu parler de qui que ce soit répondant à ce nom. Mais cette personne avait engagé Jed pour quoi, le kidnapper ? Voler quelque chose chez lui ? Voilà pourquoi Jed lui avait parlé de diamants. Pourtant, Redford n'avait vraiment aucun diamant, d'aucune sorte, chez lui.

— D'accord, acquiesça-t-il d'un ton hésitant en posant les mains sur ses genoux.

L'endroit où Jed l'avait touché était toujours chaud. Redford ne savait pas ce que cela voulait dire, mais il passa quand même son pouce à cet endroit, fronçant légèrement les sourcils.

— Il n'a rien dit de plus spécifique ?

S'il devait avoir des ennemis, il aimerait savoir pourquoi, mais de toute évidence l'homme engagé pour l'enlever ou le voler en ignorait la raison.

Jed haussa les épaules et prit une autre gorgée de bière, ses yeux traversant la pièce sans jamais se poser vraiment sur quelqu'un en particulier, les examinant tous les uns après les autres.

— Tous ses mails disaient qu'il avait perdu quelque chose et que je devais le lui rendre, dit-il avant que son regard se pose enfin sur Redford. Peut-être que ce serait une bonne idée que tu restes avec moi pendant quelques jours. Le type qui m'appelait... On va juste dire que je le sens pas trop, d'accord ? Ce serait peut-être plus sage que tu ne sois pas chez toi jusqu'à ce que j'aie pu mettre tout ça au clair.

— *Quoi* ? lâcha Redford, avant de s'obliger à baisser la voix. Je ne vais nulle part avec vous ! Vous... Vous...

Il prit une grande inspiration, essayant de se calmer.

Tout allait bien. Il allait bien, se dit-il. Il n'avait pas à avoir peur. Ce n'était qu'un homme étrange qui était venu chez lui dans l'intention de le kidnapper, engagé par un autre homme encore plus étrange, pour des raisons inconnues. Ce Fil avait perdu quelque chose et voulait le retrouver. Redford n'avait pas la moindre idée de ce que cela voulait dire.

— Pour ce que je sais, c'est peut-être juste une autre façon de me kidnapper, finit-il par dire, commençant à désespérer de n'avoir jamais suivi aucun cours de self-défense.

Il devait partir d'ici, Redford savait au moins cela. Peu importait que Jed aie de très beaux yeux. Il devait partir parce que, si Jed était en train de le piéger, alors le bon sens lui dictait de se fondre dans la sécurité de la masse pendant un certain temps. Même si cela l'effrayait, personne ne pouvait l'enlever dans un endroit public, si?

— Ouais, c'est vrai, admit Jed en lui lançant son sourire charmeur.

Il s'appuya contre le dossier de sa chaise, les bras relevés derrière la tête, ses muscles tendus sous le tissu de son tee-shirt.

— Mais bon, tu sais ce que tu perds, pas ce que tu gagnes…

Redford s'immobilisa, à moitié levé de sa chaise, et resta figé dans cette position inconfortable avant de se rasseoir lentement. La logique était cruelle, mais, malheureusement, Jed avait raison. Au moins, il savait que Jed n'avait encore rien tenté de violent à son encontre; il l'avait même rassuré lorsqu'il était nerveux et s'était montré très ouvert à propos de son « travail ».

— Alors, dis-moi, fit Jed comme s'il voulait faire la conversation – Redford n'arrivait pas à savoir s'il essayait de le distraire pour l'empêcher de partir ou s'il était réellement curieux. Cette chambre, chez toi… Je ne te voyais pas vraiment comme le genre de mec à aimer les petites fleurs.

— Je ne le suis pas, répondit Redford dans un murmure; il aurait pensé qu'il n'avait pas parlé assez fort si Jed n'avait pas montré qu'il l'avait entendu. C'était la chambre de ma grand-mère. Elle est morte il y a dix ans. C'est elle qui m'a élevé. Je n'ai jamais voulu y rentrer et déranger les choses.

Si Jed était surpris, il ne le montra pas, mais il ne répondit pas non plus immédiatement, ce qui laissa à Redford le temps de se demander pourquoi au juste il avait parlé de cela à Jed. À vivre seul, en évitant les gens, Redford ne s'appesantissait pas sur ce qui semblait le plus important au reste de l'humanité, à savoir le sexe et les rapports amoureux. Il n'avait jamais fait l'expérience ni de l'un ni de l'autre et, à l'âge de vingt-huit ans, ça ne l'avait jamais particulièrement dérangé. Sauf que ses yeux étaient captivés par les muscles de Jed sous son tee-shirt et par la manière dont ses yeux s'illuminaient dans la pénombre ; plus étrange encore, il se retrouvait à lui dire toute la vérité sur son compte.

Il se demandait s'il pouvait faire confiance à Jed. En un instant, sa vie calme et paisible s'était transformée en une suite d'événements comme sortis tout droit d'un roman d'espionnage et, pour garder la tête hors de l'eau malgré la tempête, il devait bien faire confiance à une personne. Pourquoi pas l'homme qui proposait de le sauver de ce mystérieux client qui voulait le voler ou l'enlever ? Redford pouvait lui accorder un semblant de confiance, au moins pour l'instant.

— Alors tu vis dans cette vieille maison, seul, dit Jed, interrompant ses pensées. Tu ne sors pas beaucoup, hein ?

Redford secoua silencieusement la tête, laissant ses cheveux tomber devant ses yeux. Lorsqu'ils étaient encore dans la maison, Jed avait dit que son client allait appeler dans vingt minutes. Un coup d'œil à sa montre lui confirma que cela faisait dix-neuf minutes et, dans un moment de communication silencieuse, ils échangèrent un regard avant de baisser tous les deux les yeux vers le portable de Jed, posé sur la table à côté des verres vides. Redford respirait de plus en plus vite à mesure que les secondes s'écoulaient, la nervosité laissant un goût amer dans le fond de sa gorge.

Quinze secondes.

Dix.

Cinq.

Rien.

Jed lui sourit et ce fut comme si toute sa nervosité avait soudain abandonné Redford ; il était soulagé et comme réchauffé. Étrangement, il se retrouva à souhaiter pouvoir s'envelopper dans le sourire de Jed pour se protéger du reste du monde, même s'il savait que cette pensée était idiote. Personne ne pouvait s'envelopper dans un sourire. Dans les bras de quelqu'un, peut-être…

— Tu veux vraiment que je reste chez toi ? demanda Redford, n'arrivant pas à se faire à l'idée. Je ne suis pas vraiment…

— T'es propre ? l'interrompit Jed, les yeux pleins d'humour.

— Oui ! clama Redford en fronçant les sourcils, indigné.

— J'ai une saleté de chat qui croit être le centre du monde. Tu n'as pas de problèmes avec les chats ?

Le deuxième *oui* de Redford était un peu plus hésitant. Le chat de sa grand-mère ne l'aimait pas beaucoup, surtout après qu'il eut été mordu et changé en loup-garou, mais cela n'avait jamais posé beaucoup de problèmes.

— Ça te dérange si je t'achète un collier avec une petite clochette parce que t'es vraiment trop discret?

— Non... Attendez, *si*! dit Redford, trébuchant sur ses mots, et il regarda Jed rejeter la tête en arrière et éclater de rire.

Il ne put s'empêcher de sourire un peu. La bonne humeur de Jed était contagieuse. Le sourire était une sensation étrange sur ses lèvres, nouvelle, et il n'était pas vraiment sûr de s'y prendre correctement.

Sa vie avait été complètement renversée, mais il découvrit qu'il faisait confiance à cet homme. Avec son manque total de manières sociales, Redford était obligé de faire confiance à son instinct; et il suivrait le plan de Jed. Il n'y avait rien d'assez précieux pour qu'on puisse le voler chez lui et il n'avait pas envie de se retrouver pris dans les plans bizarres que pouvait avoir ce mystérieux Fil. Il irait avec Jed et espérerait qu'il faisait une bonne chose.

Quel autre choix avait-il?

IV

Jed

JOURNÉE BIZARRE. On pouvait la résumer ainsi. Ça avait été une putain de journée bizarre et, maintenant qu'elle tirait à sa fin, Jed n'était pas entièrement sûr d'avoir fait le bon choix. Redford était resté silencieux durant le trajet jusqu'à l'appartement de Jed, regardant par la fenêtre avec de grands yeux. Parfois, il lui lançait un regard, la bouche ouverte comme pour poser une question, mais les mots ne sortaient pas. C'était comme si Redford avait vécu tellement longtemps enfermé dans son propre esprit que la présence si proche de Jed était intrusive. Lorsqu'il s'était garé dans le parking, Jed avait fait son tour des lieux habituel, attrapant son Glock préféré coincé dans son dos, et Redford l'avait suivi, l'air ébahi. Bizarre et silencieux : ça semblait être le mode opératoire de ce type.

Son appartement était plutôt spartiate. Il n'avait jamais compris l'intérêt des bibelots, des souvenirs et de tous ces trucs que les gens accumulaient. Il avait tout ce qu'il lui fallait. Une pièce pour ses armes, parce qu'il n'y avait rien de plus grossier que de laisser traîner ses M-15 et ses paquets de C4 là où n'importe qui pouvait trébucher dessus et déclencher une explosion phénoménale. Beaucoup de fenêtres ; il voulait de la lumière, beaucoup de lumière, autant que possible. Excepté la pièce où il rangeait ses armes, l'appartement n'était qu'un immense espace ouvert. L'immeuble avait été un entrepôt autrefois ; lorsqu'un vieil excentrique en avait abattu les murs extérieurs, les avait remplacés par un paquet de fenêtres, et avait construit quelques murs pour former des appartements, Jed avait été le premier à signer un bail. L'endroit était à l'écart et tranquille, et il n'y avait pas de coins sombres. Il l'adorait.

— Enlève tes chaussures, dit-il avec un vague mouvement de tête en direction d'un portemanteau au pied duquel ses bottes et une paire de chaussures à peu près décentes (tout simplement parce qu'elles n'étaient pas des bottes) étaient entassées.

Il posa le Glock, son bébé, à sa place d'honneur habituelle, dans le tiroir de la console la plus proche de la porte. Ceux qui auraient l'idée de s'introduire dans son appartement auraient le plaisir de rencontrer le Glock en premier.

— Fais comme chez toi. Tu as faim ? Moi oui.

Redford avait les yeux grands ouverts une fois de plus, dévorant avec des yeux affamés tout ce qui l'entourait. Jed se demanda vaguement depuis combien de temps il était resté dans cette foutue maison. Il avait l'air particulièrement intrigué par le mur recouvert de fenêtres et la partie vitrée du toit qui, à la manière d'une serre, laissait entrevoir le ciel. Il laissa errer ses longs doigts fins, superbes, sur une vitre en découvrant la vue. La ville était illuminée un peu plus loin ; autour de l'immeuble, il y avait d'autres entrepôts, les docks, et la surface noire et mouvante du lac. Et les étoiles. Elles commençaient à peine à sortir, parsemant les ténèbres de pointes de lumières.

— Hé, murmura Jed, étonné du soubresaut dans sa poitrine lorsque Redford se tourna vers lui, sa silhouette fine soulignée par la faible lumière venant de l'extérieur.

Il avala sa salive et se passa une main sur la bouche, perdant totalement le fil de sa pensée. Juré, il n'avait jamais utilisé le mot *superbe* pour un homme auparavant. Le mot n'avait jamais convenu. Mais Redford l'était. Sous le manteau informe et terne de ses vêtements, sous les mèches folles derrière lesquelles il se cachait, il avait la peau douce et mystérieusement pâle, son cou était une colonne gracieuse et ses lèvres étaient pleines. Jed fit un pas en avant, la gorge sèche, et ouvrit la bouche, comme pour prononcer des mots auxquels il n'avait pas encore réfléchi, et le désir envoya une pointe de chaleur le long de son dos, soudaine et inexpliquée.

Son téléphone sonna.

La sonnerie aiguë le traversa comme une lame et Jed sursauta en jurant, tâtonnant à la recherche de son portable qu'il faillit faire tomber deux fois. Lorsque le téléphone arrêta enfin de partir dans tous les sens, et qu'il réussit à l'amener à son oreille, Jed lâcha un « quoi ? »sec.

— Vous êtes en retard, M. Walker.

Merde.

Lorsque M. Star de Ciné n'avait pas appelé, Jed avait juste pensé qu'il ne le surveillait pas aussi scrupuleusement qu'il avait cru. Les instructions, la manière dont il lui avait parlé au téléphone… Il avait un peu d'expérience avec ce genre de clients. Ils restaient à rôder, l'appelant toutes les heures, réclamant des mises à jour constantes, à la recherche d'un mercenaire qui leur tiendrait la main. Pourtant Fil n'avait pas appelé, il ne les avait pas fait suivre, et Jed avait pensé qu'il aurait du temps pour décider de sa prochaine action.

Apparemment, le dicton sur la peau de l'ours était plutôt véridique. Redford était à ses côtés, les sourcils froncés d'inquiétude. Et merde. Levant une main pour l'empêcher de poser des questions, Jed ferma un instant les yeux et se concentra. Tout cela ne serait pas aussi difficile si Fil n'avait pas cette *voix*.

Jed aimait être dominé. Il le savait. Il appréciait les hommes qui pouvaient le prendre, que ça ne gênait pas de le brutaliser un peu. La voix de Fil lui faisait penser que si on mettait tous les hommes qui avaient jamais dominé Jed dans une pièce, il les baiserait jusqu'à leur faire oublier leur nom tout en organisant l'invasion d'un pays voisin, et ce sans même froisser son costume. C'était un alpha, dans tous les sens du terme et Jed, maudissant son conditionnement pavlovien, ne pouvait qu'y réagir, malgré ses meilleures intentions.

— Ouais, désolé pour ça, Filly, répondit-il en se secouant.

Bon sang, il n'avait vraiment pas besoin de ça maintenant. Les hormones, c'était bien, mais pas quand elles interféraient avec le boulot.

— Changement de plan.

Redford fixait quelque chose par-dessus son épaule et Jed se tourna pour voir Knievel accroupie sur le comptoir de la cuisine, foudroyant l'autre homme du regard. Puis elle éternua avec énergie, secoua la tête et s'éloigna de son pas confiant, l'air de s'ennuyer mortellement. Au moins, la question du chat était réglée.

— J'ai bien peur que ce soit tout simplement inacceptable. Vous avez été à la maison, non ?

— Oui. Superbe. Tu recherches une résidence secondaire ?

Fil n'avait pas l'air amusé, même s'il fit une pause, et il y avait un certain mordant dans ses mots lorsqu'il reprit la parole.

— Vous avez quelque chose qui m'appartient, il me semble.

— Je vois pas de quoi tu parles, chéri. Par contre, les dix mille que tu m'as avancés, ben, je te les renvoie, hein.

Au revoir, vacances.

— Et toi et moi, on en a terminé. Compris ?

— Oh, je ne crois pas que ce soit vrai, M. Walker. Pas le moins du monde. Vous et moi, ça ne fait que commencer. Appréciez votre soirée, d'accord ? Je suis sûr que nous reparlerons bientôt.

Et ce connard flippant, mais sexy raccrocha. Jed se laissa aller contre le mur, se frottant le front d'une main tout en fixant son portable du regard.

— Et merde, marmonna-t-il.

Cent mille balles, entre ses mains; une petite opération de récupération, pratiquement un jeu d'enfant, et il les avait. Six heures de boulot, maximum. Maintenant, au lieu de chercher un petit bungalow à la plage et de se demander s'il devait se payer des leçons de pêche ou tenter d'y aller à l'instinct, il se retrouvait à garder…

— Red?

Il lui fallait vraiment une *grosse* clochette. Avec un collier rose. Où était encore parti cet abruti trop silencieux? Fouillant la pièce des yeux, les sourcils froncés, il le trouva accroupi sur le sol, nez à nez avec le chat qui était allongé de tout son long sur le lit.

— Qu'est-ce tu fais, mec?

— Ton chat ronronne, répondit Redford, l'air légèrement confus, reniflant plusieurs fois.

Il avait placé très attentivement ses mains sur ses genoux, comme pour se rappeler de ne rien toucher.

— Ben ouais, elle a tendance à faire ça. Peut-être qu'elle t'aime bien.

À son immense surprise, Redford eut ce qui semblait vraiment être un rire. Sans doute. Un sourire éclaira le visage de Jed et il alla s'accroupir à côté de lui, entremêlant délicatement leurs doigts pour soulever sa main et passant doucement leurs doigts enlacés dans la fourrure de Knievel.

— Peut-être qu'elle t'aime bien, répéta Jed à voix basse, étudiant le visage de Redford.

Ils étaient assez proches pour qu'il puisse être sûr que Redford avait des taches de rousseur, éparpillées comme des constellations à demi-effacées en travers de son nez. Redford était concentré, le front ridé, comme si le contact l'ébahissait.

— Que… commença-t-il en se tournant, avant de se trouver nez à nez avec Jed.

Ils étaient si proches que le souffle chaud qu'il laissa échapper sous le coup de l'étonnement vint caresser les lèvres de Jed. Ils se figèrent, leurs yeux parcourant le visage de l'autre. Le pouls de Jed était fort, un battement de tambour continu qui emplissait ses oreilles, parcourait ses veines comme un incendie.

Redford tourna légèrement la tête et Jed aurait juré qu'il y avait *presque* une légère touche de rouge sur ses joues, sous la nervosité d'être si proche, l'embarras d'être touché, d'être vu.

— C'était le client? Celui qui... L'homme qui me voulait quelque chose?

— Quoi?

Jed cligna des yeux, émergeant de sa contemplation de la courbe de sa lèvre inférieure. Là, il fallait vraiment qu'il se reprenne. Ce type n'était tellement pas son genre que c'en était risible, franchement. Tout cela, c'était juste parce qu'il n'avait pas eu de coup digne de ce nom depuis un jour ou deux. C'était de la confusion et de la frustration, et le fait qu'un inconnu très en colère allait mettre ses couilles dans un étau à cause de sa connerie. Il n'était pas *vraiment* attiré par Redford. Pas du tout.

— Euh, ouais. C'était lui. Je lui ai dit d'aller se faire foutre, donc on va voir ce que ça va donner, j'imagine.

Leurs mains étaient toujours enlacées. Jed s'éclaircit la gorge, fixant leurs doigts comme s'il venait de les remarquer.

— Je...

Saleté.

— T'as faim? Je peux essayer de cuisiner, si t'es courageux, ou alors on pourrait se commander une pizza?

Redford sourit, baissant la tête de sorte que son expression était presque entièrement masquée par ses cheveux.

— Merci.

Ce n'était pas que pour l'offre; il y avait beaucoup trop de poids derrière ces mots. À moins qu'il n'aime *vraiment* beaucoup la pizza.

— C'est une bonne idée.

— Ouais, murmura Jed, regardant sa main se lever, comme dans une scène tout droit sortie d'un film de science-fiction, comme s'il ne pouvait plus contrôler ses propres membres.

Ses doigts repoussèrent en arrière les cheveux de Redford, passant entre les mèches étonnamment douces, les coinçant derrière son oreille.

— Ouais, bonne idée.

Okay, maintenant il avait déjà dépassé le stade où il fallait qu'il se reprenne en main. Ou plutôt, qu'il *arrête* de se prendre en main... Se levant d'un coup, il courut presque vers la sécurité relative du canapé.

— Je vais les appeler! Je connais une pizzeria géniale, ils crament presque le fromage, il devient bien doré et fondant, mais le bon fondant, tu vois ? Enfin, ils sont bons, et en plus ils me connaissent bien. Je ne prends pas trop le temps de cuisiner. Pas du tout, pour être honnête. J'aime bien, par contre ! Enfin, j'aime bien en théorie. Je regarde beaucoup d'émissions là-dessus. Ça a l'air relaxant. Mais j'ai personne pour qui cuisiner, donc ça semble un peu idiot de se donner tout ce mal quand je suis tout aussi content avec une pizza et une bière. Et je déteste faire la vaisselle, ce qui est aussi un problème.

Il parlait pour ne rien dire, avec un sourire de maniaque, parce qu'il allait vraiment bien. Il n'y avait aucune raison de croire que non. Juste parce que, pour la première fois dans toute sa carrière, il avait réfléchi à deux fois avant de remplir un contrat, et que maintenant il avait ce mec dans son appartement, ce mec avec ces yeux et ces mains et cette manière de sourire…

Oh, merde. Il était vraiment foutu.

— Manny ? dit Jed en tournant le dos à Redford, se frappant le front de son poing alors qu'il parlait à l'employé de la pizzeria. Hé, c'est Jed. Je peux avoir une grande pizza ? Comme d'hab'. Ouais, okay, à tout de suite.

— Jed ?

Ce crétin trop silencieux s'était débrouillé pour venir se poster juste derrière lui sans que Jed le remarque.

— Tu n'es pas à l'aise quand je suis là, affirma Redford.

Il avait l'air aussi coupable qu'un labrador qui vient de mâchonner le tapis. Les yeux, tout.

— Ce n'est pas grave si tu as changé d'avis. Je peux rentrer chez moi.

Levant un sourcil, Jed se contenta de souffler, une sorte de rire mélangé à un soupir consterné.

— La ferme, fut sa seule réponse, et il alla s'affaler sur le canapé, posant ses pieds sur la table basse et allumant la télé sur les infos.

Il les regarda un moment en silence, même s'il jetait souvent de petits coups d'œil en direction de Redford. Au bout d'un moment, il remua, gêné, marmonnant d'une voix si basse qu'honnêtement il se foutait que Red l'entende :

— Jamais eu personne ici à part moi.

Cela faisait sept ans qu'il vivait ici. Sept ans, et il n'y avait vu en tout et pour tout que les livreurs de pizza, et un témoin de Jehovah, qui était venu une fois, mais avait fui dès que Jed avait commencé à flirter. Il n'y avait rien de mal à ce qu'il apprécie d'avoir sa vie privée. Mais maintenant, Redford était là, avec cet air sur son visage, les yeux grands ouverts, et ça aurait dû être bizarre. Il aurait dû se sentir mal à l'aise, voire claustrophobe.

Mais ce n'était pas le cas. Sept ans, avec juste lui et le chat, et d'un seul coup, *maintenant*, il se sentait davantage chez lui.

— Désolé.

On aurait dit que faire des excuses était la réponse instinctive de Redford face à toute situation. Il apparut au bord de son champ de vision, essayant visiblement de décider s'il devait s'asseoir ou non ; s'il avait pris une décision, c'était de toute évidence de rester debout.

— Okay, dit Redford d'un ton plus décidé.

Il se redressa un peu, et voilà que les yeux de Jed, ces traîtres, s'attardèrent sur la façon dont ses épaules remplissaient bien mieux son haut lorsqu'il n'essayait pas de se cacher dans sa propre peau.

— Donc, je reste. Avec toi. Je peux faire le tour des lieux ?

— Vas-y, éclate-toi, répondit Jed, prétendant être passionné par la télévision.

Cependant, il regarda ce que Red faisait, curieux de savoir ce qu'il pensait de son appartement.

On n'aurait pas vraiment pu dire que Redford était en train de *fouiner* ; il ne se mit en tout cas pas à fouiller les tiroirs ou ouvrir les portes fermées. En fait, il se contenta d'errer d'un pas hésitant dans les parties de l'appartement qui étaient accessibles, s'arrêtant parfois pour se pencher davantage sur une chose ou une autre. Jed aurait juré qu'il avait carrément *reniflé* le réfrigérateur et s'était rejeté en arrière, le nez froncé de dégoût. Ouais, il devrait peut-être se débarrasser du fromage moisi. Il était sans doute en train d'évoluer dans son propre Âge du Bronze à l'heure qu'il était. Bientôt, Jed ouvrirait la porte du réfrigérateur, et il découvrirait que le fromage venait d'inventer la roue.

Ensuite, Redford passa au placard ; il ne l'ouvrit pas, mais lui appliqua le même traitement qu'au réfrigérateur, sans le dégoût cette fois. Une fois la cuisine finie, Redford avança, en évitant la pièce où il rangeait ses armes, heureusement, et passa à la chambre, cachée en partie par un paravent qui séparait le lit du reste de l'appartement. Il n'y eut pas de cri d'horreur et Jed en conclut que, là non plus, Redford n'essayait pas d'ouvrir les tiroirs.

Après la chambre, la salle de bain était la prochaine pièce de la liste. Elle était située de telle sorte que Jed ne pouvait rien voir depuis le canapé, même en se tordant le cou.

27

— La douche est très grande, lui parvint la voix impressionnée de Redford ; au son qu'émettaient ses pas, il était sans doute à *l'intérieur*.

— Oui, et la pression est géniale aussi.

Jed ne put empêcher un sourire obscène d'étirer ses lèvres. Quoi ? Il n'était qu'un être humain, après tout !

— Tu veux que je te montre ?

— Je me suis douché ce matin, fut la seule réponse, inconsciente de ses insinuations.

Redford ressortit et, après un instant d'hésitation, s'assit à côté de Jed sur le canapé. Alors que Jed était complètement étalé, prenant autant de place qu'il était humainement possible, Redford essayait d'en prendre le moins qu'il pouvait, repliant ses jambes sous lui.

Pendant un moment, Jed resta silencieux. Un exploit olympique pour lui, franchement. Il gigota un peu, passa de chaîne en chaîne comme un psychotique, avant de se lancer, sur un ton bas :

— Red, je…

Sauvé par la sonnette ! Il sauta presque par-dessus le dossier du canapé et se précipita vers la porte, accueillant Manny avec un grand sourire.

— Hé, mec ! Tu ne sais pas à quel point tu tombes bien.

Il lui donna un billet et le laissa partir avec la monnaie. Il méritait vraiment un bon pourboire pour l'avoir interrompu avant qu'il ne puisse dire ou faire quoi que ce soit de stupide. Il se dirigea vers la cuisine et chercha deux bières, lançant un regard par-dessus son épaule quand Red le rejoignit.

— Les assiettes sont dans ce placard, dit-il avec un mouvement de menton. Tu veux un verre pour ta bière ?

Est-ce qu'il avait un verre, au moins ?

— Oh, fit Redford, ayant l'air un peu étonné par l'offre. Je vais juste prendre de l'eau, merci.

Ils mirent les assiettes sur le comptoir et Redford partit à la recherche d'un verre. Jed était à peu près sûr qu'il n'en trouverait pas, mais, miracle des miracles, Redford finit par réapparaître en brandissant un mug sur lequel était marqué *Je l'ai fait à Hong Kong*. Ça ferait l'affaire.

Ouvrant la boîte, Jed resta immobile un moment.

— Ils m'ont mis un supplément de saucisse, dit-il, un peu surpris lorsque Redford l'effleura, essayant d'attraper l'essuie-tout.

Oh putain. Quelqu'un là-haut devait vraiment se taper un fou rire avec ça. Il était officiellement le sujet d'une blague cosmique.

— Ce n'est pas bien ? demanda Redford, l'air complètement surpris par sa réaction. J'aime bien les saucisses.

Plus de doute. Vraiment une très mauvaise blague.

— Moi aussi, mon ange, soupira Jed en leur servant deux parts et en attrapant les deux bières ; il avait l'intuition qu'il allait en avoir besoin. T'as pas idée.

Il s'affala sur sa chaise et prit une grosse bouchée, grondant presque de satisfaction. Qu'est-ce que c'était bon ! Il n'avait pas réalisé à quel point il avait faim avant de commencer à manger.

— Bon, euh, alors… C'est maintenant qu'on est censés papoter, c'est ça ? dit-il en haussant une épaule avant d'avaler une longue gorgée de bière. Faut que je t'avoue quelque chose : je suis plutôt pas doué pour les trucs de ce genre. T'as des préférences pour la conversation ?

Pour toute réponse, Redford le fixa un moment avant de se pencher lentement en avant pour attraper la télécommande, et il augmenta le volume avant de zapper jusqu'à trouver un documentaire animalier.

— Je ne suis pas vraiment doué pour la conversation, s'excusa-t-il.

Mais il souriait, d'un sourire qui se voyait plus dans ses yeux que sur ses lèvres. Étrangement, Jed pensa qu'il serait prêt à faire n'importe quoi pour voir cette expression plus souvent. Il n'avait jamais ressenti ce genre de chose auparavant, jamais quoi que ce soit qui se rapproche de cette chaleur dans sa poitrine.

— En général, je lis pendant que je mange.

— Ah ouais ? fit-il en adressant un sourire en coin à Redford, attrapant une autre part de pizza avant de s'adosser à sa chaise. Quel genre de livres, monsieur l'érudit ?

Redford haussa les épaules, les yeux rivés sur la télévision

— N'importe quoi. Ma grand-mère, elle… Il y a beaucoup de livres à la maison, dit-il en trébuchant sur ses mots. Ce qu'elle préférait, c'était la mythologie. Le panthéon grec.

Redford s'arrêta le temps de prendre une petite bouchée de pizza ; il avait une manière de manger qui rendait impossible de savoir s'il appréciait ou non sa pizza.

— La science, aussi. Mais surtout les histoires.

C'était sans doute le plus que Redford ait dit jusqu'à présent d'un seul coup ; c'était presque un discours.

Les livres préférés de Jed avaient comme couverture des images d'hommes bien trop musclés pour être terriens et comprenaient beaucoup de séances de sondage. Bizarrement, il doutait que ses goûts et ceux de Redford se ressemblent.

— La mythologie, c'est comme… Les loups-garous et les balles en argent, ce genre de trucs, c'est ça ?

La tension qui secoua soudain les épaules de Redford ne lui échappa pas.

— Oui.

Il avait eu l'air presque enthousiaste un peu plus tôt, quand il parlait de ses livres, mais sa voix était maintenant redevenue un chuchotement hésitant.

— Ce genre de trucs.

Il vivait peut-être sa vie à une distance de tireur d'élite, mais Jed connaissait quand même bien les gens. Il devait être capable de les déchiffrer de loin, de voir un haussement d'épaule, une mâchoire serrée, et de comprendre ce que cela signifiait. Quoi qu'il ait dit, il venait d'atterrir tout droit dans une zone sensible pour Redford. C'était plutôt ridicule en fait, parce qu'il parlait bêtement de loups-garous, mais ça avait fait taire Redford plus vite que n'importe quoi d'autre. Avant qu'il puisse trop y réfléchir, Jed tendit le bras par-dessus la table et serra les doigts de Red dans les siens, essayant de voir ses yeux.

— Hé, murmura-t-il en fronçant les sourcils. T'es parti où là ?

Le sourire que lui lança Redford paraissait forcé.

— Nulle part, désolé. Je n'ai pas… Désolé, ce n'est rien, vraiment.

Bien sûr. Parce que ça, c'était convaincant.

— C'est juste que… Tu ne sais vraiment pas pourquoi ce client voulait m'enlever ?

Étrangement, Jed avait l'impression que le changement de sujet n'était pas fait au hasard. En silence, il se rassit dans sa chaise, étudiant Redford par-dessus sa bière. Il manquait quelque chose, une pièce du puzzle dont il ne connaissait même pas l'existence. C'était plutôt grave, vu qu'il savait à peine dans quelle direction il frappait ; et maintenant, il avait Oliver Twist en train de lui cacher quelque chose.

— Tu sais ce que j'ai toujours pensé ? demanda-t-il sur un ton anodin, ignorant pour l'instant la question. Les loups-garous, toutes ces bêtes, elles ont mauvaise réput', mais je veux dire… J'ai vu un paquet de trucs. T'as pas idée du nombre de personnes mauvaises qui existent dans ce monde alors qu'elles ont l'air aussi respectables que toi et moi. Vraiment maléfiques, hein, pas le genre mignon et scintillant comme dans les films. Et je pense

— Je vais aller préparer ton lit, murmura Jed en fermant les yeux, se remémorant que Redford n'était pas son genre.

Il aimait son genre de mecs. Son genre de mecs fonctionnait très bien pour lui. En changer, c'était bon pour les autres ; sa vie, comme elle était, lui convenait parfaitement. Il n'avait pas besoin que quelqu'un la foute en l'air.

— Tu as besoin de... euh... de fringues pour dormir ? Je pense que les miennes devraient t'aller.

Redford hocha la tête autant qu'il le pouvait sans se reculer. En fait, il s'appuya un peu plus contre Jed, comme un chat paressant au soleil sur le tapis. Ou un chien s'appuyant contre la main de son maître. Il devait bien exister une comparaison qui marche pour un loup-garou.

— Ça serait bien. Mais je peux dormir sur le canapé, tu n'as pas besoin de me donner ton lit.

Il laissa errer le bout de ses doigts avec légèreté et fascination le long de la mâchoire de Red, et se demanda pourquoi il ressentait cette chaleur dans ses tripes, qui s'étirait jusqu'à envoyer des frissons dans son dos.

— Je ne dors pas beaucoup, chuchota-t-il, leurs lèvres si proches qu'il pouvait sentir chaque respiration de Redford. Autant que le lit aille à celui qu'il l'utilisera vraiment.

— D'accord, répondit-il d'une voix si basse qu'il l'entendit à peine par-dessus le son de leurs souffles.

Les mains de Jed trouvèrent à nouveau celles de Redford et celui-ci enlaça leurs doigts avec un peu d'hésitation – prudent, mais sans se reculer malgré tout.

— Merci.

Une fois, à Sarajevo, Jed s'était retrouvé en vol, à la nuit tombée, avec son équipe. Ils étaient en route pour un genre de palais, pour un assassinat, sans doute. Il ne se rappelait pas vraiment des détails, ils finissaient tous par se confondre après un certain temps. Ce dont il se souvenait, c'est que c'était la première fois qu'il sautait d'un avion en dehors de son entraînement. Sauter dans le vide défiait toute logique. Même s'il savait qu'il avait un parachute, même s'il était parfaitement conscient qu'il n'allait pas mourir, ça n'avait tout simplement aucun sens de faire ce saut. Il avait bien dû se convaincre un bon millier de fois qu'il n'allait pas faire ça. Tout ce dont il se souvenait, c'était de s'être tenu devant la porte, le vent soufflant autour de lui plus fort qu'un train de marchandises, le cœur battant à tout rompre, en train de se demander quel genre d'abruti fini pouvait bien se jeter d'un avion.

Et pourtant, il l'avait fait. Il n'y avait rien de semblable, la montée d'adrénaline, cette sensation de liberté absolue. Toute cette logique, toute cette peur, rien de tout cela n'avait plus eu aucune importance une fois qu'il avait lâché prise.

Se pencher en avant pour couvrir ces quelques millimètres était le truc le plus idiot qu'il se rappelait avoir fait ces derniers temps. Mais lorsque leurs lèvres entrèrent en contact, la bouche de Redford douce et chaude contre la sienne, il ne resta plus que l'adrénaline. Redford émit un léger son qui resta bloqué au fond de sa gorge et Jed glissa lentement ses mains dans les petits cheveux derrière son cou. Ils se laissèrent aller l'un contre l'autre avec un soupir de désir et Jed n'arrivait même plus à imaginer pourquoi il hésiterait avant de faire quelque chose d'aussi bon.

Ils se reculèrent, les lèvres de Red effleurant les siennes ; aucun d'eux n'arrivait véritablement à arrêter. Pourtant, Jed finit par se rasseoir sur ses talons, laissant ses mains retomber avec réticence.

— Okay, murmura-t-il, baissant la tête pour dissimuler son sourire. Je vais… Je vais te chercher tout ça.

C'était quand même idiot. Redford n'était pas du tout le genre que Jed recherchait habituellement, mais, bon sang, ça avait sans doute été le meilleur baiser de toute sa vie. S'il n'était pas si convaincu que tout cela allait mal finir, il serait déjà en train d'en réclamer plus. Mais même si Red embrassait très bien, à un moment ou à un autre Jed allait retrouver son bon sens, et alors la situation deviendrait juste gênante. Et malgré ce à quoi il était habitué, il ne voulait pas utiliser Red pour une baise rapide. D'une certaine manière, il avait dans l'idée que cet homme méritait mieux. Il devrait trouver quelqu'un de mieux que Jed, ça c'était sûr. Alors, il allait simplement faire de son mieux pour les débarrasser des méchants, comme un James Bond, et s'éloigner dans la lumière du soleil couchant. Ça valait mieux comme ça.

Il ne dormit pas cette nuit-là. Ce n'était pas vraiment inhabituel, mais quelque chose avait changé. Ce n'était pas les cauchemars qui l'empêchaient de dormir ni son cerveau marchant à cent à l'heure et incapable de s'arrêter. C'était parce qu'il pouvait entendre chaque respiration de Redford, qui s'était recroquevillé sous les couvertures et s'était endormi rapidement, Knievel allongée à ses pieds. C'était parce qu'il pouvait encore sentir le goût de l'autre homme sur ses lèvres et ses cheveux entre ses doigts.

Un jour, Jed se jura, il allait vraiment commencer à réfléchir avec son autre cerveau. Sa vie deviendrait carrément plus simple.

V

Redford

REDFORD RÊVAIT.

Il rêvait qu'il avait à nouveau seize ans et que sa grand-mère était encore en vie, occupée dans la cuisine. Dans son rêve, elle était inchangée, se tenant encore bien droite. C'était avant que le cancer ne la frappe et qu'elle ne se dégrade si rapidement.

— *Pas le peine de rester là à rôder, gamin, tu sais que ce n'est pas pour toi, disait-elle, et Redford jetait un coup d'œil depuis sa cachette contre le mur, l'air coupable.*

Elle cuisinait tout le temps, mais elle donnait tout aux voisins, et il ne savait toujours pas vraiment pourquoi.

— *Tu fais trop de bruit, Redford. Va dans ta chambre.*

C'est ce qu'il fit. Sauf que sa chambre n'était pas sa chambre, même s'il ne s'en étonnait pas dans son rêve. Elle était plus petite. Il n'y avait plus de meubles, à part le petit cheval, abandonné seul au centre de la pièce. Il s'assit sur le sol à côté et, lorsqu'une main apparut pour l'aider à se relever, ça ne lui sembla pas du tout étrange. Il la prit.

Le monde de son rêve tournoya, flou, comme un kaléidoscope de couleurs. Jed était là, lui souriant, et Redford se sentait en sécurité. Ils étaient dans l'appartement de Jed. Celui-ci se penchait en avant avec un sourire narquois, pour faire bouger un peu la clochette attachée au cou de Redford.

— *Tu vois ? Comme ça, tu ne peux pas te perdre.*

Tout tournoya à nouveau.

Il voyait la pleine lune par la fenêtre, pâle et de mauvais augure. Redford baissa les yeux vers ses mains, sachant qu'il devrait déjà être en train de ressentir la douleur de la transformation, mais il n'y avait rien. Jed se tenait devant lui et il le suppliait de partir, de courir, de l'enfermer, mais Jed ne bougeait pas. Et alors, il devint le loup, fit un bond en avant, enfonçant ses crocs dans le cou de Jed. Il y avait du sang, et des cris, et...

Une patte sur son visage, accompagnée d'un ronronnement sourd.

Le chat.

Redford laissa échapper une longue expiration tremblante, ouvrant les yeux. Knievel le fixait, perchée sur son torse, et lorsque Redford ne s'empressa pas pour accomplir ses moindres désirs, elle le foudroya du regard, s'éloignant d'un pas digne pour aller trouver Jed. Un coup d'œil vers la fenêtre lui confirma que le jour était levé et qu'il n'arriverait pas à se rendormir. Avec un léger soupir, Redford roula hors du lit, tirant sur le tee-shirt que Jed lui avait prêté. Il n'était pas sûr de comprendre ce que le slogan imprimé dessus voulait vraiment dire : *Les forces spéciales font ça dans le noir* n'était pas une expression qu'il avait déjà entendue. Le tee-shirt et le pantalon étaient un peu trop grands pour lui, mais il appréciait le geste.

Lorsqu'il contourna le paravent que Jed utilisait pour séparer le lit du reste de l'appartement, il le vit assis à table, plongé dans un journal, avec une cigarette et son café. Il aurait juré que Jed avait détourné les yeux rapidement lorsqu'il était apparu.

— Bonjour, marmonna-t-il, un peu perdu, planté au milieu de la pièce, ne sachant pas trop quoi faire.

S'il avait été chez lui, il aurait pris une douche, puis son petit déjeuner, avant de s'installer sur le canapé pour lire un peu. Éventuellement, s'il s'était senti assez courageux, il se serait aventuré à l'extérieur pour acheter à manger. Il n'était pas sûr que Jed ait besoin de faire cela, peut-être qu'il se procurait ce qu'il voulait par d'autres moyens. En ligne, par exemple ; il avait entendu parler de ça.

— Bonjour, rayon de soleil ! lâcha Jed, écrasant sa cigarette dans un cendrier qui débordait. T'as fait de beaux rêves ?

Redford ne savait pas vraiment quoi répondre, donc il se contenta de s'asseoir à côté de Jed, jetant un coup d'œil curieux au journal. Il recevait toujours le journal local, mais il ne le lisait pas beaucoup ; honnêtement, ça le déprimait. Il était rempli de mauvaises nouvelles – meurtres, cambriolages, politiciens corrompus – et il n'y avait jamais de bonnes nouvelles. Ce n'était pas très équilibré.

— Oui, finit-il par répondre, même s'ils savaient tous les deux que c'était un mensonge.

— Tu prends du café ? Je n'ai pas de lait. Ni de sucre.

Redford se demanda si c'était de l'embarras qu'il lisait sur le visage de Jed.

— Mais je t'en prie, si tu l'aimes noir, sers-toi. Et que manges-tu généralement au petit déjeuner ?

Ce qu'il y avait d'intéressant chez Jed, finit par conclure Redford, c'était qu'il mentait. Beaucoup. Ce n'était peut-être pas des mensonges dits à voix haute, mais il mentait avec son langage corporel, avec l'expression de son visage. Il prenait cet air plein d'assurance dans tout ce qu'il faisait, et peut-être avait-il vraiment confiance en lui-même, mais il était également en train d'essayer de ne pas avoir l'air inquiet, parce qu'il avait entendu Redford faire un cauchemar. Il dissimulait son inquiétude en avalant son café et Redford décida que si Jed cachait des choses, alors il ferait de même. Ses cauchemars n'étaient pas vraiment un sujet agréable.

— Je pense que je vais juste... Ça t'embête si j'utilise la douche ?

Redford savait qu'il était plus poli de demander. Il ne manqua pas l'intérêt qui traversa brièvement le visage de Jed et il se rappela qu'ils s'étaient embrassés, la veille. Son premier baiser, en fait.

— J'ai une règle dans mon appartement : l'économie d'eau, c'est sacré, fit remarquer Jed.

Son sourire obscène était presque de retour sur ses lèvres. Redford n'était pas sûr de ce que cela voulait dire.

— Dans ce cas, je ferai vite, assura-t-il à Jed en se dirigeant vers la salle de bain.

Le baiser avait été très agréable. Redford n'était pas vraiment certain de pouvoir trouver les mots pour le décrire. Pour quelqu'un qui n'avait jamais passé beaucoup de temps à réfléchir à sa sexualité, il pensait vraiment plus à ce baiser qu'il ne l'aurait cru. Jed s'était presque enfui après et Redford était allé se coucher et s'était endormi, se sentant plus en sécurité et plus à l'aise qu'il ne l'avait jamais été de toute sa vie. C'était une impression inhabituelle, une qu'il voulait conserver le plus longtemps possible.

Il y avait un problème avec la porte de la salle de bain, découvrit-il : en fait, il n'y en avait pas. Redford resta un moment à réfléchir sur le sujet, un peu confus, parce que toutes les salles de bain étaient censées avoir une porte, non ? Il ne l'avait vraiment pas remarqué la veille lorsqu'il était allé se laver les dents ; stressé et fatigué comme il l'avait été, il avait à peine compris ce qui lui arrivait. Sa salle de bain avait une porte, en tout cas, parce qu'il était sûr que les lois de la société incluaient que « la salle de bain est un endroit sacré et privé ». Mais c'est vrai que Jed vivait seul, après tout, donc une porte n'était peut-être pas vraiment nécessaire. Au moins, il y avait un rideau de douche.

La règle de Jed sur l'économie d'eau en mémoire, il se doucha rapidement. La pression du jet, comme promis la veille, était délectable. Il aurait été très tentant de rester simplement là pendant un moment, de laisser l'eau chaude éclabousser ses épaules et effacer le souvenir de son rêve perturbant. Il y eut un bruit bizarre venant de l'autre partie de l'appartement, comme une chaise balancée sur les pieds arrière. Lorsque Redford sortit de la douche, avec une serviette drapée autour de la taille, la chaise de Jed était tellement penchée qu'il la renversa maladroitement, tombant par terre.

— Je ne te regardais pas *du tout*, affirma Jed, se relevant comme s'il était tombé volontairement.

Redford cligna des yeux, intrigué.

— Ça va?

Jed grommela quelque chose dans sa barbe, s'avançant d'un pas décidé vers la cuisine, Knievel sur ses talons; mais Redford était à peu près certain que, lorsqu'il tourna le dos, Jed le regardait encore. De rapides coups d'œil par-dessus son épaule, comme s'il avait peur d'être vu, mais il y avait un *désir* dans ses yeux que Redford n'avait jamais vu auparavant. Personne, autant que Redford le sache, ne l'avait jamais regardé ainsi et il n'avait jamais réagi de cette manière à quelqu'un.

Dès que Redford eut quitté la salle de bain, Jed s'y rendit d'un pas vif, défaisant sa ceinture sans attendre. Il marmonnait quelque chose à propos d'une douche froide et Redford le suivit du regard, abasourdi. Des vêtements volèrent, puis Jed disparut derrière le rideau. Redford resta à se demander ce qu'était cette chaleur nouvelle qui s'était installée dans son ventre et pourquoi il avait cette envie étrange de copier Jed et d'essayer de regarder derrière le rideau.

L'excitation sexuelle était un nouvel univers pour lui. Pas entièrement nouveau, pour dire vrai, parce qu'il avait traversé l'adolescence comme tous les hommes de la planète; sans l'opportunité d'Internet, il avait dû avoir recours aux magazines de modes que sa grand-mère avait achetés des décennies plus tôt. Mais être excité par une personne, ça, par contre, c'était nouveau.

Bannissant cette réaction de ses pensées, Redford se sécha et s'habilla. Il ne manqua pas les bruits trahissant ce que Jed était en train de faire sous la douche. Il n'était pas discret. L'écouter rendait très difficile d'ignorer la chaleur, mais Redford était déterminé. Jed lui avait probablement sauvé la vie et il était assez aimable pour l'accueillir, pour s'assurer qu'il était en sécurité. Il n'avait pas besoin que Redford devienne obsédé par lui comme un adolescent qui tombe amoureux pour la première fois.

Il laissa Jed à sa douche, s'installant à table pour siroter son café, drapant sa serviette sur le dos de la chaise en face de lui pour la faire sécher. Il n'était pas un grand buveur de café, mais le goût amer lui donnait quelque chose d'autre sur lequel se concentrer. N'importe quoi, pourvu que ce ne soit pas Jed et ce qu'il était en train de faire derrière le rideau de douche. À la place, Redford se mit à faire des plans. S'il devait rester chez Jed, il lui faudrait des vêtements, une brosse à dents, ce genre de choses, pour qu'il ne soit pas obligé de dépendre de Jed pour tout.

Redford était presque détendu, occupé à faire des plans, lorsque Jed sortit de la salle de bain. Nu.

Les yeux écarquillés, Redford le regarda se rapprocher, son esprit passant en revue les possibilités à cent à l'heure. Qu'est-ce que Jed allait faire ? Allait-il encore l'embrasser ? Redford apprécierait vraiment, en fait. Mais il se contenta d'attraper la serviette et de commencer à se sécher, debout, très près. Avec certaines parties de son corps au niveau des yeux de Redford.

— Bon, d'habitude le week-end, je fais la grasse mat' après des nuits de débauche, dit-il en souriant d'un air moqueur, la voix à nouveau parfaitement confiante et maîtrisée. Mais vu que la journée d'hier a complètement manqué d'alcool, je pensais qu'on pourrait aller se dépenser un peu au club de sport. J'ai bien besoin d'évacuer de l'énergie, tu vois ? Peut-être en un contre un ?

Redford réussit à s'arracher à la contemplation du bas du corps de Jed et leva les yeux vers son visage. C'était une vision tout aussi plaisante. Il savait qu'il ne devait pas le fixer ainsi, il le *savait*, mais il y avait une goutte en train de se frayer un chemin le long du torse de Jed, se nichant dans le creux du muscle près de sa hanche.

— Tu as bu de la bière, hier soir, se sentit-il obligé de préciser. Un contre un ?

— De la bière et quelques verres de whisky, c'est pas assez pour me crever le lendemain, répondit Jed avec un sourire.

Il se pencha pour se sécher les cheveux ; lorsqu'il se releva, les cheveux en bataille et encore un peu humides, son sourire était dirigé droit sur Redford.

— Du basket. Toi et moi, courir, se lancer des balles, tout ça. Ce serait sympa de se dépenser un peu. Je crois que je suis resté en place trop longtemps. Tu es motivé à y aller ?

39

Redford savait ce qu'était le basket-ball. Il n'avait jamais participé, mais il avait regardé d'autres enfants y jouer dans la rue, depuis sa fenêtre. Il pensait connaître les règles. Il était plutôt intelligent et il saisissait vite les nouveaux concepts. Faire la conversation n'était peut-être pas son point fort, mais Redford était plutôt fier de ne s'être pas encore comporté comme un idiot fini face à Jed.

Enfin, jusqu'à cet instant précis où sa voix le trahit en sonnant suspicieusement comme un couinement :

— Jouer tous les deux ?

Il avait un autre duo, juste sous les yeux. Enfin... Il voyait de quoi Jed voulait parler. Il tourna brutalement la tête et détourna le regard ; c'était plus sûr, pour tout le monde. Il n'était pas en train de le dévorer du regard. Il ne le ferait plus. Il allait être un invité aimable et courtois.

— Oui, le basket, continua Redford après s'être raclé la gorge. Je n'ai pas... Je n'ai jamais joué.

Il ne sortait même pas beaucoup.

— Mais je me sens prêt à y aller.

Il y eut une pause et Redford put presque entendre le large sourire dans la voix de Jed, son sourire paresseux qui s'élargissait comme du miel étalé sur du pain.

— Ouais. Tu aimes jouer à deux, Fido ?

Avant qu'il n'ait pu trouver une réponse, ou comprendre pourquoi une question si simple lui envoyait des étincelles le long du dos, Jed était parti d'un pas guilleret, toujours complètement nu, la serviette sur l'épaule. Il aurait presque pu croire que Jed *voulait* qu'il le regarde.

— Super. J'ai des joggings et des débardeurs dans le dernier tiroir, sers-toi. Après, on s'arrêtera pour acheter quelques trucs, et peut-être prendre un petit-déj.

Redford expira lentement, de manière contrôlée, dans une tentative de se maîtriser. Il trouva les vêtements dans le tiroir indiqué par Jed et s'habilla rapidement, notant que Jed possédait un ballon de basket, rangé à côté de la commode. Il le ramassa et le cala sous un bras, essayant de ne pas penser au fait que les vêtements qu'il portait sentaient comme Jed. C'était une observation plutôt redondante, à vrai dire, étant donné que l'appartement tout entier sentait comme Jed, mais il y avait quelque chose de beaucoup plus intime à porter ses vêtements.

Jed avait enfilé un jogging noir, large, et un débardeur blanc qui le moulait parfaitement. Même si Redford avait pu observer de très près le corps qui se trouvait caché en dessous, il se retrouva à fixer du regard ces muscles mis en valeur par le tissu fin, et la façon dont ses bras bougeaient lorsqu'il attrapa le ballon. Redford était persuadé que, en comparaison, il devait avoir l'air d'un grand dadais ridicule revêtu d'un sac à patates.

— Prêt? demanda Jed avec un grand sourire, sautillant sur place. Ça va être génial.

— Je suis prêt. Mais… tu es sûr que c'est une bonne idée? Que je sorte alors que Fil est à ma recherche?

— Chéri, *je* serai avec toi, répliqua Jed avec un sourire assuré, comme s'il savait que rien ne pouvait l'atteindre. De toute façon, ce n'est pas parce que je suis de corvée de protection que je vais rester posé sur mon cul toute la journée. Ça va nous faire du bien de sortir. Faire circuler le sang, tout ça.

Ils y allèrent à pied, leur chemin passant entre des murs couverts de graffitis et des magasins protégés par des barreaux aux fenêtres. À chaque fois que Redford lançait un regard en direction de Jed, il avait l'impression que l'autre homme faisait de même. Il surprit Jed à fixer ses bras, son torse, et même un fois à regarder derrière lui, comme s'il avait quelque chose dans le dos. Peut-être qu'il avait l'air vraiment ridicule dans ces vêtements. Ou peut-être qu'il s'était assis sur quelque chose et qu'il y avait une tache sur son pantalon à un endroit peu approprié? C'était la seule chose à laquelle Redford arrivait à penser pour expliquer ces regards.

Le gymnase était vide lorsqu'ils arrivèrent, même s'il y avait plusieurs personnes dans la pièce attenante. Redford les aperçut à travers un mur à moitié vitré, occupés à se dépenser sur des machines, soulevant des poids, ce genre de choses. Les contours d'une piste d'athlétisme étaient dessinés sur le sol, un peu effacés, mais personne n'y courait pour le moment. Tout semblait un peu vieilli, un peu usé, mais de toute évidence on s'en occupait bien. Les odeurs étaient innombrables, si bien qu'il fut obligé de s'arrêter au milieu du gymnase, les yeux fermés, essayant de ne pas se faire complètement submerger. Sa maison ne sentait que comme chez lui, et l'appartement de Jed n'avait que l'odeur de Jed; cet endroit était complètement chaotique.

— J'adore cet endroit, murmura Jed.

Il s'était arrêté à côté de Redford, presque épaule contre épaule, et le regardait découvrir les lieux.

— Je ne sais pas pourquoi. En réalité, cet endroit est pourri, mais à chaque fois que quelque chose se casse, on se cotise tous pour le réparer. Les gosses viennent ici après les cours, pour traîner, faire des paniers, ce genre de trucs. C'est sympa d'avoir un endroit dans lequel se réunit tout le quartier.

Redford hocha la tête, savourant l'ancrage que constituait Jed à ses côtés. C'était ça, la raison pour laquelle il ne sortait pas souvent. Dehors, il y avait trop de... tout. Trop de sons, trop d'odeurs.

— C'est sympa, finit-il par hasarder, et il le pensait.

Ce n'était peut-être pas son truc, mais l'idée de quelque chose qui appartienne à toute une communauté déclenchait une envie en lui, un espoir que lui aussi puisse un jour faire partie de quelque chose de ce genre. S'il réussissait un jour à avoir le courage d'affronter le monde plus régulièrement.

Il fit rouler son ballon entre ses mains, réfléchissant. Bien que cela remonte à plusieurs années, il se souvenait encore de la manière dont les enfants s'en étaient servi. Pour tester, il l'envoya vers le sol, comptant le rattraper au rebond ; malheureusement, l'angle du rebond l'envoya rouler dans un coin de la salle, le laissant perplexe. Il courut après, le ramassa et essaya à nouveau, avec le même résultat.

Le basket était bien plus difficile qu'il n'y paraissait.

— Tu vas devoir m'apprendre à jouer, admit-il.

Lorsqu'il se tourna, il vit Jed qui se tenait là où il l'avait laissé, un étrange sourire aux lèvres. Ce n'était pas celui de d'habitude, ce sourire confiant avec une trace de malice derrière lequel il se cachait ; celui-ci était plus doux, presque tendre.

Sans un mot, Jed tendit le bras et l'attira à lui, tout doucement, comme s'il avait peur de quelque chose. Il passa ses doigts sous le menton de Red et rapprocha leurs visages jusqu'à ce que leurs lèvres s'effleurent, à peine, dans le plus léger des souffles. Redford n'avait jamais vu de feux d'artifice, mais il en avait entendu une description un jour ; elle était similaire, d'une certaine manière, à l'explosion de sensations dans son ventre, à l'excitation qui fit battre son cœur plus vite. Jed l'embrassait encore et c'était sans doute l'expérience la plus incroyable que Redford ait jamais vécue.

— Je suis à peu près certain que ça, ce n'est pas du basket, dit-il doucement, regrettant que le ballon soit entre eux deux.

Il souriait à Jed ; cette expression sur son visage lui était encore inhabituelle.

— Tu me dis que j'ai commis une faute, Fido ? demanda Jed en riant à moitié, avec une voix rauque qui envoya des frissons dans tout son corps.

Il se tourna jusqu'à ce que son dos soit collé contre le torse de Jed et celui-ci l'enveloppa dans ses bras pour lui montrer comment tenir le ballon. Il lui montra d'abord comment dribbler, lentement et sûrement, lui chuchotant des instructions d'une voix rassurante à l'oreille. Redford finit par comprendre comment faire rebondir le ballon sans l'envoyer de l'autre côté du gymnase. Jed était un excellent professeur, même s'il le déconcentrait avec sa chaleur dans son dos.

Ensuite, ils passèrent au panier. Une fois de plus, Jed se pressa contre lui, ses bras passés sous les siens, lui montrant comment tenir le ballon avant de viser. Il leur fallut plusieurs essais, le rire de Jed caressant son cou, avant qu'ils n'arrivent enfin à faire passer le ballon dans le cercle d'acier. Tandis que Redford restait figé, un peu étonné d'avoir vraiment réussi, Jed les acclama, les bras en l'air, courant en rond autour du terrain.

— Et voilà, mesdames et messieurs, cria-t-il à une foule invisible. C'est comme ça qu'on marque un panier !

Souriant, riant, Jed retourna en sautillant vers Redford, l'entourant de ses bras avant de les faire tourner tous les deux. Redford se concentra pour ne pas avoir le vertige, mais il rendit son sourire à Jed, un sourire presque aussi grand que le sien. Son enthousiasme était vraiment contagieux.

— J'ai marqué un but ? demanda Redford, plutôt content de lui, même si sa tentative suivante fut un échec total.

Au moins, il en avait marqué *un*. Comme victoire, ça lui suffisait pour aujourd'hui.

— Un panier, joli cœur, le corrigea Jed avec un sourire, attrapant le ballon au vol lorsqu'il rebondit sur le panier pour le lui passer. Et oui, tu as marqué. Tu l'as même fait tourner d'une jolie manière autour du cercle.

Son sourire prit une tournure narquoise, il y avait un sourire caché dans ses mots, et Redford fut sûr qu'il n'avait pas compris la blague.

— C'est toujours mieux lorsqu'on tourne autour du cercle.

Il repassa le ballon à Jed, qui se contenta de rire devant son regard intrigué, et ils passèrent un certain temps à se courir après sur le terrain. Jed fit même comme s'il n'avait rien remarqué lorsque Redford trébucha, ce qu'il apprécia. Il n'était pas exactement adroit. Il ne savait pas combien de temps s'était écoulé ; il ne comptait pas vraiment les minutes.

C'était un vieux dicton, que le temps passe vite quand on s'amuse, et maintenant Redford pouvait dire que c'était vrai. Étonnamment, le basket s'était avéré plutôt amusant, même si regarder Jed était le plus intéressant : il se retrouvait avec les yeux fixés sur le mouvement de ses muscles lorsqu'il lui passait le ballon, ou son sourire de satisfaction lorsqu'il marquait. Son potentiel était en fait plutôt sapé par sa distraction constante. Ils étaient dans un lieu public et le client qui avait engagé Jed pouvait débarquer n'importe quand, mais Redford se sentait en sécurité. Protégé. Comme si le fait qu'il soit une cible importait peu tant qu'il avait Jed à ses côtés.

Lorsque d'autres personnes commencèrent à arriver, des coureurs sur la piste et d'autres joueurs improvisant une partie de l'autre côté du terrain, ils étaient tous les deux en sueur, les membres douloureux, mais ils souriaient. Ébouriffant les cheveux de Redford au passage, Jed s'avança vers le bord du terrain.

— Allez, viens, on va chercher à manger. Je connais un food-truck pas loin d'ici, ils ont un burrito petit-déj' à mourir. Tu m'as dit que tu aimais la saucisse, hein ? dit-il alors qu'il riait une fois encore à une blague que Redford ne saisissait pas.

Lorsqu'ils sortirent du gymnase, Redford souriait sans même le réaliser, le ballon coincé sous son bras comme à l'aller. Mais il commençait à y avoir plus de monde et son sourire s'effaça rapidement. Il n'y avait peut-être pas tant de personnes que ça, mais il se cacha tout de même derrière Jed en marchant.

Il y avait un homme à côté du food-truck lorsqu'ils y arrivèrent et, au premier abord, Redford n'y fit pas particulièrement attention. Il ne le vit que du coin de l'œil et son regard glissa sans s'arrêter sur cette nouvelle personne habillée de manière basique. Il le remarqua une fois qu'il comprit que l'homme avait les yeux fixés sur lui. Il ne le regardait pas brièvement au hasard avant de continuer son exploration. Non, il avait bel et bien les yeux fixés sur lui.

Même si c'était étrange, Redford décida que ce n'était sans doute pas menaçant. Jed lui donna un des burritos dont il lui avait parlé et Redford était sur le point de mordre dedans lorsqu'il remarqua qu'il y avait un autre homme de l'autre côté de la rue, qui le fixait aussi, comme l'autre. Il était peut-être tout simplement paranoïaque. Il n'avait pas l'habitude que des gens le regardent, alors qu'ils le fixent…

— Jed ? dit Redford en tirant nerveusement sur son tee-shirt pour attirer son attention. Je crois… Je crois qu'il y a des gens qui me regardent.

— Ouais, répondit Jed d'un ton anodin, la bouche pleine de burrito. Trois mecs à droite, un à gauche, et peut-être deux dans cette ruelle, même si ça pourrait être des clodos. Les clodos sont aussi des personnes, Red, n'oublie pas.

Ils s'étaient mis à marcher, traversant la rue, l'épaule de Jed chaude et ferme contre la sienne.

44

— À mon signal, mon ange, il faudra que tu te baisses.

Sa voix était si calme, comme si c'était une conversation anodine. Redford ne savait pas comment il y arrivait.

— Compris ?

Ils marchaient toujours, s'éloignant de la foule et de l'appartement de Jed. Ça n'avait aucun sens – jusqu'à ce que Redford réalise que Jed, même s'il avait l'air de ne faire que se promener sans but, les avaient emmenés loin des passants innocents et du piège des ruelles. Il tenait toujours fermement le tee-shirt de Jed, de peur de le perdre.

— Les pieux, là, dit Jed en désignant la jetée dont ils étaient le plus proches. Ils descendent assez profondément. Si tu passais sous la jetée et que tu t'y accrochais, il serait très facile de rester là pendant une bonne minute.

Rien ne changea, en tout cas rien que Redford pût sentir ou remarquer. Ils avaient atteint les docks, l'eau du lac clapotait doucement contre les pieux de la jetée, et tout semblait aussi calme qu'un instant auparavant. Mais entre un pas et le suivant, Jed tendit le bras et le poussa soudain dans l'eau froide en dessous d'eux.

Le choc de l'eau glacée le frappa comme un coup de marteau et, pendant de longues secondes, il fut incapable de comprendre où il était. Il ne pouvait qu'entendre ses propres mouvements paniqués et d'autres bruits étranges, comme des explosions étouffées. Des coups de feu. La peur le prit à la gorge, avec un goût amer, tandis qu'il se débattait pour sortir la tête de l'eau. Enfin, l'un des pieux dont Jed lui avait parlé se retrouva sous ses mains.

Il n'arrivait pas à respirer. Il n'avait jamais appris à nager et le seul moment où il était entouré d'eau, c'était sous la douche. Il regarda, étourdi, ses propres mains attraper le pieu, essayant de l'utiliser pour se hisser vers le haut, tandis que son cœur battait à tout rompre dans sa poitrine. Il espérait vraiment ne pas mourir ainsi.

Non. Il ne mourrait pas. Il fallait juste qu'il atteigne la surface.

Les coups de feu lui parurent beaucoup plus forts lorsque sa tête jaillit à la surface de l'eau. Il prit une inspiration haletante, désespérée, tout en tressaillant à chaque bruit, essayant de comprendre ce qu'il se passait. Il ne savait pas si Jed allait bien, ou même s'il était encore en vie. Il pouvait sans doute partir du principe qu'il était encore en vie tant qu'ils continuaient à tirer, mais ils pouvaient tout aussi bien être en train de le viser, lui. Et comme pour lui prouver qu'il avait raison, une balle vint frapper l'eau près de son bras.

Cela sembla durer éternellement, l'odeur du sang âpre dans l'air. Redford s'accrocha du mieux qu'il le put au pieu, essayant d'apercevoir ce qu'il se passait, mais sa position sous la jetée l'empêchait de voir quoi que ce soit. Il se demanda, machinalement, ce qu'il était advenu de leurs burritos. Il se rappelait avoir laissé tomber le sien. Il avait aussi perdu le ballon de Jed. Ce dernier allait être furieux contre lui.

Un corps tomba dans l'eau à côté de lui dans une grande éclaboussure. Il vit des yeux vides avant que l'homme ne coule, laissant une traînée de sang derrière lui. Le corps qui tomba ensuite était vivant, essayant de l'attraper, et Redford fit volte-face pour tenter de mettre le pieu entre lui et son assaillant, avant qu'une voix rauque familière ne résonne.

— Fido, lui criait Jed en le secouant. Tout va bien. Tout va bien, c'est moi. Ce n'est que moi. Tu es blessé ? Je t'en prie, Red, dis-moi que tu n'es pas blessé.

Il lui fallut un moment pour comprendre. Accroché au pieu, frissonnant, Redford dévisageait Jed, la peur imprimée sur son visage. Du sang dégoulinait le long du bras de Jed.

— Non, je... dit-il en secouant la tête, envoyant des cheveux mouillés dans ses yeux, puis il essaya d'articuler malgré les frissons. Je... Je vais bien.

Il allait vraiment bien, à part le fait qu'il était glacé. Ces hommes avaient sans doute été envoyés par le client et Jed l'avait protégé.

— Je suis vraiment désolé. J'ai perdu ton ballon.

Jed lui caressait les cheveux, passant ses doigts au milieu des mèches mouillées. Ils flottaient sur l'eau, ou plutôt *Jed* flottait, soutenant le poids de Redford.

— Le... Bon sang, je n'en ai rien à foutre de ce ballon, marmonna-t-il, presque hystériquement, tandis qu'il passait ses mains sur le corps de Redford pour vérifier qu'il n'avait rien. Je suis vraiment désolé, ajouta-t-il, les sourcils froncés d'inquiétude. Je n'ai pas eu le temps de faire autre chose. Je voulais trouver un meilleur endroit, mais ils nous avaient encerclés.

On aurait dit qu'il n'avait même pas remarqué l'estafilade qu'il avait au bras gauche, de laquelle coulaient des rubans de sang brillant le long de sa peau.

Ils s'approchaient d'une échelle qui permettait de sortir de l'eau. Lorsque Jed le poussa devant lui, Redford y monta en tremblant, avalant toujours l'air par grandes goulées salvatrices. Il ne nagerait plus jamais. Jed monta à sa suite et Redford se demanda s'ils allaient à nouveau devoir courir.

— Tu saignes, indiqua Redford, croisant les bras sur son torse dans un effort futile pour se réchauffer.

Il n'était pas vraiment un expert en blessures par balles, mais il semblait que l'une d'elles lui avait éraflé l'épaule. Il ne comprenait pas comment Jed pouvait l'ignorer. Tous les mois, il était à l'agonie, et il ne le supportait pas du tout aussi bien que Jed.

— Ouais, acquiesça Jed d'un air absent.

Encore étourdi et incapable de vraiment comprendre ce qu'il voyait, Redford regarda vers la droite. Un peu plus loin, il y avait des corps sur le sol. Plusieurs corps. Des armes aussi, éparpillées comme des canettes vides. Jed s'approcha d'un des cadavres et lui enleva sans cérémonie le long manteau que l'homme avait porté, sans doute pour dissimuler ses armes. Attirant Redford à lui, Jed lui mit le manteau sur les épaules et lui frotta vivement les bras pour essayer de le réchauffer, ignorant ses propres cheveux trempés et la chair de poule qui recouvrait sa peau.

— Ça va aller ? demanda-t-il à nouveau, dévisageant Redford. Tu en es certain ?

— Ils auraient pu nous tuer, dit celui-ci, sous le choc, incapable d'arracher son regard des corps.

Lorsqu'il les avait vus quelques minutes plus tôt, ils respiraient, ils marchaient. Ils essayaient de les tuer. Il n'avait vu qu'un seul cadavre auparavant et ça n'avait rien à voir avec ceux-là. Là, il y avait du sang partout, éclaboussant les corps dont les yeux étaient encore ouverts, vides.

Il n'était pas blessé, mais il n'était pas complètement sûr d'aller bien.

Baissant la tête pour ne plus regarder les corps, Redford appuya son front contre le torse de Jed, tandis que les frissons qui secouaient ses membres se faisaient plus forts. Au moins, ses bras commençaient à se réchauffer. Il avait peut-être froid, mais il n'était ni mort ni enlevé, et il pouvait se concentrer sur ce point positif.

Redford sentit presque Jed froncer les sourcils.

— Hé, dit Jed en se reculant juste assez pour le regarder dans les yeux.

Il passa ses doigts sur le visage de Redford et enleva un peu de la vase que l'eau y avait déposé.

— Personne ne va te faire de mal, Red. Pas tant que je suis là.

Il jeta un œil aux cadavres, puis à une rue déserte, et il murmura « viens » avant de l'entraîner à sa suite.

Quelques rues plus loin, après être passé par de petites ruelles, il les laissa finalement s'arrêter. Il appuya Redford contre un mur de brique, derrière une poubelle, grimaçant en faisant rouler son épaule blessée, et regarda autour d'eux.

— Attendons ici quelques minutes, décida-t-il en regardant à nouveau Redford. Je veux m'assurer qu'on n'est plus suivis.

Il hésita, d'une manière qui paraissait étrange chez lui, avant de poser la main sur la joue de Redford.

— Tu tiens le coup ?

— Je ne sais pas.

Redford était à peu près sûr que l'honnêteté était la meilleure réponse qu'il pouvait donner en cet instant. Il lui fallait se concentrer sur quelque chose, alors il souleva une des manches du manteau volé drapé sur ses épaules et la pressa contre la blessure sur le bras de Jed. Elle ne saignait plus beaucoup et l'eau du lac l'avait à peu près nettoyée, mais elle n'avait pas l'air belle.

— Je suis toujours trop terrifié pour réfléchir, admit-il avec un soupir ; se concentrer sur quelque chose d'autre semblait l'aider.

La manche, sans doute peu propre, n'était pas ce qu'il y avait de plus approprié pour étancher la plaie, mais il n'y avait rien d'autre à sa disposition, à moins que Redford ne trouve un magasin où acheter de la gaze, ce qui n'était pas vraiment une excellente idée. Sa vie était en train de devenir très, très effrayante. Il commençait aussi à regretter de ne pas avoir lu plus de manuels de premiers secours.

— Je sais, soupira Jed, caressant la joue de Redford avec son pouce. Et arrête de t'inquiéter pour mon bras, espèce de nana. Je vais bien.

Redford se contenta de froncer les sourcils à ces mots, parce que saigner ne voulait certainement pas dire aller bien. Mais il n'y avait plus qu'un filet de sang donc Jed irait sans doute bien. Redford n'eut plus que leur proximité sur laquelle se concentrer et la manière dont son cœur battait toujours à tout rompre sous le coup de l'adrénaline. Sauf qu'il ne battait plus pour les mêmes raisons ; ce n'était plus de peur, mais d'anticipation. La dernière fois qu'ils avaient été si proches, ils s'étaient embrassés.

Ils attendirent. Redford savait qu'ils se cachaient. Ils devaient rester à l'écart au cas où les hommes auraient eu des renforts. Il savait bien se cacher. Il savait encore mieux rester silencieux.

Les minutes s'écoulèrent. Redford passa ce laps de temps à essayer de ne pas inspirer trop profondément parce que, même si leur cachette était plutôt bonne, ils étaient tout de même à côté d'une poubelle. Il n'arrivait pas à empêcher ses épaules de trembler ; Jed fronça les sourcils et resserra le manteau autour de lui, même si ce n'était plus vraiment de froid qu'il tremblait. Il se rapprocha, et Redford essaya d'arrêter de penser à ces cadavres. Il essaya de se concentrer sur Jed. Le débardeur déjà moulant que Jed portait était trempé, collé à son torse, et Redford ne put s'empêcher de lever la main pour poser ses doigts sur l'endroit où battait le cœur de Jed.

Jed toucha sa joue, sa mâchoire, suivant des yeux le chemin que traçaient ses doigts avec un mélange de crainte et d'envie pure. Comme s'il était déchiré entre deux décisions et ne voulait céder ni à l'une ni à l'autre. Pendant un long moment, ils restèrent simplement là, partageant le même air, nez contre nez, les yeux dans les yeux avec un désir électrique. Dans un souffle d'air chaud, Jed marmonna : « et puis merde », enroula sa main derrière le cou de Redford et le tira en avant.

Les autres baisers avaient été doux, légers, comme un bonjour. Pas celui-ci. Celui-ci était violent et brusque, affamé, et réclamait d'être satisfait. La langue de Jed glissait contre la sienne, s'emmêlant et pressant contre elle, tandis que sa main libre courait le long du torse de Redford pour se glisser sous le tissu mouillé de son tee-shirt. Ils haletaient lorsqu'ils devaient se séparer, mais dans un grognement se dévoraient l'un l'autre à nouveau, incapables d'arrêter de se toucher. Il n'y avait plus d'hésitation, juste ce besoin qui était devenu de plus en plus intense depuis que Redford avait mis les pieds dans l'appartement de Jed. Une envie que le jeune homme n'était pas sûr de pouvoir exprimer correctement.

Leurs vêtements trempés et glacés étaient complètement oubliés. La rudesse du mur de brique contre son dos était la dernière chose à laquelle Redford pensait. La seule chose qui semblait exister était la pression chaude du corps de Jed contre le sien, la sensation frustrante qu'il fallait qu'ils se *rapprochent*. Jed s'était avancé, les pressant torse contre torse, hanches contre hanches, et Redford s'agrippait toujours fermement à lui, ne comprenant pas pourquoi ils ne pouvaient pas se rapprocher plus que ça. Leurs mains glissaient sur de la peau mouillée, Redford faisant de son mieux pour passer ses mains sous le tee-shirt de Jed afin de les plaquer contre la peau étonnamment chaude du bas de son dos. Il avait l'impression que ses lèvres allaient avoir des bleus tant leurs baisers étaient brutaux, mais cela n'avait aucune importance. Rien d'autre n'avait d'importance.

Les mains de Jed se déplaçaient sur son torse, vers le bas, et Redford se rejeta en arrière pour inspirer brutalement lorsque Jed referma une main sur son sexe. Il était dur, douloureusement dur, et même avec le jogging entre eux, le contact de sa main était absolument divin. Le nom de Jed tomba de ses lèvres, un murmure interrogateur, interrompu lorsque Jed l'attira dans un autre baiser.

Redford n'avait jamais été touché ainsi auparavant. Il avait déjà été excité, mais ce contact était différent. C'était vrai, pénétrant et submergeant, et il n'en aurait sans doute jamais assez. D'instinct, il bougea les hanches contre la main de Jed, recherchant la friction, et il ravala un grognement surpris lorsque Jed resserra les doigts autour de lui. Ils étaient dans une ruelle sale et Redford n'en avait rien à faire, il le *voulait*, il avait besoin de plus, il avait besoin de le toucher, lui aussi. L'excitation avait consumé toute son hésitation. Il coinça ses doigts dans la ceinture de Jed, n'étant pas encore sûr de lui, mais sur le point de le devenir, le bout de ses doigts caressant la peau douce de ses hanches à l'endroit où l'os et le muscle ressortaient. Encore quelque centimètres et il y serait.

Il entendit à peine les sirènes. En fait, il n'y aurait même pas fait attention si Jed ne s'était pas reculé d'un seul coup. Il lui fallut même un moment pour comprendre pourquoi Jed avait bougé. Avant qu'il ait compris, il avait avancé d'un demi-pas, pensant que Jed avait seulement voulu changer de position. Alors, il avait vu l'expression sur son visage.

Son expression indécise était de retour, alors même que ses yeux étaient encore assombris d'un désir qui égalait celui de Redford. Jed se pencha légèrement en avant, mordillant doucement ses lèvres comme pour se faire pardonner, avant de se reculer complètement. Passant une main dans ses cheveux humides, il lança un coup d'œil dans la rue, regardant les ambulances passer rapidement.

— Jed…

— Il faut que j'aille bosser, joli cœur, dit-il distraitement.

Après un instant, il se tourna pour faire face à Redford, le visage de nouveau impassible. Il tendit la main et repoussa en arrière une mèche de cheveux de Redford. Il soupira doucement.

— Rentrons à la maison.

VI

Jed

JED ÉTAIT vraiment bon dans ce qu'il faisait. Il n'avait peut-être pas grand-chose d'autre : sa carrière dans l'armée était complètement foutue, il n'avait pas de famille, aucune liaison romantique qui dure plus de quelques nuits, et le moins qu'on puisse dire, c'est qu'il n'avait pas la moindre caisse de retraite. La seule chose sur laquelle il pouvait compter, son créneau, c'était sa réputation professionnelle et une pièce remplie d'artillerie lourde. Et vraiment, il n'avait pas besoin d'autre chose.

Étant aussi bon qu'il l'était dans le genre de boulots qu'il avait tendance à trouver, ce n'était pas la première fois qu'il laissait des corps derrière lui. Les macchabées sur les docks n'étaient que des dommages collatéraux en ce qui le concernait. Quelqu'un voulait le tuer ? Eh bien il rendait la faveur, multipliée par dix. Qui que soit ce Fil, il n'avait clairement pas réalisé à qui il avait affaire s'il pensait que cinq types qui n'arrivaient même pas à garder profil bas allaient être autre chose qu'un petit contretemps.

Redford n'était pas vraiment aussi calme que lui sur le sujet, ce qui était compréhensible. Red était un innocent, ce qui n'était le cas que de peu de personnes dans le monde dans lequel vivait Jed. Et vraiment, même s'il était plus insulté par l'attaque qu'inquiété, lorsqu'il pensait à la frayeur qu'avait eu Redford et au fait qu'il aurait pu être blessé, ce n'était plus vraiment amusant.

Dans un autre cas, Jed aurait essayé d'établir une trêve, de trouver un moyen de se sortir de tout ça avec le moins d'ennuis possibles de son côté. C'était ennuyeux de devoir toujours tuer des gens. Le nettoyage seul ne valait pas la peine. Mais ils n'étaient pas juste venus pour lui ; ces balles, ces gorilles, ils en avaient eu après Redford, et Jed n'allait pas laisser passer ça. Il avait l'intention de massacrer Fil et il allait en apprécier chaque seconde.

En temps normal, il aurait appelé ses nettoyeurs habituels et les aurait laissés s'occuper des corps à leur manière – il n'était pas du genre à poser des questions. Mais là, il n'était pas question de dissimuler le côté louche. Jed voulait planter une belle pancarte néon, bien rouge : Fil allait recevoir sa carte de visite. Cinq gorilles morts sur les docks, c'était comme une comptine pervertie.

Sauf qu'ils n'y étaient plus. Jed y était allé, avait fait le tour par l'autre côté, son long manteau battant ses cuisses pour dissimuler toutes sortes d'armes illégales. Son plan était de surveiller, d'attendre et de voir qui arriverait en premier sur les lieux. Même si les flics arrivaient d'abord, il était prêt à parier une bonne somme d'argent que Fil en avait un certain nombre dans sa poche. Il n'aurait pas osé une telle attaque sinon. Qui que soit ceux qui s'occuperaient des corps, Jed voulait leur dire deux mots.

Sauf que lorsqu'il était arrivé aux docks, il avait presque commencé à se demander s'il ne s'était pas complètement trompé de direction. Tout était impeccable, comme si ce n'était qu'un jour de printemps comme un autre. Pas de signes de lutte, pas de sang, pas de cadavres alignés.

Qui que soit ce Fil, Jed devait bien admettre que ce connard était rapide. Il doutait sérieusement que même ses propres nettoyeurs auraient déjà fini et ils étaient parmi les meilleurs. Plissant les yeux depuis son poste derrière un appentis, il essaya de voir s'ils avaient manqué quoi que ce soit. Il y avait quelque chose qui brillait à la lumière du soleil, en plein milieu.

Bien sûr. Comme par hasard, ils avaient manqué quelque chose pile à l'endroit où il se retrouverait exposé à cinq ou six postes de sniper potentiels. Fil n'allait pas être si chanceux que ça. Au lieu de mordre à l'hameçon, Jed se tourna vers les toits. Rien ne bougeait, pas de signe que quelqu'un l'y attendait. D'un autre côté, c'était sans doute le but.

Après quelques minutes de plus passées à réfléchir, Jed trouva quel toit il utiliserait. Un entrepôt en briques à une centaine de mètres, qui avait le meilleur angle et la meilleure vue sur les docks et la plupart des points d'accès. Il y avait d'autres options, bien sûr, mais les snipers allaient toujours au plus facile lorsqu'ils le pouvaient. Il y avait déjà assez à prendre en considération sans y ajouter de mauvais angles de vent ou des objets en travers de la trajectoire.

Silencieusement, Jed se dirigea vers l'arrière de l'entrepôt. Il se hissa sur une poubelle puis sur le toit, dégainant son Glock et faisant le tour du système de ventilation en faisant le moins de bruit possible. Et voilà son cavalier… L'homme était vêtu d'un camouflage passé, son viseur reposant sur sa joue tandis qu'il surveillait les environs. Il ne bougeait pas, comme un bon petit soldat. Il ne sursauta même pas lorsque Jed plaqua le canon de son revolver contre son cou.

— Salut, dit Jed en souriant, un sourire dangereux et effrayant. Tu cherches quelque chose ?

Le truc, c'est que Jed était vraiment frustré. Il avait laissé Redford à la maison avec toutes ces foutues émotions conflictuelles, ces questions, et ce qu'il désirait plus que tout était de le traîner au lit et d'oublier le reste du monde. Tout cela était en train de l'attendre à la maison et il n'avait aucune idée de ce qu'il allait en faire. Donc il y alla peut-être avec un peu trop d'enthousiasme lorsqu'il attrapa le sniper et lui fracassa la tête contre le béton une ou deux fois. Mais bordel, après ça, il se sentait un peu mieux.

Plaquant le type contre le mur, Jed lui fit un grand sourire, l'air un peu fou, le soutenant avec un bras plaqué contre la gorge, son revolver bien enfoncé sous son menton.

— Je vais te le demander une seule fois, parce que j'ai vraiment eu une journée de merde. J'ai très envie de me faire quelqu'un, si tu vois ce que je veux dire, et vu que je n'ai pas pu me faire quelqu'un au lit, c'est toi qui va prendre, mais avec mon flingue. Alors fais-nous une faveur à tous les deux et contente-toi de me répondre, comme ça nous pourrons rentrer gentiment chez nous, d'accord ?

M. Moustache de Guidon – parce que sérieusement, il avait une telle moustache qu'il aurait sans doute été plus à sa place à attacher une blonde à forte poitrine sur un chemin de fer – lui rendit son regard foudroyant. Malheureusement, les sains d'esprit savaient rarement comment faire face à ce que Jed était capable d'envoyer. Il finit par baisser les yeux et hocha lentement la tête, carrant la mâchoire avec ce qui était sans doute de la peur. Ou peut-être juste du chewing-gum. Qui pouvait bien savoir ?

— C'est qui ton chef ?

Moustache de Guidon hésita, puis répondit avec un léger accent hispanique :

— M. Fil.

Monsieur Fil ? Si ce n'était pas élégant, ça.

— Il est en ville ? demanda Jed, traçant la jugulaire du type du canon de son arme.

Une autre longue pause, avant qu'il ne crache un *oui*. Jed imaginait que son nouveau meilleur ami venait sans doute de la région du Salvador. Il y était passé, une fois. Des gens sympas. De la bonne bouffe. D'excellentes révolutions.

— Et si je venais à ajouter M. Fil à ma liste de carte de vœux pour Noël, où devrais-je adresser son *Feliz Navidad*? demanda Jed en levant un sourcil.

Avec un grognement, Moustache de Guidon lui fit signe de se rapprocher. Jed se pencha en avant, se demandant si ça allait vraiment être aussi simple. Et bien sûr, ça ne le fut pas. C'était quoi, un conte de fées? Moustache de Guidon lui flanqua un coup de tête en plein dans l'œil droit, remontant le genou en même temps pour le frapper, fort, en plein dans les bijoux de famille.

Ça faisait longtemps que ses parties n'avaient pas subi un sort aussi cruel.

Jed oscilla un instant, juste assez longtemps pour que Moustache de Guidon lui flanque un coup de coude dans la mâchoire, l'envoyant à terre avec un grognement sourd de douleur. Il se redressa d'une roulade et commença à tirer, jurant, tandis que l'autre homme se lançait en courant sur le toit. Il se releva avec difficulté et se lança à sa poursuite, essayant de trouver le bon moment pour tirer. Moustache de Guidon tourna brutalement vers le bord du toit, Jed sur les talons, et…

Il sauta. Ce taré *sauta* du putain de toit, droit dans l'arrière d'un pick-up, qui redémarra aussitôt, laissant de la gomme sur le bitume dans sa hâte de quitter les lieux. Jed vida son chargeur dans sa direction, plus pour se faire du bien qu'autre chose, étant donné qu'il ne parvint qu'à casser la vitre arrière, tout en leur hurlant des injures.

Et merde.

Essuyant du sang de son œil, là où il s'était égratigné le visage contre les pierres qui bordaient le toit, il soupira, agacé, et fixa la route par où le pick-up avait disparu. Il n'avait pas été là auparavant et le sniper n'avait pas eu le temps d'appeler à l'aide, ce qui voulait dire qu'il avait été suivi. Par des gens bien plus doués que les cinq premiers.

Fil avait engagé une nouvelle équipe. Félicitations.

Cet enculé voulait qu'il sache qu'ils étaient là. Il voulait que Jed sache qu'il était assez près pour l'atteindre quand il le voulait. À présent, Jed n'avait toujours rien, à part des bleus.

Et en plus, son engin était peut-être cassé. Ce qui était vraiment le pire dans cette histoire.

En boitant un peu, il retourna chercher le fusil du sniper et le démonta avec des gestes d'expert, jetant un coup d'œil à chaque partie. Le fusil et le silencieux étaient produits en gros, mais le viseur était du sur-mesure.

Ça pourrait être utile. Fourrant le tout dans les poches de son manteau, il redescendit du toit avec un grognement et rentra à la maison, dans un état plutôt piteux.

— Red ?

Ouvrant la porte d'un coup de hanche, Jed entra, abandonnant les parties du fusil sur la table du salon avant d'attraper un carnet à dessin sur son bureau.

— J'suis rentré. Ça va ?

S'affalant sur le canapé, Jed posa ses pieds sur la table basse, les jambes aussi écartées que possible. Son pauvre Winston et les deux gars, Margaret Thatcher à gauche et Rambo, le vrai héros américain, débutant à droite, avaient besoin d'espace pour se remettre. Il dénicha un stylo sous un des coussins et commença à dessiner. Les sourcils froncés par la concentration, il se demanda vaguement s'il pourrait dresser Knievel pour qu'elle l'attende avec une bière lorsqu'il rentrait.

Des bruits de pas traînants et hésitants derrière lui annoncèrent l'arrivée de Redford.

— Pourquoi est-ce que tu es assis comme ça ? Ça va ?

— Parce qu'un putain de connard m'a foutu un coup de genou dans les parties, marmonna Jed, levant son croquis et plissant les yeux avant de marmonner dans sa barbe en traçant d'autres lignes.

Redford s'avança un peu plus.

— Ça va ? Je sens… Tu as du sang sur toi. Plus qu'avant.

— J'ai du sang qui circule partout, répondit-il, tournant le papier avant d'ajouter des ombres. Un endroit te fait un effet particulier ?

Il n'allait pas regarder Redford. S'il se contentait de ne pas le regarder, tout irait bien. Parce que, quel que soit ce truc entre eux, ce n'était pas possible. Jed était une épave qui faisait ressembler le Titanic à une croisière. Redford méritait quelqu'un qui serait encore là après le sixième jour, et c'était un point que Jed n'avait jamais vraiment atteint. Donc, il ne regardait pas. Ils allaient s'occuper de cette affaire, il allait lui sauver la mise, et Red pourrait retourner à sa vie parfaitement normale. Comme il le devrait. Et Jed pourrait à nouveau être excité par des gros durs mariés qui pouvaient le plaquer au sol comme un catcheur junior.

Il y eut un soupir en réponse à sa taquinerie et de légers bruits indiquant que Redford battait en retraite. Puis, d'autres bruits, qui avaient suspicieusement l'air d'être une brosse frottant de la porcelaine. Est-ce que Redford nettoyait sa salle de bain ?

— Tu sais, cria-t-il en penchant la tête en arrière, mais *sans* le regarder, merci bien, jetant juste un œil dans sa direction. Je suis en train de cultiver ma propre variété de moisissure là-bas. J'ai fait une demande à la Fondation Nationale des Sciences pour avoir des fonds. Je vais l'appeler le Jedlet.

Une pause ; il laissa échapper un soupir d'irritation, se maudissant pour sa bêtise avant de s'arracher au canapé et de s'avancer vers la salle de bain, carnet à dessin sous le bras.

— Je t'en prie, ne me dis pas que tu es en train de nettoyer mes chiottes, murmura-t-il, tête baissée, les yeux fermement fixés sur le sol. Parce que, je dois l'avouer, je n'avais même pas réalisé qu'on pouvait le faire.

Heureusement, Redford n'était pas en train de nettoyer ses toilettes. Il était à genoux à côté de la baignoire, penché par-dessus le rebord dans une position qui avait l'air franchement inconfortable, attaquant le fond avec une brosse que Jed avait ignoré posséder. Lorsqu'il s'était approché, Redford avait levé les yeux vers lui, son expression indéchiffrable, avant de se remettre immédiatement à nettoyer.

— Tu m'as sauvé la vie et tu me protèges, dit-il doucement. Il faut que je fasse quelque chose pour toi, en échange.

Oh, bon sang. Fermant les yeux, Jed se massa les tempes. Cette boule dans sa gorge qui semblait devenir un mal chronique en présence de Red était de retour et ses yeux le piquaient. Il y avait quelque chose chez cet homme, quelque chose qu'il n'avait jamais rencontré auparavant. Cela n'avait même pas de sens qu'il veuille le protéger à ce point et qu'il veuille en même temps se réfugier dans ses bras pour voir si, pour une fois, il pouvait se sentir en sécurité.

— Red, chuchota-t-il, s'accroupissant à côté de lui et lui attrapant le poignet pour l'immobiliser. Tu ne me dois rien du tout. Ce n'est pas… Je *n'attends* rien de toi. D'accord ? Et je t'en supplie, arrête de tuer les Jedlets.

Il déglutit et essaya de sourire, résistant à la tentation de le toucher davantage. S'ils faisaient comme si rien ne s'était passé, peut-être que Jed pourrait en finir avec cette histoire sans lui faire de mal.

— Hé, fit-il en se raclant la gorge avant de changer de sujet. Euh, tu pourrais jeter un coup d'œil là-dessus ? Dis-moi si ce type te semble familier.

Il retourna le carnet, lui montrant le croquis de Moustache de Guidon sur lequel il travaillait.

— Alors ?

Redford se tourna vers le dessin, l'examinant longuement avant de secouer silencieusement la tête, l'air désolé, puis de se tourner à nouveau vers la baignoire. Doucement, il tira son poignet hors de la poigne de Jed et recommença à nettoyer, l'air déterminé.

— Désolé, je ne le reconnais pas, déclara-t-il avant de faire une pause. J'ai besoin de faire *quelque chose* pour toi et nettoyer, c'est la seule chose que je sache faire.

Oh, ce n'était *définitivement* pas vrai, et il lui restait sa frustration pour en attester. Mais il n'allait pas faire de cette scène un film porno. Même s'il détestait la pensée de Redford agenouillé en dehors de ses fantasmes, il le laisserait nettoyer. Ça aiderait peut-être à atténuer cette tension entre eux. Ou l'augmenterait encore, mais tant pis.

— Ce n'est pas grave, dit-il en soupirant. Je ne pensais pas que tu le reconnaîtrais. Mais ça valait le coup de tenter.

Il se releva, jeta un coup d'œil dans le miroir et grimaça en appuyant légèrement sur la nouvelle belle égratignure au-dessus de son sourcil gauche. Remarquable.

— Je vais appeler un de mes contacts. Il pourra peut-être m'aider à identifier ce type.

Il retourna dans le salon et chercha dans le répertoire de son téléphone jusqu'à trouver le numéro qu'il cherchait. David. Tout simplement David, un peu comme Cher ou Viagra. Ce mec était capable de retrouver la taille de soutif de ta grand-mère en trois heures si tu le payais suffisamment. À ce moment-là, il était sa meilleure chance de trouver le genre d'hommes de main que Fil engageait. En suivant l'argent, on pouvait presque toujours savoir où viser.

— David, salua-t-il avec un sourire charmeur, sortant son meilleur personnage de séducteur. Tu m'as manqué, chéri. On ne s'appelle jamais.

Redford était sorti dans la salle de bain, une compresse humide à la main qu'il appuya doucement sur la tempe de Jed. L'espace d'un instant, ils furent très proches, respirant le même air, les yeux dilatés, la totale. Redford était une vraie drogue et Jed était déjà en train de se pencher vers lui sans même se rendre compte de ce qu'il faisait. Heureusement, David prit la parole à ce moment-là :

— Je devrais t'arracher le foie par les yeux, espèce d'enculé, dit David sur le ton de la conversation, de manière presque plaisante – ce qui indiquait le plus sûrement qu'il était bien agacé.

Jed se contenta de rire.

— Arrête, tu adores la manière dont je suce. Et tu aimes encore plus ce que je te paie…

— Tu me paies seulement *parfois*, et c'est exactement la raison pour laquelle je ne suis pas ravi de te parler à cet instant précis. Tu te rappelles du Nigeria? J'ai trouvé ce que tu voulais, et tu m'as planté.

— Le Nigeria, c'était complètement différent, remarqua Jed. En plus, ce n'est pas moi qui t'ai planté. Le client a juste décidé de prendre une autre direction.

— Parfois, je me demande ce qui m'empêche de t'arracher la tête.

— Parce que je fais tourner tes affaires. Et en plus, je suis plutôt mignon, dit-il en s'appuyant contre le mur, levant les yeux vers le plafond. Je te faxe un croquis, David. J'ai besoin de tout ce que tu pourras me trouver sur le sujet. Je t'envoie aussi un viseur en express, ça aidera peut-être. Je pense qu'il a été fait sur mesure.

— Waouh, un dessin et un viseur. T'aimes vraiment me faciliter la tâche, pas vrai? répondit sèchement David, mais il ne refusa pas, et c'était tout ce que Jed pouvait espérer. Donne-moi deux jours.

— Tu en as un. Je t'appelle demain soir.

Jed raccrocha et s'affala sur une chaise, la faisant basculer en arrière.

— J'ai besoin d'une bière.

Redford avait cessé d'essuyer le sang durant la conversation, mais il recommença, tapotant légèrement au-dessus de son sourcil.

— C'était qui?

Cela avait été quelque chose qui l'avait empêché d'attirer Redford sur ses genoux, mais, de toute évidence, Jed ne pouvait plus résister à l'envie de le faire. Il frotta son nez contre son épaule avec un soupir.

— Quelqu'un qui peut m'avoir ces infos. Dès que je saurai où tirer, j'aurai ce type. Je te le promets.

Même si la nouvelle position le surprit visiblement, Redford se mit rapidement à l'aise, un sourire éclairant à nouveau son regard.

— J'ai entendu des bruits bizarres à l'autre bout de la ligne.

— Eh bien, articula Jed avec langueur, fermant les yeux pour laisser Redford continuer à soigner ses égratignures. Ton ouïe est plus fine que la mienne, mais ce ne serait pas la première fois que je trouve David occupé à baiser son intello de copain. Il a un petit truc pour l'exhibitionnisme, dit-il, un sourire étirant légèrement ses lèvres. C'était ce genre de bruits?

— Oh.

Redford prit un air surpris, puis un peu gêné, mais son expression devint assez rapidement plutôt amusée.

— J'étais simplement curieux. Il était plutôt cohérent pour un gars en pleine action. Alors, tu penses qu'il peut nous aider ?

— Il s'exerce régulièrement à le faire, murmura-t-il, levant son visage pour mieux profiter des doigts frais de Redford.

Il aimait bien le voir ainsi : pas effrayé ni hésitant, comme s'il avait enfin compris la blague. Comme s'il participait. Et il n'y avait rien de mal à ce qu'ils faisaient, il était tout à fait capable de respecter ses limites. Ce n'était pas parce que Redford était une présence chaude sur ses genoux qu'il allait commencer quoi que ce soit. Ça, c'était… Amical. Innocent.

Bien sûr, et il était Mère Thérésa.

— Sinon, oui, répondit-il avec un haussement d'épaules en s'appuyant contre le dossier de la chaise. Il est bon et il sait que je vais le payer. Enfin, probablement, ajouta-t-il avec un bref sourire malicieux. Je pense que je vais avoir ce que je veux.

— Okay.

Croyant visiblement Jed sur parole, Redford continua à essuyer délicatement le sang. Il finit par refermer ses mains autour de la compresse, avec l'air de savoir qu'il devrait se lever et s'éloigner, mais de ne pas en avoir envie du tout.

Jed n'en avait pas envie non plus. Il n'avait pas non plus voulu arrêter de croire au Père Noël, mais c'était comme ça. Il prit Redford par les hanches et le souleva légèrement, avant de se lever avec un sourire un peu désolé. Peut-être vaudrait-il mieux pour eux deux qu'il soit carrément honnête et lui dise : « *Fido, tu me rends complètement dingue, mais je suis aussi tout simplement dingue, alors je pense que tu devrais vraiment te casser aussi vite que possible* ».

Ouais, ça non.

— J'ai du boulot, expliqua-t-il en étudiant le visage de Red, essayant de piétiner le désir douloureux qui menaçait de lui couper le souffle. Si tu dormais un peu ? Je vais regarder des cartes et des trucs comme ça, pas vraiment fascinant, je t'assure. Une fois le plan imaginé, je te ferai un topo dessus plus tard, ce soir. Fais un somme, relaxe-toi, d'accord ?

Redford eut l'air sur le point de protester, mais un bâillement le coupa avant même qu'il ait eu le temps de parler et il ne fit qu'un petit sourire gêné. Il ne donna pas son accord avec des mots, il se contenta d'entourer le bras de Jed de sa main et de presser légèrement, clairement plus confiant, avant de partir vers le lit. En arrivant, il avait dû mettre d'autres vêtements, propres et secs, et il enleva son tee-shirt avant de se recroqueviller sur les couvertures, fermant des yeux fatigués, épuisé par les événements de la journée.

Jed le regarda un moment en silence, une expression presque douce sur le visage. Une envie, comme un besoin désespéré, le tiraillait, mais il se frotta le visage d'une main pour l'effacer avant de se remettre au travail. C'était ce pour quoi il était bon et il allait utiliser chaque parcelle de ses talents pour s'assurer que Redford sortirait de cette histoire sain et sauf.

VII

REDFORD RÊVAIT à nouveau.

Il rêvait qu'il était de retour dans sa fausse chambre, sa chambre qui n'était pas vraiment la sienne, et que Jed l'entraînait à nouveau à l'extérieur.

La clochette tinta.

— *Continue de la porter. Je ne veux pas te perdre, dit Jed.*

L'univers du rêve bascula, tournoya, se renversa sur son axe avant de se reformer. Ils étaient dans sa cave. Il n'était plus sur deux jambes, mais à quatre pattes, la lune brillait, haut dans le ciel. Jed s'éloignait de lui, de la peur dans les yeux. Le loup gronda. Il n'aimait pas l'intrus.

— Red ?

Le loup sauta, sa mâchoire puissante se referma autour du cou de Jed comme un étau, et il le secoua comme une poupée de son. Il y eut un craquement sinistre.

— Hé, Fido. Réveille-toi.

Du sang s'écoulait à flot, encore chaud, formant une flaque sur le sol...

— Redford !

Celui-ci ouvrit brutalement les yeux. Jed était penché au-dessus de lui, une main sur son épaule. Encore perdu dans les méandres de son rêve, Redford remarqua étourdiment que les yeux de Jed étaient d'un vert très intense, clair et lumineux.

— De quoi est-ce que tu rêvais ? demanda Jed d'une voix douce, contrastant avec son assurance habituelle. Tu chassais des lapins ?

Il lui lança un petit sourire moqueur, mais il y avait quelque chose d'incertain dans son expression, comme s'il ne savait pas vraiment quoi faire.

Redford cligna lentement des yeux, s'apercevant progressivement qu'il était emmêlé dans les draps et qu'il serrait un oreiller contre son torse comme une ancre. Il avait dû bouger dans son sommeil.

— Non, j'étais... dit-il avant de s'arrêter, se frottant le visage. Désolé. Je ne voulais pas te déranger.

Le paravent avait été replié, si bien que Redford pouvait voir ce que Jed avait été en train de faire. Il y avait des cartes partout, l'air était imprégné d'une odeur de cigarette et une table entière était recouverte de pistolets démontés. Jed avait de toute évidence été occupé à les nettoyer, mais il y avait quelque chose de presque religieux dans la manière dont il les avait disposés, comme s'il s'agissait de ses possessions les plus chères.

Il sentit une main sur sa joue et tourna son regard vers Jed. Il avait enlevé son tee-shirt, pour une raison que Redford n'arrivait pas vraiment à discerner en cet instant, et passait son pouce sur la mâchoire de Redford, avec une inquiétude à peine dissimulée dans les yeux.

— Tu ne m'as pas dérangé, je regardais juste mes cartes, dit-il en lui souriant, et le poids du cauchemar sembla quitter les épaules de Redford. Tu veux dormir encore ? T'as toujours l'air fatigué.

Redford secoua la tête en se relevant.

— Non, je suis réveillé maintenant.

Il se passa une main dans les cheveux et se frotta les yeux, essayant de finir de se réveiller. Tandis qu'il se levait, Jed retourna à ses cartes, s'asseyant sur la chaise devant la table. Redford se frotta une dernière fois les yeux, s'approchant pour observer le chaos qui avait envahi la pièce. Il n'avait pas remarqué qu'il y avait encore d'autres cartes sous les pistolets. Jed était occupé à les regarder ; il y avait des annotations au stylo dessus, des rues aux noms vaguement familiers étaient entourées.

— J'essaye de trouver où Fil peut bien être, expliqua Jed, un stylo coincé entre les dents. David a identifié le portrait du gars, il s'appelle Edward Grasio. Il est bon, si on en croit sa réputation. Il n'a pas inventé l'eau chaude, mais il sait faire la différence entre son cul et une grenade. Un homme de main de première classe.

Redford regarda les cartes de plus près et commença à distinguer des constantes. Jed avait commencé par l'endroit où ils s'étaient fait attaqués et avait tracé un rayon autour de cette zone, dans lequel il avait sélectionné certains immeubles.

— Tu essaies de trouver où il vit ?

— Où il vit, où il bosse, où il chie, peu importe, répondit Jed en haussant les épaules. Où on peut le trouver, quoi.

Il prit une cigarette dans un paquet abandonné sur une pile de cartes chiffonnées et sembla hésiter un instant pour décider ce qu'il préférait avoir entre les lèvres : la cigarette ou le stylo. Le stylo perdit et tomba sur la table tandis que Jed sortait un vieux briquet en argent terni de sa poche. Redford fronça le nez lorsqu'il alluma sa cigarette et que l'odeur l'atteignit. Le paquet sur la table portait le nom de Marlboro Reds, mais cela n'indiquait rien à Redford, qui n'y connaissait pas grand-chose.

— Cela pourrait m'aider à découvrir où se planque notre ami Fil.

Redford était sur le point de demander à Jed ce qu'il ferait lorsqu'il l'aurait trouvé, mais il réalisa qu'il n'avait pas besoin de poser la question. Les pistolets posés sur la table étaient la seule réponse qu'il lui fallait. Même s'il était hésitant quant à l'idée de commettre un meurtre, l'homme avait tout de même tenté de les tuer. Redford n'était pas sûr que ça justifie quoi que ce soit (sa grand-mère lui avait toujours dit qu'une injustice n'en réparait pas une autre), mais il était quand même en colère que leurs vies aient été menacées.

— Ne devrait-on pas appeler la police ? demanda Redford avec un regard vers Jed, suivant des yeux la fumée bleutée qui sortait de sa cigarette.

Apparemment, c'était une question bizarre, à laquelle Jed n'avait même pas pensé, et il eut l'air surpris avant de sourire lentement.

— Ils ne le trouveraient jamais, joli cœur. Les gens comme Fil ou comme Grasio, les autorités ne les trouvent que quand ils le veulent bien.

Ce n'était pas très rassurant, mais Redford acquiesça quand même.

— Mais t'as pas besoin de t'inquiéter pour ça, lui assura Jed avant d'indiquer la cuisine. Il y a à manger, si t'as faim.

Devant l'expression inquiète de Redford, Jed se contenta de rire avant de se pencher de nouveau sur ses cartes.

— Le fromage n'est plus là, Fido. Je voulais dire que j'ai acheté à manger, pendant que tu dormais. J'ai donné cinquante balles au gosse d'à côté pour qu'il aille me chercher ce que les gens normaux ont dans leurs placards. Éclate-toi.

Avec un discret soupir de soulagement, parce qu'il n'avait vraiment pas eu envie de rencontrer à nouveau ce fromage effrayant, tout vert et velu, Redford s'avança dans la cuisine pour inspecter le contenu des placards et du réfrigérateur. Effectivement, Jed avait fait le plein des aliments de base ; c'était sans doute pour lui faire plaisir parce que, à en croire ce qu'il avait trouvé dans la cuisine à son arrivée, il lui paraissait évident que Jed ne cuisinait pas. Pas du tout.

Heureusement pour eux deux, Redford oui.

Il s'activa donc dans la cuisine, réunissant les ingrédients dont il avait besoin tout en essayant de se rappeler comment on faisait un ragoût au poulet et au bacon, ainsi que la quantité exacte de bouillon de volaille à utiliser.

Sa grand-mère était peut-être de la génération qui pensait que les enfants n'avaient pas à être vus ou entendus, mais elle lui avait appris à cuisiner, partant du principe que vu qu'il vivrait sans doute seul, il aurait besoin de savoir faire au moins quelque chose. Elle l'avait donc fait venir dans la cuisine tous les soirs et s'était assurée qu'il mettait bien deux cuillerées à soupe d'huile d'olive, ou seulement une gousse d'ail.

Elle ne l'avait pas fait parce qu'elle voulait qu'il devienne un bon mari, un jour. Elle l'avait fait parce qu'elle savait bien que ce ne serait pas le cas. Il avait bien écouté, lorsqu'elle lui avait expliqué qu'il était un loup-garou, et qu'il resterait seul toute sa vie. Il était inutile de préciser que sa grand-mère n'aimait pas beaucoup les loups-garous.

Chassant ces pensées, Redford essaya plutôt de se concentrer sur la cuisine. Le simple fait de couper les légumes et la viande l'apaisait, lui rappelant l'étrange facilité avec laquelle il s'était habitué à l'appartement de Jed. Ça n'aurait pas dû être aussi facile de devoir se cacher pour survivre et de se retrouver chez quelqu'un qu'il connaissait à peine, en tout cas au début. Redford n'était pas encore vraiment sûr qu'il connaissait Jed. Mais pourtant, c'était facile, et il se sentait davantage chez lui ici que dans sa propre maison.

Cette réalisation surprit Redford et il grimaça en évitant de justesse de se couper le bout du doigt dans sa distraction. Jed, sans surprise, avait des couteaux parfaitement affûtés, et même si c'était appréciable pour mieux couper les légumes, il fallait qu'il fasse particulièrement attention.

Pour éviter de se couper, Redford se concentra à nouveau sur la cuisine. La recette était plutôt facile et il se retrouva à sourire tandis qu'il préparait tout, avec derrière lui les légers bruits que Jed faisait en consultant ses cartes. Pour être honnête, les cartes, les pistolets et les rayons d'action étaient en dehors de ses compétences, et il était juste content de pouvoir aider d'une manière ou d'une autre. Entre la cuisine et son début de nettoyage de la salle de bain, il espérait pouvoir, d'une certaine manière, arriver à compenser ce que Jed faisait, le remercier de lui avoir sauvé la vie et de lui avoir donné un endroit où aller lorsqu'il avait besoin de protection.

Lorsque tout fut prêt et en train de cuire, Redford rejoignit Jed. Il y avait encore plus d'annotations colorées sur les cartes.

— J'aimais bien ce fromage, remarqua Jed.

Redford se demanda s'il venait de passer une demi-heure à bouder en pensant à son fromage.

— Je pouvais le sentir depuis l'autre bout de la rue, protesta-t-il.

— Il aurait pu former sa propre civilisation. Il avait presque mis en place un gouvernement.

— Il était dégoûtant.

— La démocratie n'est jamais dégoûtante, rétorqua Jed, les sourcils froncés, et Redford soupira.

Il était facile de voir que Jed n'était pas vraiment dérangé par la perte de son fromage presque vivant. Ses yeux n'en montraient aucun signe. Une grande partie de la personne qu'était réellement Jed semblait pouvoir se lire dans ses yeux, et la vérité ne se trouvait pas dans ses sourires narquois ou obscènes. Si Redford faisait suffisamment attention, il pourrait sans doute deviner ce que Jed pensait vraiment, plutôt que d'être trompé par la façade qu'il laissait voir au monde. Et à cet instant, Jed avait l'air un peu perplexe, jetant de fréquents coups d'œil à la cuisine.

Soudain, Redford se mit à s'inquiéter.

— Est-ce que… Je suis désolé, je ne t'ai pas demandé si je pouvais cuisiner. Ou si tu aimais le poulet et le bacon. Ou si tu étais allergique à quelque chose, ou…

— Redford.

Jed lui souriait ; il y avait quelque chose d'étrangement vulnérable au fond de ses yeux.

— Ça va. C'est juste que personne n'a jamais cuisiné pour moi.

Il se pencha à nouveau vers la table, cette fois occupé à nettoyer une de ses armes, en passant un tissu huilé sur le canon.

— Ça sent bon.

— Oh.

Le revirement de ses sentiments, passant de l'inquiétude au plaisir soulagé, était un peu trop soudain pour Redford.

— Merci, se contenta-t-il de dire.

Il avait quarante-cinq minutes à attendre avant que son plat ne soit prêt, qu'il passa auprès de Jed, à essayer d'écouter et de retenir ce qu'il lui disait concernant les cartes et ce qu'il faisait. Parfois, Jed prenait quelques minutes pour appeler des gens qu'il appelait ses « contacts ». Il rappela même David, qui sembla encore plus agacé que la fois précédente. Jed se contenta de rire et de le traiter de connard obsédé, avant d'obtenir les informations qu'il voulait.

Finalement, ils réussirent – surtout Jed, en fait – à réduire les endroits où Grasio pouvait se trouver à trois immeubles. C'était des ensembles d'appartements à louer à bas prix, assez près de l'endroit où ils avaient été attaqués pour que Grasio puisse se débarrasser des corps assez vite, comme Jed l'avait constaté.

Quarante-sept minutes plus tard, parce que le four de Jed était un peu différent du sien, Redford sortit son plat. Jed attendait derrière lui, l'air à la fois anxieux et, étonnamment, excité.

— Tu n'as même pas vérifié avant, comment sais-tu si c'est prêt ?

Apparemment, Jed n'avait effectivement d'expérience en matière de cuisine que grâce à la magie de la télévision. L'application pratique du savoir-faire semblait l'abasourdir.

— J'ai un très bon odorat.

Redford n'était pas sûr que Jed le croie, concernant sa nature de loup-garou, donc il ne répondit que vaguement. La vérité, c'était qu'il n'avait pas besoin de vérifier, parce que son odorat lui avait permis de savoir exactement où en était la cuisson de la viande. C'était un effet secondaire plutôt utile de son état, qui autrement le maintenait dans une situation isolée et la paranoïa.

Jed semblait penser que Redford avait effectué un miracle dans le four lorsque celui-ci lui donna son assiette, et il attaqua avant même d'être assis à table.

— Oh, la vache.

Redford se tourna vers lui, inquiet, attendant qu'il se remette à parler.

— Oh, la vache, Fido. Cette bouffe…

— C'est mauvais ?

Ça ne sentait pas mauvais, mais maintenant Redford n'était plus très sûr de lui.

— Tu te fous de moi ? C'est sans doute la meilleure chose que j'ai jamais eue dans la bouche ! déclara-t-il avant de faire une légère pause ; puis il sourit brièvement. Enfin, presque. Mais s'il s'agit de choses appartenant à la catégorie « nourriture », ton plat remporte la première place.

Il alla s'asseoir avec enthousiasme, laissant Redford se demander ce qu'il avait voulu dire. Jed ne prenait cette expression que lorsqu'il parlait de sexe, mais même en se creusant la tête, Redford n'avait pas la moindre idée de ce à quoi il faisait allusion.

Jed, avait l'air aux anges en mangeant, remarqua Redford en se mettant lui aussi à table ; il faudrait qu'il cuisine plus souvent, si c'était la réaction que cela provoquait à chaque fois. S'il restait, cuisiner serait pour lui une manière de remercier Jed pour tout ce qu'il faisait.

Ils mangèrent dans un silence uniquement interrompu par les quelques grognements de plaisir de Jed, et Redford laissa ses pensées vagabonder.

C'était le crépuscule, et la lune pâle qui se levait dans le ciel était presque pleine. Elle le serait le lendemain, mais il commençait déjà à en ressentir les effets. Cela n'avait jamais vraiment été un problème lorsqu'il vivait seul : il lisait, se changeait les idées comme il le pouvait. Mais à présent, il était là, avec Jed, et le lendemain, il lui faudrait rentrer pour regagner sa cage.

— Je… Euh… commença-t-il.

Il avait les yeux fixés sur ce qu'il restait dans son assiette, poussant les aliments du bout de sa fourchette. Comment entamer cette conversation ?

— Je vais être occupé, demain soir.

— On va tous les deux être occupés, acquiesça Jed d'un ton distrait.

Il avait poussé son assiette pour prendre des notes sur une carte dans une écriture illisible. C'était évident qu'il avait l'habitude d'être seul pendant les repas. Après quelques instants de silence gêné, il avait rentré les épaules avant de dévorer son repas avec plaisir, et maintenant il était bien plus concentré sur ses cartes que sur Redford.

— Si j'ai raison, on va faire en sorte que le week-end de Fil commence de manière explosive.

Ce n'était pas vraiment ce dont Redford voulait parler.

— Non, je veux dire… commença-t-il à nouveau, se tordant nerveusement les mains. La lune sera pleine, demain soir. Je dois rentrer chez moi.

Clignant des yeux, Jed leva la tête de ce qu'il était en train de faire – un petit dessin représentant un bonhomme qu'il avait nommé « le connard » et qui sortait d'une maison en courant.

— Je crois que j'ai mal entendu, dit-il en fronçant les sourcils, baissant à nouveau les yeux sur son dessin, la mâchoire crispée.

Pour combler le silence, il ajouta des flammes au bonhomme.

— Bon, écoute… Je ne sais pas trop ce qui te prend avec cette histoire de loup-garou. Mais je ne te quitte pas des yeux, pas avant que cette affaire soit réglée. Si tu as tellement envie de te débarrasser de moi, j'imagine que je peux dormir sur le palier. Mais pas plus loin.

Il avait sa réponse : Jed ne croyait pas aux loups-garous et Redford allait devoir s'éloigner le plus possible. Il allait devoir retourner dans sa cage. Il essaya de ne pas se sentir blessé que Jed ne le croie pas et ramassa les assiettes avant de les ramener dans la cuisine et de s'occuper de ce qu'il restait du plat. Il avait fait exprès d'en cuisiner trop, pour qu'il en reste à Jed. Maintenant, il lui fallait juste trouver une boîte.

Si Jed n'était pas prêt à le croire, il allait devoir partir en douce. Il ne pouvait pas se permettre de se métamorphoser ici. Il ne se rappelait jamais de ce qu'il se passait durant les nuits de pleine lune, c'était le domaine du loup, pas le sien, mais de ce qu'il en savait, le loup était violent. La cage et les murs étaient toujours balafrés de coups de griffes lorsqu'il se réveillait, sans compter ses propres blessures lorsque le loup ne pouvait passer sa frustration que sur lui-même. Il ne pouvait pas imposer ça à Jed.

Il y eut un bruit de tissu et soudain Jed était là, chaud et tangible, derrière lui. Il ne le touchait pas, même s'il fit un bref mouvement, comme s'il avait tendu la main avant de la retirer vivement, serrant les poings.

— Je ne comprends pas, admit Jed d'une voix sourde. Si je devais faire un pari, Fido, ce serait que tu es aussi honnête qu'un enfant de chœur. Mais bon sang, joli cœur… Un *loup-garou* ? On est dans le monde réel ; je ne crois que ce que je vois, d'accord ? Et puis tu débarques, avec tes grands yeux et tes histoires sur des trucs que je n'ai jamais vus.

Il poussa un soupir, se frottant le front d'une main, appuyé contre l'évier. L'horloge comptait les secondes, imperturbable, pendant qu'il restait plongé dans ses pensées.

Redford n'avait aucun moyen de lui prouver ce qu'il était, à part en laissant Jed assister à sa transformation. Il n'avait pas de réponses à lui proposer. Alors, il garda la tête baissée, empilant les assiettes.

— Je fais la vaisselle, finit par dire Jed, se tournant pour ouvrir le robinet et chercher le liquide vaisselle. Tu essuies, boule de poils.

Il semblait attendre quelque chose, attendre que Redford le rejoigne, comme s'il s'agissait d'une sorte de signe. Il était penché en avant, comme sous le coup d'une défaite ou d'une inquiétude, ou d'une autre émotion semblable, qui ne lui allait pas du tout.

— Tu ne vas pas partir, dit-il, si doucement que Redford faillit ne pas l'entendre. Promets-moi au moins ça.

Il n'arriverait de toute évidence pas à convaincre Jed de le laisser partir. Redford pouvait comprendre que ce serait dangereux : partir revenait à s'exposer à Fil, seul, sans Jed pour le protéger ; mais rester était encore plus dangereux. Il pouvait tuer Jed. Malgré tout, Redford n'était pas un menteur. Il savait qu'il n'était pas débrouillard ni doué pour faire des plans. Il n'arriverait jamais à partir sans que Jed l'en empêche.

— Je vais avoir besoin de faire des courses, dans ce cas, proposa-t-il à voix basse, tout en essuyant les assiettes que lui tendait Jed. Je sais que tu ne me crois pas, et je ne peux rien prouver maintenant. Fais-moi juste confiance, pour une nuit, s'il te plaît.

Il y eut une autre pause. Voir Jed aussi silencieux était étrange, même si Redford ne le connaissait pas encore beaucoup. Normalement, il parlait sans arrêt, une habitude dont Redford commençait à penser qu'elle cachait une intensité de sentiments et de réflexion beaucoup plus profonde. Mais à cet instant, les yeux verts de Jed le contemplaient tandis qu'il réfléchissait.

— Quel genre de courses ? finit-il par demander, ses mains disparaissant dans l'eau savonneuse, les muscles de ses bras tendus tandis qu'il s'acharnait sur du fromage gratiné. T'as besoin de sous-vêtements ? Parce que laisse-moi te dire, t'as pas besoin de t'embêter avec des fringues ou des trucs dans le genre ici.

Son sourire avait repris un caractère aguicheur lorsqu'il se tourna vers Redford, laissant ses yeux s'attarder sur lui.

— Ne te gêne pas pour moi.

Il s'était habitué à ce genre d'allusions et il se contenta de laisser échapper un petit rire. Au moins, il avait compris celle-là. Il avait du mal à ignorer la soudaine chaleur qui l'envahissait, et la ruelle lui revint à l'esprit, les mains de Jed et leurs lèvres… Il ne savait pas si ça arriverait à nouveau, mais il réalisa qu'il l'espérait.

Malheureusement, il ne pouvait pas vraiment se permettre d'y penser. Il devait se concentrer sur le jour suivant. Installer une cage assez solide pour un loup-garou adulte dans l'appartement de Jed n'était pas possible, pas sans un certain temps à consacrer à son installation. Même si Redford était toujours réticent à se transformer ici, il savait que Jed ne le laisserait pas partir. Il devait réfléchir à ce qu'il pouvait faire pour limiter les dégâts.

— Des chaînes, commença-t-il. Épaisses. Plusieurs cadenas, une muselière, un anneau en fer, pour attacher les chaînes au mur…

Redford s'appliqua à essuyer la deuxième assiette, essayant de restreindre le tremblement dans ses mains pour ne pas la faire tomber.

— On va devoir aller dans un magasin de bricolage et une animalerie.

En silence, Jed reposa avec précautions le plat dans l'eau, avant de laisser échapper une expiration lente, les mains appuyées de chaque côté de l'évier.

— Je ne pensais pas que t'étais du genre fétichiste, joli cœur. marmonna-t-il avec un petit sourire qui manquait de chaleur.

Il attrapa le torchon que tenait Redford, le tirant lentement à travers ses doigts, le fixant avec une intensité presque effrayante.

— C'est ce que ta grand-mère faisait ? chuchota-t-il. Elle t'enchaînait avant de retourner gaiement à ses roses et à ses putains de napperons ?

Il semblait à Redford que, si Jed n'avait pas chuchoté, il aurait sans doute hurlé. Il rentra les épaules et se remémora que Jed n'était pas en colère contre *lui* ; en tout cas, il espérait vraiment que ce n'était pas le cas.

— C'était plus sûr comme ça, répondit-il.

Il ne savait pas vraiment pourquoi Jed avait l'air de se sentir personnellement insulté.

— Au moins, elle était en sécurité ; tout le monde l'était.

Les dents serrées, Jed lui tourna le dos et se mit à laver le plat comme si la reine d'Angleterre en personne allait lui rendre visite et y manger. Une fois qu'il eut fini, il partit dans la chambre en silence et fouilla un tiroir pour en tirer un tee-shirt propre. Il se débattit avec pendant quelques secondes et finit par l'enfiler brutalement avant de se diriger vers la table et de se rasseoir devant ses cartes et ses armes. Redford le regarda faire sans comprendre. De toute évidence, il avait dit quelque chose qu'il ne fallait pas.

Après avoir essuyé et rangé le plat, il voulut suivre Jed, mais Knievel l'en empêcha, lui lançant un regard furieux, et Redford se demanda si elle se sentait lésée parce qu'il ne lui avait pas donné sa part du dîner. Jed n'avait pas vraiment l'air de vouloir discuter, donc il retourna dans la cuisine et sélectionna quelques morceaux de poulet qu'il donna au chat.

Il se demandait si Knievel pouvait sentir ce qu'il était. En tout cas, elle agissait comme s'il était complètement indigne d'être remarqué, et il était sûr qu'elle ne ronronnait et ne se montrait mignonne que pour avoir du poulet. Hésitant, il caressa doucement son dos tandis qu'elle mangeait, et leva la tête pour lancer un regard à Jed. Il lui tournait presque le dos et il y avait quelque chose dans sa position qui indiquait clairement son mécontentement. Redford aurait aimé savoir ce qu'il avait dit pour énerver ainsi Jed.

Il comptait lui laisser un peu de temps seul, mais son propre corps ne semblait pas vouloir lui obéir ; à la place, il se retrouva derrière lui, à tendre la main avec hésitation avant de lui toucher légèrement l'épaule.

— Je suis désolé, dit-il. Je ne voulais pas t'énerver. Mais j'ai vraiment besoin de faire ces courses.

Les muscles de Jed bougèrent un peu sous la main de Redford, comme pour lui montrer qu'il savait qu'il était là, mais Jed ne leva pas la tête.

— Je ne vais pas t'enchaîner, Red, alors arrête de me demander de le faire. Écoute, tu me perturbes vraiment, à rôder comme ça. Assieds-toi.

Redford avait l'impression que quelque chose de glacé lui pesait sur l'estomac, mais il fit de son mieux pour l'ignorer. Il n'était pas encore sûr de ce qu'il ne faisait pas correctement, mais il avait vraiment besoin de ces chaînes. Il leva les yeux vers l'horloge au mur tout en allant chercher sa veste. Il ne travaillait pas, mais sa grand-mère lui avait laissé largement de quoi vivre lorsqu'elle était morte et il avait assez d'argent pour acheter ce dont il avait besoin. Les magasins étaient sans doute encore ouverts.

Sinon, il devrait retourner chez lui pour y prendre ce dont il avait besoin. La cage était l'élément principal, mais il avait des chaînes, et la vieille muselière usée qui l'empêcherait de mordre qui que ce soit. À la réflexion, peut-être qu'il ferait mieux d'aller chez lui directement ; ce serait mieux que d'acheter quelque chose qui ne marcherait peut-être pas.

Enfilant sa veste, Redford lança un regard au dos de Jed. Comment pouvait-il s'expliquer ? Il voulait juste que Jed soit en sécurité, mais il avait l'impression que tout ce qu'il disait ne faisait que l'énerver.

— Dans ce cas, je vais rentrer pour chercher quelques affaires, annonça-t-il après avoir pris une inspiration, essayant d'adopter un ton ferme. J'ai tout ce dont j'ai besoin là-bas, je vais le ramener ici. Je ne te demande pas de t'impliquer et de m'attacher, je veux juste… Je veux juste que tu me laisses faire. Juste cette fois, s'il te plaît. J'en ai besoin.

À sa connaissance, les paroles fermes n'incluaient pas de dire « s'il te plaît », mais il avait fait de son mieux.

Jed ferma les yeux et se frotta le front. Il ouvrit et referma la bouche plusieurs fois, mais aucun son n'en sortit. Enfin, avec un juron marmonné, il envoya son stylo sur la table et s'avança d'un pas menaçant vers la porte.

— Très bien, marmonna-t-il en enfilant son blouson avant de s'équiper tout aussi aisément de plusieurs armes. Allons faire les courses. Mais je te préviens, je ne t'achèterai pas de glace, Fido ; même si tu es sage.

Redford soupira de soulagement. Jed n'était de toute évidence pas enthousiaste, mais Redford était prêt à supporter sa mauvaise humeur si cela voulait dire que son ami serait en sécurité. Il suivit ce dernier lorsqu'il sortit d'un pas lourd, avec une démarche bien plus discrète, et monta après lui dans la voiture.

Redford passa le trajet à regarder par la fenêtre, essayant de résister à l'impulsion de s'excuser auprès de Jed. Il allait sans doute passer beaucoup de temps à lui faire des excuses d'ici peu et Jed n'avait pas l'air d'humeur à les entendre. Il semblait toujours énervé lorsqu'ils se garèrent devant la maison de Redford, mais son expression s'éclaircit un peu lorsque celui-ci lui prit le bras pour l'emmener à l'intérieur.

La porte de la cave était bien dissimulée ; la grand-mère de Redford l'avait peinte de la même couleur que les murs pour qu'elle ne ressorte pas. Elle voulait pouvoir ignorer la cave et ce qu'il s'y passait. Redford avait compris ; certains jours, en fait la plupart du temps, lui aussi regrettait de ne pas pouvoir oublier ce qu'il s'y passait. Il descendit le vieil escalier avec Jed, allumant la lumière lorsqu'ils arrivèrent en bas. Une ampoule solitaire s'alluma, la lumière atteignant à peine les recoins de la pièce.

Sa cage se trouvait contre le mur du fond ; elle était usée et rouillée, et il y avait de profondes marques de griffures sur les murs. À l'intérieur se trouvaient des chaînes, qu'il n'avait que peu utilisées puisqu'il s'était déjà trouvé dans la cage, et il s'accroupit pour les tirer à travers l'anneau en fer fixé au mur. Jed était toujours derrière lui et Redford ne savait pas quoi dire. Il ne savait pas comment expliquer le sang séché sur les barreaux épais de la cage ni les marques sur les murs. Cela n'avait aucun sens, sauf si l'on acceptait qu'il était un loup-garou, et Jed n'était pas prêt à croire cette explication pour l'instant.

Jed passa ses mains calleuses contre le mur rêche, effleurant les marques dans le béton, les taches couleur de rouille, et il fit une moue pensive, mais ne dit rien. Il se contenta de prendre les chaînes des mains de Redford et de les accrocher à son épaule, jetant des regards tristes autour de lui. Puis il tendit la main et effleura du bout des doigts la cicatrice qui ressortait, pâle, sur le nez de Redford ; ces mêmes doigts calleux, qui étaient pourtant si doux et tendres sur sa peau.

— J'aurai fini dans une minute, promit Redford, appréciant le contact.

C'était étrange, d'être touché aussi délicatement à cet endroit ; la cave n'était pas associée à ce genre de choses pour lui.

— Prends ton temps, murmura Jed.

Mais les mots n'étaient pas très importants ; ce qui comptait, c'était le ton sur lequel il les avait dits, plus bas que d'habitude, avec une sorte de tendresse rude. Jed était un combattant, c'était évident. Sa manière de marcher, de bouger : il était une véritable arme, tout en muscles tendus et en peau bronzée, en mouvements gracieux et précis. Mais à cet instant précis, tout ce pouvoir, toute cette puissance sourde, entourait Redford. Comme si Jed voulait le protéger. Comme s'il voulait absolument être ce qui se tenait entre lui et le reste du monde. Redford ne s'était jamais senti autant en sécurité.

S'arrachant à sa contemplation de Jed, Redford ramassa la muselière abandonnée au fond de la cage. Elle était vieille, en cuir usé, fermée par des boucles en argent. Il attrapa ensuite le collier, un collier tout simple en cuir que n'importe qui aurait pu acheter dans une animalerie, avec son adresse gravée sur une plaque en argent. Même si sa grand-mère abhorrait ses transformations, elle voulait avant tout protéger les autres, et elle n'avait pas voulu qu'il se perde si jamais le loup parvenait à s'échapper. Ce ne serait pas particulièrement utile s'il se transformait chez Jed, parce que l'adresse n'était plus la bonne, mais Redford ne voulait pas partir sans.

— C'est tout ce dont j'ai besoin, dit Redford en relevant la tête vers Jed, la muselière et le collier dans ses bras. Je pense que ça suffira à te protéger.

Il rit à ces mots, un rire qui ressemblait aux vagues décrites dans un livre que Redford avait lu.

— Oh, joli cœur, répondit-il avec un sourire qui découvrit ses dents, plus amer que joyeux, fatigué, épuisé, mais toujours aussi arrogant. Je n'ai pas besoin qu'on me protège de quoi que ce soit ! En fait, la plupart du temps… C'est plutôt de moi qu'on doit se protéger.

— Je ne veux pas te faire de mal, marmonna Redford, se levant pour essayer de prendre les chaînes à Jed.

Il ne fut pas surpris lorsque Jed haussa les sourcils et se contenta de chasser ses mains tendues.

— Tu ne me feras pas de mal, se contenta-t-il de répondre.

Redford aurait voulu y croire, mais, puisque Jed ne croyait pas que la pleine lune allait le changer en un loup vicieux et en colère, il devait tout de même être prudent. Ce serait mieux ainsi.

— Il faudra que tu enfermes Knievel dans une autre pièce, ajouta-t-il avec un soupir.

— Ah, je vois, se moqua Jed en remontant les escaliers, fermant la porte avec détermination derrière eux. C'est un complot pour que tu puisses voir mon chat me casser la gueule. Parce que si tu crois qu'elle va me laisser ne serait-ce qu'essayer de l'enfermer quelque part, c'est que tu ne l'as pas bien regardée. C'est pour *ça* qu'on aurait besoin de la cage. Pour que je puisse m'y réfugier.

Redford ne put retenir un petit rire, à peine plus qu'un peu d'air s'échappant de sa bouche ; mais le plus surprenant fut la manière dont ses yeux commencèrent à le piquer, comme s'il était sur le point de pleurer. Plus que tout, il ne voulait pas faire de mal à Jed. Mais comment allait-il le convaincre qu'il allait vraiment être en danger ? Et s'il pensait qu'il n'était qu'un gros loup apprivoisé et essayait de le détacher ?

— En effet, c'est mon plan machiavélique, dit-il d'une voix tremblante, essayant de sourire pour dissimuler tout ce qu'il ressentait.

Ils sortirent de la maison, retournant à la voiture après que Redford se fut assuré que la porte était bien fermée. Il n'y avait pas grand-chose à voler dans la maison, mais il préférait quand même être prudent.

— Par contre, une fois que je mets ces chaînes, tu ne me libères pas, on est bien d'accord ?

Levant les yeux au ciel, Jed posa les chaînes à l'arrière de la voiture avant de tenir la portière passager ouverte pour Redford.

— J'ai déjà fait du bondage, mon ange. Ne t'en fais pas, on aura même un mot d'alerte et tout.

Okay, Jed ne prenait pas cela au sérieux du tout. D'un autre côté, à part lors de rares moments à peine entraperçus, il n'avait pas l'air de prendre beaucoup de choses au sérieux. Et à nouveau, ses yeux, d'un vert plus sombre, se tournèrent vers Redford : était-ce de l'inquiétude qu'il y distinguait et qui y semait la tempête ? Ou quelque chose de complètement différent ?

La muselière et le collier sur ses genoux, Redford se demanda vaguement de quoi avait parlé Jed.

— Qu'est-ce que tu veux dire par « mot d'alerte » ?

C'était peut-être quelque chose qui pourrait s'avérer utile ?

Un sourire malicieux étira brièvement les lèvres de Jed, qui se cala dans son siège, ses mains larges entourant le volant.

— Imaginons que je t'attache, commença-t-il sur un ton anodin, les yeux sur la route, les mains bien positionnées sur le volant, tout ce qu'un bon conducteur devrait être. Et que je te baise tellement fort que t'arrives plus à respirer. Je t'ai bandé les yeux, je t'ai mis un anneau pénien, et tu es prêt à exploser. Un mot d'alerte, c'est un mot sur lequel on s'est mis d'accord pour que, lorsque je suis enfoncé si profondément en toi qu'on n'arrive plus à respirer, mais que tu as peur ou que tu es dépassé par les événements, tu puisses l'utiliser pour que j'arrête.

Il marqua une pause avant de laisser un sourire étirer lentement ses lèvres.

— Enfin, je pense que ça sert à ça. Je n'en ai jamais utilisé.

Redford resta les yeux grand ouverts. Heureusement qu'il ne conduisait pas parce qu'il n'arrivait pas à détourner son regard de Jed, tiraillé entre la confusion la plus complète et la chaleur de l'excitation dans ses entrailles. Certaines choses que Jed avaient dites n'avaient aucun sens – comme « anneau pénien » : il n'avait aucune idée de ce que c'était –, mais d'un seul coup, il n'arrivait plus à penser à autre chose qu'à la scène que Jed venait juste de décrire.

Au temps pour son inquiétude du lendemain : elle avait complètement déserté l'esprit de Redford.

— Je… Euh…

Il était à peu près sûr que ses yeux ne pouvaient pas être plus écarquillés et qu'il n'avait jamais été excité si rapidement. Jamais.

— Même si tout ça a l'air… de quelque chose que j'aimerais peut-être faire un jour, ton mot d'alerte ne fonctionnera pas demain soir, dit-il avant de s'arrêter, tripotant les fermetures de la muselière. Je…

— Tu aimerais le faire ? l'interrompit Jed, les articulations blanchies sous la pression, sa voix si basse qu'elle n'était plus qu'un son rauque. Je veux dire… Ce que je viens de dire ?

Redford repensa à la ruelle. Tout avait été tellement nouveau, cette excitation désespérée qu'il avait ressentie ; oui, il aimerait vraiment ressentir ça à nouveau. Mais Jed avait eu l'air si déchiré après coup qu'il s'était tout simplement dit que ce n'était pas une bonne idée.

— Oui, murmura-t-il, presque comme une question. Enfin, je veux dire, je… Je ne sais pas ce qu'est un anneau pénien et je ne vois pas l'intérêt d'avoir les yeux bandés, mais oui.

Jusque-là, ils avaient circulé à une vitesse plutôt tranquille, respectant le code de la route, mettant le clignotant aux intersections, tout ça. Mais à la seconde ou le mot *oui* sortit de sa bouche, Jed mis la gomme, passant à l'orange – ou peut-être au rouge – laissant des traces de pneu sur le bitume derrière la voiture. À un moment, ils prirent un virage si serré que Redford était presque sûr qu'ils devaient être sur deux roues.

Lorsque l'immeuble apparut au loin, Redford relâcha lentement sa prise sur les côtés de son siège. Jed s'était tourné vers lui avec un sourire ravi, semblant très content de lui et prêt à arracher son pantalon avant même d'avoir atteint le garage, lorsque le camion-poubelle heurta le côté de la jeep.

Bizarrement, ce fut silencieux. Pendant un instant, pendant l'instant de la collision même, tout fut complètement silencieux. Puis tout le bruit les assomma : le métal broyé, le verre explosant pour se répandre sur leurs visages. Jed envoya son bras pour retenir Redford, se tournant pour le protéger de l'impact. Sans enlever son autre main du volant, il accéléra, sortant la jeep de sa queue de poisson et enfonça la pédale de frein pour les lancer dans le sens inverse. La voiture se balança en s'arrêtant, face au nez enfoncé du camion qui les avait heurtés.

— Oh, le connard, murmura Jed, du sang coulant des coupures sur son front.

Il cligna des paupières pour l'empêcher de couler dans ses yeux, le regard fixé sur l'autre conducteur. Il n'avait pas l'air tellement étonné. Cela avait sans doute quelque chose à voir avec le fusil qu'on pointait sur eux.

VIII

Jed

— PUTAIN DE *merde* !

Jed lança la jeep en marche arrière à toute allure, tout en attrapant dans le même geste le revolver dissimulé au bas de son dos. Au moins, sa vitre avait explosé : il n'aurait pas besoin de la baisser. Il se pencha par la fenêtre et commença à tirer, l'air sombre et impassible, contrôlant dans le même temps la voiture qui faisait toujours marche arrière, slalomant le long de la rue comme s'il avait trop bu avant de prendre le volant.

La roue avant gauche avait explosé ; des étincelles volaient à l'endroit où la jante raclait contre le bitume, mais il se contenta de faire ronfler le moteur et, avec un rictus, plomba le pare-brise du camion qui avançait toujours de deux balles supplémentaires.

— Baisse-toi ! lança-t-il à Redford, jetant un œil distrait dans le rétroviseur ; merde. Oublie, prépare-toi à sauter. Trois, deux... *Bouge ton cul* !

Il ouvrit brutalement la portière de Redford et le poussa sans cérémonie dehors. Enfonçant l'accélérateur autant que possible, il lança un sourire maniaque à l'autre conducteur. Fil avait de toute évidence voulu leur envoyer un cadeau chez eux ; il fallait que Jed lui rende la pareille. Ce n'était que politesse.

Juste avant que la jeep n'entre en collision avec la station essence, Jed sauta, le souffle coupé sous l'impact de sa chute, avant de rouler sur le côté. Sans prendre le temps de s'attarder sur le tiraillement dans son épaule, il se leva et partit en courant dans la direction opposée.

L'explosion fut très belle. Il trébucha un peu lorsque le souffle l'atteignit, mais il réussit à rester debout et continua à courir, ne s'écroulant que lorsqu'il eut traîné Redford dans une ruelle.

— C'est toujours les ruelles, avec toi, haleta-t-il, s'accroupissant avec une grimace. T'es un genre de fétichiste en fait.

— Est-ce que c'était... demanda Redford, essayant de reprendre sa respiration, un bras replié contre son torse. Est-ce que c'était un des hommes de Fil ?

— Nan, répondit Jed, occupé à passer ses mains sur les bras de Redford pour vérifier qu'il n'avait rien.

Bordel, s'il avait été blessé, il allait torturer ce connard de Fil en prenant bien son temps, juste pour se venger.

— Un ex. Le genre vraiment jaloux. Il a sans doute entendu dire que j'étais fou de ce nouveau mec et il n'a pas pu le supporter.

Il ne semblait pas s'être cassé quelque chose, mais son poignet était enflé, sans doute tordu. Ce n'était pas grand-chose ; leur chance semblait tenir le coup pour l'instant.

Après un regard au bout de la ruelle, Jed baissa la tête, et ils finirent de reprendre leur souffle. L'adrénaline parcourait ses veines, le tendant plus que n'importe quelle quantité de caféine. D'un moment à l'autre, il allait sentir les bleus et les bosses, mais pour l'instant, il pouvait rassembler ses esprits et réfléchir rapidement. Oui, faire exploser la moitié du quartier allait sans doute attirer l'attention de Fil. Et celle de la moitié des flics du comté.

— C'est qui, le nouveau mec ?

Jed leva les yeux vers Redford. Il avait les sourcils froncés d'une manière absolument adorable et une moue de confusion sur le visage. Il avait de toute évidence passé les dernières minutes à y réfléchir.

Jed sentit aussitôt ses lèvres s'étirer lentement en un sourire sincèrement amusé, qui effaça certaines rides de son visage.

— Oh, il est vraiment superbe. Environ un mètre quatre-vingt, des cheveux bruns qui cachent toujours ses yeux, d'ailleurs je n'arrive pas à décider s'ils sont bleus ou gris, c'est vraiment intrigant. De beaux bras, des abdos que j'aimerais bien lécher, et cette cicatrice si sexy à peu près... là ! acheva-t-il en passant le bout de ses doigts sur la cicatrice du nez de Redford, admirant la douceur de sa peau. Et quand il sourit... eh bien, Red, tout ce que je peux dire, c'est que c'est plutôt addictif, si tu vois où je veux en venir.

— Oh.

Pendant un instant, Redford ne comprit pas. Au contraire, il fronça un peu plus les sourcils et Jed aurait parié que c'était de la jalousie qui avait traversé son visage. Puis, il cligna des yeux et ajouta :

— *Oh*. Moi ?

Jed tapota le nez de Redford, se sentant presque *timide* – c'était la meilleure !

— Ding, ding, ding ! Bonne réponse.

Avec une grimace, il s'obligea à se relever et tendit la main à Redford pour l'aider à faire de même.

— Allez, viens. Les gens vont fourmiller ici d'une minute à l'autre. Je veux qu'on soit en sécurité à la maison, pas sur des listes de témoins.

Redford prit sa main tendue et se releva, se plaçant tout contre Jed.

— On a perdu les chaînes, soupira-t-il, tenant toujours la muselière et le collier. Il va falloir trouver un magasin de bricolage.

Il était en état de choc et n'arrivait pas à se concentrer sur ce qui venait de se passer. Ou peut-être qu'il pensait que toute son histoire de pleine lune était bien plus dangereuse qu'un camion-poubelle meurtrier et leur propre version du big bang.

— Chéri, répondit Jed en retenant un soupir, jetant un regard autour d'eux avant de le pousser plus loin dans la ruelle. On vient de faire exploser une station essence. Là, maintenant, la seule chose que nous devons faire, c'est rentrer à l'appartement et se faire tout petits.

Quoi qu'il se cache derrière ces histoires de loup-garou, Jed n'avait pas le temps de jouer au psy. C'était évidemment une manière de masquer une enfance difficile. En général, il pouvait penser à ce genre de chose sans avoir envie de tuer quelqu'un ; mais lorsque c'était Redford, il n'avait qu'une envie : trouver la tombe de cette salope, la déterrer, la tuer une deuxième fois et l'ensevelir sous des tonnes de merde. La grand-mère de Redford avait de toute évidence été particulièrement tordue et l'enfer était trop beau pour elle.

Pour le moment, il fallait qu'il se concentre. Fil venait d'intensifier les choses ; Redford aurait pu être blessé si ce camion était allé plus vite, si l'homme de main avait été plus mauvais tireur, s'il avait touché Redford au lieu de Jed, qui était évidemment sa cible. Mais il n'arrivait pas à s'empêcher de penser qu'il s'agissait d'un message. Il devait dégager sinon son cul atterrirait à la poubelle. Ou un truc dans la même veine ; il n'était pas vraiment poète, il comprenait juste la ligne qui venait d'être tracée. Occupez-vous de vos affaires si vous ne voulez pas mourir, M. Walker.

Malheureusement pour Fil, Jed était déjà bien trop impliqué.

Il ouvrit la porte de l'appartement et prit le temps de faire le tour des lieux avant de lâcher le bras de Redford. Puis il fouilla une nouvelle fois les pièces, cette fois avec un détecteur de micros, et on n'entendit que les sifflements et les bips du détecteur jusqu'à ce qu'il ait eu fini. Enfin, il s'écroula, épuisé, sur le canapé. Putain, il avait mal. Il avait mal partout ; et pire, il ne pouvait pas se reposer, pas encore.

Lorsqu'il en aurait fini avec cette affaire, il allait prendre des vacances. Pêcher, siroter une bière, oublier un certain homme tourmenté et ensorcelant, avec ses yeux couleur de tempête et ses sourires grisants.

Redford s'assit à côté de lui, détaillant du regard les coupures sur son front. Il fut frappé par une sensation de déjà-vu ; une fois de plus, Red avait une compresse humide à la main et l'appuyait délicatement sur son visage.

— Tu n'arrêtes pas d'être blessé à cause de moi, dit-il, inquiet.

— Je n'arrête pas d'être blessé à cause de ce que je fais, répondit Jed du tac au tac avant de prendre la main de Redford, qui tenait la compresse contre sa peau, dans la sienne et de laisser ses yeux se fermer. Et c'est loin d'être le pire de ce que j'ai ramassé. C'est le boulot, mon ange. Je suis content si je suis encore debout à la fin de la journée.

Redford laissa échapper un soupir inquiet, puis il se cala contre lui, la joue contre son épaule, une présence chaude contre son corps.

— Je n'aime pas quand tu es blessé, lui dit Redford à voix basse.

Il ne parlait pas simplement d'accidents de voiture ou de Moustache de Guidon. Il était reparti sur cette histoire de loup-garou.

Serrant les dents, Jed décida d'ignorer la remarque. C'était un bon plan, non ? La philosophie de l'autruche. Il allait enterrer sa tête dans le sable et demain soir, lorsqu'il ne se passerait rien, tout redeviendrait normal. Pour l'instant, Red avait le poignet tordu et il ferait bien mieux de se concentrer là-dessus. Il se tourna un peu, sa jambe repliée reposant contre la hanche de l'autre homme, et examina son poignet avec précaution. Ses mains, qui avaient été forgées pour la violence, le maniement des armes, des bombes, et pour envoyer des coups de poing, caressaient maintenant la peau gonflée, s'assurant avec délicatesse que les os n'étaient pas cassés.

— Je vais te bander le poignet, murmura-t-il. Et on va mettre de la glace dessus. Ça sera guéri dans un jour ou deux.

Il ne laissa Redford sur le canapé que pendant quelques instants, mais cela lui parut beaucoup trop long, sa chaleur lui manquant – c'était absolument ridicule. Il essaya de se débarrasser de cette sensation de manque, de l'enfermer dans un coin avant de jeter la clé dans l'océan, mais lorsqu'il s'affala à nouveau à côté de Redford, elle était toujours là. Il était heureux de pouvoir le toucher, même si ce n'était que pour lui bander le poignet ; il n'avait vraiment pas envie de savoir ce que cela signifiait. Avec quelques gestes rapides et efficaces, il enveloppa étroitement le poignet de Red dans la bande, en coinçant le pack de glace entre deux couches pour faire désenfler.

— Comment ça va ?

— Mieux, répondit Redford en lui souriant, et il lui sembla que son cœur sautait dans sa gorge. Merci.

— Tu devrais te reposer, lui enjoignit-il. Je vais essayer de ne pas faire trop de bruit dans mon intense réflexion, pendant ce temps.

Il avait besoin de vérifier quelques trucs, éventuellement de sortir David de l'état d'épuisement sexuel dans lequel il se trouvait sans doute pour avoir d'autres infos. S'il devait se jeter dans la gueule du loup le lendemain, il voulait être armé d'autre chose que d'une tapette à mouches.

À son grand soulagement, Redford se recroquevilla sur le canapé et ferma les yeux, les rides de tension sur son visage s'effaçant tandis qu'il laissait le sommeil l'envahir. Jed n'était pas du tout sûr qu'il aurait supporté une énième discussion. C'était peut-être une conséquence de la vie solitaire qu'il menait, mais il n'arrivait pas à imaginer comment les gens pouvaient faire ça tous les jours : partager la prise de décision et avoir des personnes qui comptent dans leur vie. Lorsque Redford lui avait dit « s'il te plaît », il avait eu l'estomac noué et n'avait pas pu envisager de faire autre chose que remuer ciel et terre pour satisfaire les vœux de l'autre homme.

Il lui fallut un certain temps pour faire son sac. Son but n'était pas de se transformer en cheval de trait, mais de pouvoir courir, sauter et se battre, ce genre de conneries de film d'action, tout en trimbalant un véritable arsenal sur son dos. Il dut renoncer au lance-grenade, à sa grande déception, mais il réussit à caser quelques bonnes surprises pour Fil et ses amis, et même un ou deux trucs juste pour Grasio. Courtoisie professionnelle.

Il n'avait pas dormi depuis quelques jours ; rien de grave. Il resta assis, à foudroyer du regard les balles qu'il était en train de trier parce qu'elles n'arrêtaient pas de lui filer entre les doigts, mais il allait bien. Même s'il commençait vraiment à avoir l'impression d'avoir deux pieds gauches à la place des mains. Une main se posa doucement sur son épaule, le surprenant par sa chaleur, et lorsque Jed leva les yeux, Redford se tenait là, les sourcils levés.

— Tu devrais dormir, lui dit-il d'une voix calme, sans broncher, même lorsque Jed se contenta de lui rire au nez.

— Dormir, c'est pour les chochottes. Je vais très bien, princesse. Je vais charger ce truc et ensuite je vais nous arranger un nouveau moyen de transport, et peut-être que je vais aller courir un peu, juste parce que je me sens très éveillé. La caféine tremble de peur quand elle me voit, Red, je te le dis. Elle trouve mon sang trop riche.

D'accord, peut-être qu'il délirait un peu. Et qu'il s'appuyait de plus en plus contre Redford. Merde.

— Peut-être un petit somme, accorda-t-il avec un soupir, ses yeux le trahissant en essayant désespérément de se fermer. Vingt minutes, pour recharger mes batteries, relancer la machine.

Redford se contenta de rire légèrement et Jed eut vaguement conscience qu'il le prenait par le bras et le tirait hors de sa chaise. Il l'amena vers le lit et Jed se dit qu'il allait suivre le mouvement. Juste pour que Redford se sente mieux. Il n'avait évidemment pas besoin de dormir : il était lancé comme une locomotive. Une énorme locomotive, bien virile, voilà.

— Putain de locomotive, marmonna-t-il en enlevant son tee-shirt et laissant son jean s'amonceler autour de ses chevilles, incapable de l'enlever à cause du complot fourbe de ses chaussures pour l'empêcher de se déshabiller. Une putain de loco bien virile, Fido. C'est c'que j'suis.

Il s'affala sur le ventre, étalé sur le lit, le visage enfoncé dans un oreiller, et tenta de sourire d'un air moqueur, mais n'arriva qu'à émettre un drôle de soupir endormi.

— Tu sais pourquoi ?

Il sentit Redford lui enlever ses chaussures et poser la couverture sur lui.

— Pourquoi es-tu une locomotive ?

Il avait l'air de dire ça pour lui faire plaisir. Salaud.

— Parce que j'm'arrête pas.

Il fit un grand sourire un peu bancal, le visage à moitié enfoncé dans l'oreiller, et remua un peu les fesses pour montrer exactement ce qu'il voulait dire.

— Tchou-tchou, mon ange.

— C'est ça, lui dit lentement Redford, comme s'il essayait de se retenir de rire. Dors, Jed.

Il s'arrêta avant d'ajouter :

— Même les locomotives ont besoin de se reposer.

Ces paroles paraissaient tellement sages à son cerveau privé de sommeil qu'elles auraient pu sortir de la bouche de Gandhi, et Jed hocha sagement la tête, se tapotant le nez pour montrer qu'il avait bien compris.

— Les trains se sentent seuls, aussi, indiqua-t-il en soupirant, s'étirant dans son grand lit vide. Pauvres trains.

Malgré tout ce qui lui courait dans la tête, tous les plans et les inquiétudes et la merde émotionnelle réprimée qui bouchaient les aérations, Jed ne mit pas longtemps à s'endormir. Il rêva, comme toujours ; mais ça n'avait aucune importance. Il ne rêvait que de centaines d'endroits différents, un bruit de coup de feu, un éclair et du sang qui giclait. Ils n'étaient jamais exactement les mêmes, mais pas vraiment différents non plus.

Mais, cette fois, quelque chose changea. Il avait été recroquevillé de peur, perdu dans ses propres cris silencieux, comme d'habitude, lorsqu'une sensation de chaleur l'envahit. Il cessa d'émettre de petits gémissements de détresse et il pressa son corps et son âme contre cette chaleur solide à ses côtés. Il s'y emmêla, s'y accrocha, désespéré, désirant ardemment la toucher d'une façon qu'il n'aurait jamais admis éveillé. Mais là, dans son rêve, ce bonheur n'était que trop rare. Il prendrait ce qu'il pouvait obtenir.

Avec cette étrange sensation de *sécurité* tant recherchée, Jed passa de ses rêves habituellement agités à un sommeil plus profond. Plus de sang versé, plus de violence ni de peur. Simplement le repos. Comme s'il n'avait plus besoin de fuir ou de se protéger contre chaque chose en ce monde. Quelqu'un protégeait ses arrières.

Jed ne savait pas combien de temps il avait dormi. Lorsqu'il se réveilla, il était tard dans l'après-midi, d'après les rayons de soleil sur le mur. Il cligna des yeux plusieurs fois, se frottant la joue contre…

L'épaule de Redford.

Redford, qui l'avait enlacé, ses bras le tenant fermement, le recouvrant de son corps, avec sa barbe un peu piquante. S'immobilisant un moment, le temps d'obliger son cerveau à redémarrer, Jed leva les yeux, ses sourcils se levant jusque dans ses cheveux, et se racla la gorge.

— Euh…

Merde. Il ne s'était jamais réveillé à côté de quelqu'un, pas de cette manière. D'habitude, les mecs baisaient, s'essuyaient, remontaient leur pantalon, puis sortaient en quatrième vitesse de la chambre de motel pourri ou des chiottes qu'ils avaient pu trouver. Jed n'était pas vraiment du genre *câlin*.

— Bonjour.

Il savait déjà que Redford avait un sommeil profond, et cette fois-là ne fit pas exception. Sa voix le fit à peine bouger, même s'il sembla se serrer davantage contre lui avec un grognement sourd. C'était plutôt… Pouvait-il dire *mignon*? Bon sang, il était en train de se ramollir complètement. Mais personne n'était là pour le juger s'il voulait étudier le visage de Redford avec une expression presque tendre, s'il voulait caresser doucement la courbe de sa mâchoire, l'arrête de son nez, et explorer son visage du bout de ses doigts calleux.

Et personne ne se moquerait de lui s'il décidait d'incliner son visage et d'embrasser Redford, si délicatement que c'en était douloureux, un contact à peine plus fort qu'un souffle. Fermant les yeux, Jed posa son front contre celui de Red et s'enfonça dans ses bras, acceptant pour une fois que ce soit quelqu'un qui le tienne dans ses bras. Une sensation étrange, pour être honnête, mais à laquelle il n'était pas exactement opposé.

Puis il y eut un mouvement, la main de Redford caressant paresseusement son bras. Il s'étira un peu, avec un grondement pour exprimer son contentement.

— Quelle heure il est? marmonna-t-il, mangeant ses mots.

Jed s'aperçut qu'il souriait. Pas un sourire effronté ou charmeur, comme à son habitude. Ce sourire lui laissait une impression étrange sur le visage. Il était doux et tendre, ses lèvres se courbant délicatement – et cela lui arrivait de plus en plus souvent, ces derniers temps, mais seulement pour Redford. Quelle connerie.

— Pas la moindre idée, répondit-il distraitement, frottant son nez contre le cou de Redford, sous son oreille, et inspirant.

Il sentait la fumée, sans doute à cause de lui, et le savon. Puis il y avait une odeur sous-jacente, masculine et épicée, qui n'appartenait qu'à lui. Jed aimait cette odeur.

— Bien dormi?

Redford laissa échapper un grondement sourd qui semblait être un acquiescement, ouvrant les yeux et les plissant sous la lumière qui envahissait le lit.

— Pas de cauchemars.

— Tant mieux.

Les mains de Jed, étrangement plus prudentes que celles de Redford, s'étalèrent lentement sur son dos, caressant paresseusement la peau douce dans un murmure. Ce qu'il préférait, c'était la manière dont les muscles de Redford formaient une courbe, de ses épaules jusqu'à sa taille.

— Tant mieux, répéta-t-il.

Redford grogna une nouvelle fois pour exprimer son accord, puis sembla se réveiller un peu plus, sa main cessant son mouvement sur le bras de Jed.

— Je... J'espère que ça ne te dérange pas que je sois dans le lit. Avec toi. Je voulais être sûr que tu étais bien installé et je me suis allongé, et puis... je me suis endormi.

Il avait l'air gêné, mais ne semblait pas près de sauter du lit comme s'il était dégoûté de s'y trouver.

— Est-ce que ça a l'air de me déranger? demanda Jed avec un demi-sourire narquois, remuant paresseusement les hanches.

Cela fournit une preuve tangible qu'il n'allait certainement pas éjecter Red de son lit de sitôt. Une érection matinale était un problème plutôt fréquent, bien sûr, mais il savait faire la différence entre elle et une véritable érection. Lorsqu'il s'était réveillé dans les bras de Redford, sentant ses mains précises et fermes caressant ses bras, son corps s'était vite trouvé intéressé et alerte. Il était déjà presque dressé, pressé contre la cuisse de Redford, et il lui décocha un sourire obscène qui, étrangement, était plus interrogateur que d'habitude.

Regarder vers le bas ne servait pas à grand-chose, étant donné que des couvertures les recouvraient, mais Redford le fit malgré tout, avec un regard surpris. Sa main resta en l'air, incertaine, au-dessus du bras de Jed, avant de se refermer sur son biceps.

— Je dois... Il y a des choses que je dois préparer, pour ce soir, murmura-t-il. Mais là, je crois que j'aimerais bien que tu m'embrasses.

C'était courageux de sa part, et il avait une expression sérieuse absolument adorable. Jed sentit une sensation de panique qu'il ne connaissait pas.

— Je pense que ça me plairait aussi, admit-il, le souffle court, un grand sourire sur le visage.

Il prit son temps, il voulait que ce moment dure. Il commença par embrasser le front de Redford, poussant ses mèches du bout du nez, ses lèvres effleurant avec tendresse les rides d'inquiétude. Puis son nez, ses joues, son menton, lentement, comme s'il voulait les graver dans sa mémoire. Enfin, ses lèvres, ces lèvres pleines et enivrantes, qu'il ne pouvait honnêtement pas arrêter d'admirer. Il caressa la lèvre inférieure du pouce, son cœur battant sous l'anticipation, avant de se pencher pour l'embrasser.

Au début, le baiser resta chaste, presque réservé. Leurs lèvres se touchaient et la respiration de Jed se bloqua brutalement, de manière embarrassante. Il inclina un peu la tête, entrouvrant la bouche, et Redford se détendit contre lui. Un autre soupir et ils fusionnaient l'un avec l'autre, Jed glissant ses mains le long des bras de l'autre homme pour aller emmêler ses doigts dans ses cheveux en bataille. Leurs langues se pressaient l'une contre l'autre, et une excitation électrique parcourut chaque parcelle de la peau de Jed. Ils se dévoraient l'un l'autre, langues contre dents, s'emmêlant dans un combat désespéré pour dominer ; un combat que Jed se foutait totalement de gagner ou de perdre. L'un comme l'autre serait aussi délicieux.

Il se retrouva sur le dos, Redford au-dessus de lui, leurs mains caressant toutes les parties de leurs corps qu'elles pouvaient atteindre. Avec un grognement sourd, il arqua les hanches pour les plaquer contre celles de Redford, recherchant la friction. Son sexe la désirait, de manière presque douloureuse, l'excitation allumant un feu dans ses veines et s'enroulant tout au fond de ses entrailles.

— Red, haleta-t-il, la voix rauque.

Il dévora son cou, avant de remonter à ses lèvres pour leur infliger une morsure, puis se faire capturer dans un autre baiser long et profond.

Redford semblait ne pas trouver ses mots, baissant ses yeux grand ouverts vers Jed lorsqu'il parla. Il y avait autre chose dans ses yeux ; à cet instant, Jed aurait juré avoir vu une lumière y passer, les illuminant d'un jaune sauvage qui n'allait pas du tout avec son visage. Jed sentit une chaleur intense envahir son sexe à cette vue. Bon Dieu, qu'est-ce qu'il aimait qu'on le domine.

— C'est bon, enjoignit-il, infligeant un suçon au cou de Redford, apaisant ensuite la piqûre à coups de langue. Bon sang, c'est bon, ne te retiens pas, mon ange, donne-moi tout…

— Je n'ai jamais… commença Redford avant de baisser la tête, se nichant dans le creux entre le cou et l'épaule de Jed, haletant contre sa peau. Je n'ai jamais fait ça, admit-il, hésitant, mais sans arrêter de caresser le torse de Jed. Je veux dire, je n'ai jamais fait l'amour avec qui que ce soit.

Jed en rit presque, son expiration silencieuse heurtant la peau de Redford.

— Non, sans blague ? se moqua-t-il gentiment tout en enroulant ses jambes autour de la taille de Red.

Ce n'était pas vraiment surprenant que ce casanier si terriblement timide et nerveux ne soit pas Hugh Hefner, mais cela n'avait aucune importance. L'expérience ne voulait rien dire du tout, à cet instant précis ;

tout ce qu'il savait, c'était que, malgré sa raison et son bon sens, il désirait tellement Red que ç'en devenait douloureux. Une obsession.

— Ne te retiens pas, murmura Jed, ses lèvres errant le long de l'épaule de Redford avant de lécher la courbe de son oreille. Je suis incassable, je te le promets. Tu peux faire ton alpha avec moi. J'adore ça.

Les épaules de Redford furent secouées d'un rire silencieux, mais il parut soulagé par la permission, les mains toujours hésitantes sur la peau de Jed, comme s'il avait peur de lui faire mal.

— Je ne suis pas exactement un alpha.

— Chéri, lui dit Jed avec un grand sourire. Tu es avec moi. Allez, fais-moi confiance. Tu ne peux rien faire qui ne me plaise pas. Je suis un pervers et un obsédé.

— Obsédé ? répéta Redford, l'air confus – mais pas sa confusion habituelle.

Il y avait une curiosité dans ses yeux, ses mains descendant le long du torse de Jed, ses doigts attrapant la ceinture de son boxer.

— Je ne sais pas trop ce qu'implique le terme « obsédé ».

Le regardant avec plaisir et faisant de son mieux pour ne pas simplement se débarrasser de son boxer pour en finir, Jed décida de laisser Redford prendre son temps. De toute manière, l'attente pouvait aussi être agréable. L'idée de Red en train de l'explorer avec cette douce intensité, d'appliquer toute son intelligence à trouver ce qui lui faisait du bien, était bien plus excitante que Jed l'aurait imaginé.

— Tu vois, ces choses auxquelles tu peux penser et qui te font rougir ? murmura-t-il, passant ses mains sur les côtes de Red, observant les muscles qui se contractaient et réagissaient à son toucher. Ce genre de choses. Toutes ces choses. Et je pense…

— Toc, toc ! lança une voix stridente, bien trop joyeuse et *insupportable* depuis la porte d'entrée, avant que David, ce connard que Jed envisageait maintenant sérieusement de buter, arrive à grands pas.

Redford disparut immédiatement sous les couvertures, les rabattant au-dessus de sa tête dans sa panique.

— J'ai crocheté ta porte. T'as pas mal de verrous, Journey. Tu ne serais pas en train de devenir paranoïaque avec l'âge ?

Avec un grondement sourd et frustré, Jed foudroya du regard toute la personne de David, toute la surface de son grand corps bronzé, haïssant chaque parcelle de sa personne. Sa peau légèrement olivâtre, ses dents blanches dans un sourire sardonique, ses cheveux bruns qui bouclaient sur ses tempes… Et il portait un costume, comme si c'était un putain de mariage. Crétin. Derrière lui, son jouet du moment le suivait, Richard ou quelque chose de ce genre, un truc en R. Un rat de bibliothèque qui était peut-être mignon derrière ses lunettes à bord épais et ses vêtements sortis tout droit de l'armoire de son grand-père – une veste en tweed avec des pièces aux coudes ! Enfin, Jed n'était pas intéressé. Redford était toujours caché sous les couvertures, quant à son érection, elle avait l'air promise à une mort solitaire.

— *Putain* ! Que peux-tu bien vouloir pour avoir la *stupide* idée de débarquer ici ? Bordel. Comment as-tu trouvé mon adresse ? lança sèchement Jed, s'arrachant avec colère du lit.

Son érection était plus que visible et David y lança un regard amusé avant de lui rire au nez. Il ne parut même pas perturbé lorsque Jed sortit un revolver de sous son oreiller pour le plaquer contre sa gorge.

— Je t'en prie, Journey, c'est mon travail. Tu as dit que tu voulais des informations, lui rappela David d'une voix aussi douce que de la soie. Et comme tu m'as déjà interrompu *deux fois*, je me suis dit que je pouvais te rendre la pareille.

Jed lâcha un autre grognement, mais il baissa son arme.

— M'appelle pas Journey, lâcha-t-il avant d'aller dans la cuisine et d'ouvrir à grand bruit les placards, à la recherche de son café.

C'était un cauchemar. Un vrai cauchemar, bien réel. Après avoir passé deux jours à tourner autour du pot, ils y étaient enfin *presque*, et voilà que Capitaine Beau Gosse décidait de tout foutre en l'air. Il n'y avait pas assez d'alcool dans le monde entier pour ressusciter l'ambiance.

— Redford, voici David, l'énorme connard sur pattes, et son objet sexuel du moment, un professeur de quelque chose.

Oui, il était grincheux. Mais de son point de vue, il en avait tout à fait le droit.

— Les gars, je vous présente Redford. Qui est tout aussi en colère contre vous que je le suis, alors pas la peine de faire les gentils. Dites ce que vous avez à dire et sortez.

David se mit à rire, le salaud, tout en s'étalant sur le canapé avec les bras derrière la tête. Il tourna la tête pour envoyer un sourire tout à fait prédateur à Redford. Jed dut se rappeler de ne pas faire exploser ses informateurs pour des histoires de jalousie.

— Oh, mais nous avons des nouvelles. Tu devrais me *remercier*, Walker, pas faire ta gonzesse vexée. Alors tais-toi et écoute.

Avec une tape sur les fesses de son compagnon et un sourire obscène, David lui passa la parole.

— Vas-y, Victor. Partage avec la classe.

— Il s'appelle Filtiarn, dit le jouet, apparemment nommé Victor, en foudroyant vaguement David du regard. Ton client. Ça signifie « seigneur des loups » en celte. Alors, si on part du principe que ce n'est pas juste quelqu'un qui a changé son nom pour se sentir plus important, il n'est sans doute pas entièrement humain.

Il le disait sur un ton naturel, comme s'il passait ses journées à parler de choses inhumaines, son accent anglais cultivé ne trahissant pas la moindre trace de rire ou de sarcasme. Il lança un coup d'œil à la forme de Redford, toujours recroquevillée sous les couvertures, puis regarda à nouveau Jed.

— Il est assez facile de deviner ce que veut ton client.

— Des places VIP pour le concert de Cher? marmonna Jed, sa cafetière vide encore en main, figé alors qu'il était sur le point de la lancer.

Il avait le regard fixé sur Victor, ses yeux étrécis sous la réflexion, un peu perdu par ces nouvelles informations. Ce n'était pas tous les jours que quelqu'un décidait de faire de sa vie un épisode de série fantastique, et il était à peu près sûr qu'il n'aimait pas ça du tout.

— T'es qui, déjà? demanda-t-il, pointant sa cafetière vers Victor.

— Professeur Victor Rathbone, répondit aussitôt David.

Rathbone, c'est vrai, c'était ça. Putain de nom débile. David avait l'air de s'ennuyer, envahissant le canapé de Jed comme s'il lui appartenait, mais ses yeux étaient plutôt intéressés lorsqu'il jeta un regard à Jed. Comme s'il attendait de voir comment tout le monde allait réagir.

— Docteur en… Tu peux me rappeler ce que tu fais, chéri?

— Ce n'est pas comme si tu allais t'en souvenir, même si je le répète, marmonna Victor, enlevant ses lunettes pour les essuyer sur un pan de sa veste.

S'il était vraiment professeur, il devait être l'un des plus jeunes, il n'avait pas encore trente ans.

— J'ai un doctorat en linguistique. À l'heure actuelle, je dispense un cours à l'Université d'État sur l'histoire de l'implication démoniaque dans la société et l'usage des rituels à travers l'Histoire dans plusieurs cultures. Enfin, tous ceux qui viennent à mes cours ne le font que pour avoir de bonnes notes facilement et faire la sieste.

— T'es complètement dingue, l'interrompit Jed en levant les yeux au ciel. Absolument génial. David, c'est quoi ce bordel ? Je te paie. Pourquoi est-ce que tu me ramènes ce genre de trucs…

Il s'interrompit et se tourna vers Victor, le pointant d'un doigt accusateur, les dents serrées sous la colère.

— Écoute, princesse, je n'en ai rien à battre que tu sois docteur international en léchage de cul, d'accord ? Les démons, ça n'existe pas, et nous avons assez de tarés dans notre monde, compris ? Alors tu peux ramasser ton seigneur de je ne sais pas quoi et te tirer de chez…

— Est-ce que tu essaies de m'intimider ? demanda Victor, un sourcil levé au-dessus de ses lunettes. Même si je ne doute pas que ton apparence masculine à outrance et ta forte voix ne fassent fuir les humains plus dociles, ces efforts pour me rabaisser ne font que me donner la migraine. David me fait confiance et tu fais confiance à David. J'imagine que tu es assez intelligent pour suivre la logique de cette réflexion.

— Je ne fais confiance à personne, gronda Jed, nez à nez avec le geek.

Certains hommes se seraient demandé s'ils pouvaient avoir l'air suffisamment effrayants en ne portant rien d'autre qu'un boxer à petits cœurs, mais Jed ne doutait que rarement de sa propre efficacité. Cet idiot débarquait et débitait ses conneries ; d'habitude, il l'aurait laissé faire, mais Redford n'avait en aucun cas besoin qu'une personne alimente, même de très loin, son délire.

— J'utilise David. Tout comme il le fait avec toi.

— Hé ! l'interrompit David en se levant du canapé.

Il y eut un éclat sombre dans ses yeux ; de la colère, oui, mais une émotion plus profonde et ancienne qu'un simple agacement l'espace d'une seconde.

— On se calme, Walker. Tout de suite. Ce n'est pas personnel. Tu m'as payé pour des infos et je te les ai amenées. Ce que tu en fais, c'est ton problème.

Les couvertures bougèrent dans un froissement ; Redford semblait s'être enfin décidé à sortir de sa cachette et les observait, ses yeux visibles au-dessus de la couette.

— « Seigneur des loups » signifie que Fil est comme moi, dit-il doucement.

— *Non* ! répondit Jed, aboyant presque le mot, tout en foudroyant toute la pièce du regard comme s'il pouvait à lui seul faire taire tout le monde. Ça signifie simplement que ce petit jouet passe beaucoup trop de temps sur des forums et que David me fait perdre mon putain de *temps*. Je n'en ai rien à battre s'il s'appelle Zipididouda. Si tu ne peux pas me dire ou pointer mon arme, ça ne m'intéresse pas.

— Vous êtes un loup-garou ? demanda Victor, rayonnant, ignorant complètement Jed. C'est un plaisir de faire votre connaissance. Mais c'est la pleine lune ce soir, non ?

Redford hocha la tête et Victor se tourna immédiatement vers Jed.

— Avant que tu ne recommences à crier, dit-il en levant une main, Filtiarn a besoin de beaucoup d'espace. Les hommes de main qui vous ont attaqués font sans doute partie de sa meute, même s'il utilise peut-être des personnes qu'il engage pour faire le sale boulot. Cherche des immeubles abandonnés, avec l'eau courante et l'électricité, près d'une forêt. Un homme comme Filtiarn ne prendra pas la peine de s'intégrer dans la société, même s'il utilise les revenus de sa meute. Maintenant, ose me dire qu'on t'a complètement fait perdre ton temps.

Avec un grognement sourd, Jed renversa la table, éparpillant ses armes et ses cartes, avant d'avancer vers Rathbone avec l'intention de lui arracher la colonne vertébrale par la gorge. David s'interposa entre eux si vite que Jed ne le vit même pas bouger, envoyant Jed s'écraser contre un mur de l'autre côté de la pièce, le suivant d'un bond pour le plaquer contre le mur.

— Ne le touche plus jamais, Journey, murmura-t-il, complètement calme, même si Jed aurait juré que ses yeux étaient devenus noirs de rage. Il n'est peut-être qu'un jouet pour moi, et peut-être que je l'utilise. Mais personne n'a le droit de le toucher. C'est compris ?

Toutes dents dehors, Jed força un rire tremblant à sortir de sa gorge, repoussant David.

— Putain de merde, lâcha-t-il, se redressant avec une grimace.

Ce connard lui avait sans doute infligé encore plus de bleus sur ses côtes déjà malmenées.

— Je ne sais pas à quoi vous jouez, toi et ton mec, mais ce n'est pas drôle. Les loups-garous, ça n'existe pas. Je n'ai vraiment pas besoin que vous débarquiez pour me raconter des contes de fées.

— Des contes de fées ? intervint Victor avec un soupir, même si la scène violente semblait l'avoir ébranlé. Techniquement, ce sont...

— Vous devez tous partir.

La voix était si basse qu'ils l'entendirent à peine. Redford avait complètement émergé de sous les couvertures à présent, sans se soucier de

91

sa nudité, s'avançant vers la table. Il ramassa la muselière, posée entre des rouleaux de corde, et défit la bande à son poignet.

— C'est la *pleine lune*. Et elle se lève.

Oh. D'accord. Redford était nu. *Complètement* nu et, pour être honnête, Jed n'avait rien d'autre à l'esprit.

— Hé, laissa-t-il échapper dans un souffle, avec un sourire un peu bête, timide, mais essayant vraiment de tourner à l'obscène. Oui, elle est définitivement en train de se *lever*.

Tout le monde devait vraiment partir. Jed passa les mains le long des bras de Redford, dévorant des yeux la forme fine et musclée de l'autre homme, la ligne étroite de poils noirs qui descendaient en dessous de son nombril jusqu'au creux de ses hanches.

— Tu es tellement magnifique, réussit-il à articuler, essayant d'oublier l'interruption de David, imaginant qu'à présent, ils allaient foutre les intrus dehors et reprendre là où ils s'étaient arrêtés.

— Oh, seigneur, soupira David en levant les yeux au ciel avant d'attraper Rathbone par le bras et de le tirer vers la porte. Mon téléphone sera allumé, Walker, quand tu voudras appeler pour t'excuser. Essaye de t'en sortir en un seul morceau.

— Mais je veux voir ce qu'il se passe lorsqu'il se transf... disait Victor lorsque la porte se referma sur eux, Dieu merci.

Redford ne sembla pas remarquer leur départ. Le coin de ses yeux s'était ridé sous la douleur et ses mains tremblaient tandis qu'il ajustait la muselière sur son visage et serrait les boucles à l'arrière. Il n'attendit pas sa réaction et se contenta d'attraper les cordes et de les mettre entre les mains de Jed.

— Est-ce que tu peux me lier les poignets?

Surpris, Jed se contenta de le fixer.

— Non, fut sa première réaction.

Il porta ses doigts pour caresser le cuir qui ressortait si durement contre la peau pâle de son invité. Il se débattit avec une boucle, essayant de lui enlever cette stupide muselière, mais Redford ne le laissa pas faire.

— Bon sang, mais qu'est-ce qu'il se passe? s'agaça Jed en prenant les mains de Redford dans les siennes, sentant l'inquiétude envahir son visage. Est-ce que tu vas bien, joli cœur? Tu devrais t'asseoir. Tu veux de l'eau? Je vais t'amener de l'eau. Tu as l'air...

L'air pitoyable, vraiment. Sa peau était moite et grisâtre, la douleur s'affichant sur chaque trait de son visage, comme autant de déchirures.

Jed sentit ses entrailles se tordre, empli d'un sentiment de désespoir qu'il haïssait, incapable de faire quoi que ce soit. Il ne se retrouvait jamais démuni. C'était censé se passer selon ses plans. Il avait des armes, des explosifs et son sourire moqueur, et il ne restait pas les bras croisés à se demander quoi faire. Sauf que là, il ne savait vraiment pas quoi faire.

— Parle-moi, Red, supplia-t-il à voix basse, passant une main dans les cheveux de l'autre homme. Qu'est-ce qui ne va pas ?

La seule réponse qu'il obtint fut un cri de douleur étouffé. Redford essaya de lui attraper le bras tout en s'effondrant, mais il ne réussit qu'à tomber à genoux, se recroquevillant sur lui-même.

— Les cordes, réussit-il à articuler à travers ses dents serrées. Je t'en prie, Jed. *S'il te plaît*, il n'y a plus beaucoup de temps. Ça arrive plus tôt que ce que je pensais.

Jed s'accroupit à ses côtés, complètement perdu. Un moment plus tôt, tout allait bien, ils étaient au lit ensemble, souriant, riant, unissant leurs lèvres et leurs mains. Maintenant, Redford avait l'air d'être sur le point de se déchirer de l'intérieur et Jed ne pouvait rien faire pour l'aider.

C'est la pleine lune.

Toutes ces conneries sur les loups-garous, c'était n'importe quoi. Ça ne pouvait pas être réel. Dans quel genre de monde pouvait-il y avoir des loups-garous ? Et quoi encore, le monstre du Loch Ness ? Une parade des tarés et des bizarres, la Méchante Sorcière de l'Ouest menant la troupe des Leprechauns ? Bon sang, cela ne pouvait pas être vrai.

Et pourtant…

— Je ne vais pas t'attacher, dit Jed, sa voix se brisant en fin de phrase.

En fait, il était plutôt en train de le supplier que de lui promettre quoi que ce soit : *je t'en prie, ne m'oblige pas à le faire.*

— Ça va aller, joli cœur. Tu m'entends ? Ça va aller.

L'hôpital ? C'était une option, même si Jed n'en était pas très fan. L'hôpital voulait dire de la paperasse, des problèmes d'assurance et des questions, autant de choses qu'ils feraient mieux d'éviter. Mais si la condition de Redford était grave ? Merde, et s'il s'agissait de quelque chose qui avait cédé dans son organisme ? Ça arrivait, non ? Il regardait la télévision parfois et les personnages mourraient à cause d'une rupture de quelque chose ou de trucs pulmonaires.

Redford se tordait dans ses bras, la douleur transformant toutes ses tentatives pour parler en hurlements. Désespéré, Jed le déposa par terre avant de se précipiter vers la porte, l'ouvrant d'un grand coup et appelant

David. Pas de réponse. L'enculé était parti avec sa petite pute de premier de la classe, et ils avaient emporté avec eux toute l'aide dont il aurait pu avoir besoin. Qu'ils aillent se faire foutre.

De toute manière, quel genre d'aide auraient-ils pu apporter ? D'autres contes de fées ? Des histoires d'ail et de balles en argent ? Jed avait besoin d'une aide véritable. Il avait passé trop de temps à réfléchir sur des histoires de gamins. Ils étaient dans le monde réel. Et dans le monde *réel*, lorsque quelqu'un n'allait pas bien, il lui fallait un médecin, pas un putain de professeur en linguistique. Il n'était même pas sûr de savoir ce que c'était.

— Okay, marmonna-t-il pour lui-même, enfilant un pantalon. Hôpital. On va à l'hôpital, Red, tu m'entends ? Ça va aller.

Il prit Redford dans ses bras, laissant échapper un léger grognement sous son poids. Il paraissait plus… solide, si c'était possible. Et tandis qu'il attrapait un jogging pour habiller Red, il y eut un horrible *basculement*. Un craquement sonore, comme des os remis en place, comme des jointures se déplaçant, et Jed faillit le lâcher.

— Bon Dieu de merde, laissa-t-il échapper, les yeux écarquillés, fixés sur…

Ce n'était pas Redford.

L'immonde bruit de broiement se faisait toujours entendre et les jointures des bras de Redford bougeaient, changeant de sens. Ses yeux étaient devenus *jaunes*, des crocs commençaient à sortir de sa bouche, et les os de sa mâchoire s'allongeaient, formant un museau. Redford se débattait contre son étreinte et se laissa tomber, se recroquevillant en position fœtale sur le sol, tandis que Jed regardait avec horreur sa colonne vertébrale serpenter sous sa peau, s'allongeant.

Okay, d'accord. Peut-être qu'il allait devoir appeler David, en fait.

Il n'avait pas survécu aussi longtemps sans être capable de s'adapter rapidement. Il avait toujours du mal à croire à tout ça, mais il prendrait le temps de se mettre à pleurer et à geindre plus tard. À cet instant, il lui restait à peu près deux minutes avant qu'il n'ait une grande chose poilue sur son sol et, contrairement aux cadeaux que lui laissait parfois Knievel, ce truc avait des crocs.

Pas le temps de l'attacher. Il attrapa son pistolet à tranquillisants, le chargeant au passage. Non pas qu'il comptait s'en servir, à moins que ça ne devienne vraiment nécessaire. C'était toujours Redford, après tout, même s'il avait nettement plus de fourrure. Il n'allait certainement pas lui faire du mal, à moins que sa vie ne soit littéralement en jeu.

Les yeux fixés sur le loup, méfiant, Jed ne pouvait pas faire grand-chose à part attendre. Les derniers spasmes de douleurs secouaient le corps de Redford, la fourrure poussant sur sa peau. Une queue touffue reposait sur le sol tandis que ses yeux, voilés par la douleur, fixaient sans le voir le plafond. C'était vraiment un *loup*. Putain de merde surnaturelle.

La fascination se transforma en autre chose, une poussée primaire de peur froide et moite, lorsque le loup se hissa sur ses pattes. Il retroussa les babines, montrant les crocs, ses oreilles plaquées en arrière et grogna, un grondement sourd qui sembla faire écho dans le torse de Jed. Ce n'était pas une peluche ; c'était un tueur.

Génial.

— Gentil toutou, enjoignit-il, tendant une main vers lui sans le quitter des yeux. On ne va pas s'affoler et se mettre à tout déchiqueter, d'accord ?

Des pattes aussi grandes que des assiettes se traînèrent au sol, ses griffes cliquetant contre la surface dure. À cet instant, le loup semblait plus concerné par la muselière, grognant de frustration et essayant de la frotter contre le sol. Lorsque ça ne fonctionna pas, il se tourna et se mit à se cogner la tête contre le mur. Heureusement que Jed n'avait pas réussi à la lui enlever.

— Hé, murmura-t-il, s'avançant lentement, les sourcils froncés. Arrête ça. Tu vas te faire mal, stupide animal. Allez, hé, c'est moi. Tu te souviens de moi ?

Apparemment, son approche suffit à détourner l'attention de Redford de sa lutte pour se débarrasser de la muselière. Les pupilles jaunes se focalisèrent sur lui et le grondement sourd se mua en un son beaucoup plus élevé et plus menaçant. Jed s'immobilisa, retenant son souffle, une panique acide contractant ses muscles avec l'envie de fuir.

— Okay. J'imagine que ça veut dire *oui*.

Il avala sa salive et serra les dents, déterminé. Il n'avait jamais fui devant quoi que ce soit de toute sa vie et il n'allait certainement pas commencer devant un loup ébouriffé, même si ses dents étaient assez grandes pour manger le Petit Chaperon Rouge, la Grand-mère, et sans doute une quantité d'autres choses.

— Arrête ça, lança-t-il sèchement, soutenant le regard du loup, le foudroyant lui aussi des yeux. Ne me grogne pas dessus, espèce de chiffon à poussière surdimensionnée.

Un jour, il était tombé sur un documentaire diffusé sur une de ces chaînes nature qu'il évitait en général pour aller regarder des émissions de télé-réalité plus intéressantes. Un homme avec une énorme barbe avait été en train de parler de loups. Les regarder dans les yeux était un signe de provocation et de domination, et c'est vrai que le loup devant lui s'arrêta. C'était bon signe, non ? Tant qu'il n'était pas en train de lui arracher la tête, c'était bon signe.

Jed tendit un peu plus la main et empoigna le museau de Redford, le regardant droit dans les yeux. Il se rappelait aussi de quelque chose qu'il avait vu dans une émission de dressage de chiens, un samedi pluvieux, pendant qu'il attendait que son rancard du moment sorte de réunion pour venir le baiser sur le canapé. Le plus important, c'était de bien montrer qui était le chef. Il adressa une prière au fantôme de Lassie pour que cela fonctionne aussi avec les loups-garous.

— T'as compris ? demanda-t-il, lui aussi en grognant. C'est bon ?

C'était comme s'il avait dit le mot magique. Le poil dressé du loup se lissa, il pointa lentement son museau vers le sol et, d'un coup, Jed se retrouva avec un grand loup allongé à ses pieds, lui exposant son cou. Il aurait même juré que l'abruti d'animal avait un peu secoué la queue. Poussant un bref soupir de soulagement, Jed se laissa glisser au sol à côté du loup, plongeant ses doigts dans la fourrure derrière ses oreilles.

— Tu vois ? marmonna-t-il dans sa barbe, les yeux fixés au plafond, essayant d'assimiler. Je t'avais dit que je ne t'attacherais pas.

IX

Redford

REDFORD SE réveilla lorsqu'il sentit des griffes s'enfoncer dans son bras.

Il ouvrit un œil, méfiant et se retrouva nez à nez avec Knievel, qui le fixait avec les yeux à moitié fermés de contentement et pétrissait son avant-bras, ronronnant sans doute aussi fort que les grognements qu'il avait dû émettre la nuit précédente. Il n'eut pas le temps de se sentir anxieux parce que Jed était endormi à ses côtés. Il n'était pas blessé.

Avec un soupir de soulagement silencieux, Redford se tordit le cou pour jeter un regard au reste de l'appartement, faisant la grimace sous la luminosité du soleil qui inondait l'espace. Il avait toujours mal après ces nuits, mais cette fois il ne sentait pas la douleur habituelle des bleus et des coupures. Il ne se rappelait jamais de rien lorsque le loup le submergeait, mais il pouvait facilement imaginer qu'il devait tourner sa frustration sur lui-même, se mordant et se jetant contre les murs.

Il n'y avait pas de sang, ni sur Jed ni sur lui-même, mais une chaise était cassée. Des restes du plat qu'il avait cuisiné se trouvaient sur une assiette posée par terre. Est-ce que Jed l'avait nourri? Redford n'était pas du genre à s'attarder sur le positif, mais il y avait un *manque* alarmant de dommages dans l'appartement. En fait, on aurait dit que Jed avait fait monter le loup sur le lit pour dormir. Knievel lui avait apparemment amené tous ses jouets : des souris en tissu et des balles à grelot en plastique étaient éparpillées sur les couvertures.

Il était roulé en boule sur le côté et sentait la présence chaude de Jed appuyé contre son dos. Le chat avait apparemment décidé de s'allonger sur son bras tendu. Redford avait lu quelque part que les chats amenaient à leur propriétaire des oiseaux morts, des rongeurs et leurs propres jouets parce qu'ils essayaient d'apprendre aux stupides humains à chasser, comme ils le faisaient avec leurs propres petits. S'il en croyait la quantité de jouets que Knievel lui avait apportés, elle devait penser qu'il était complètement incapable.

97

— Hé. T'es réveillé ? demanda Jed dans un murmure ensommeillé qui caressa son cou, tout en resserrant le bras qu'il avait passé autour de la taille de Redford.

— Oui, répondit-il, délogeant le chat pour poser son bras sur celui de Jed, enlaçant leurs mains.

Il leva son autre main pour enlever la muselière, mais se rendit compte qu'il ne la portait plus. La panique l'envahit : est-ce que Jed la lui avait enlevée ou est-ce que le loup avait réussi à s'en débarrasser ?

— Tu vas bien, dit-il, n'arrivant toujours pas à y croire. Qu'est-ce qui s'est passé ? Où est passée la muselière ?

Il sentit le sourire de Jed contre sa peau tandis que celui-ci se serrait contre lui, sans doute pas tout à fait réveillé.

— Tu t'es transformé en un énorme loup tout plein de fourrure. J'ai utilisé mon savoir issu des documentaires animaliers pour m'établir en position de contrôle. Tu as eu l'air un peu frustré, mais tu m'as surtout suivi partout en secouant la queue. Je t'ai enlevé la muselière pour que tu puisses manger des restes et tu ne m'as pas écorché ou quoi que ce soit. Oh, et Knievel t'as regardé de haut, et tu t'es rendu tellement vite ! s'exclama Jed en riant, caressant le ventre de Redford. Tu es à présent la chose de mon chat.

En silence, Redford essaya d'assimiler ces informations. Rien de tout cela n'était jamais arrivé pendant la pleine lune. C'est vrai qu'il n'avait jamais eu de compagnie avant, mais il s'était résigné à ce que la même chose survienne tous les mois pendant le reste de sa vie : il se transformait, il devenait violent et il redevenait humain le matin avec de nombreuses blessures.

Mais pas la nuit dernière. Apparemment, la nuit dernière, le loup avait presque joué à rapporter la balle.

— Qu'est-ce qui est arrivé à la chaise ?

Jed rit à nouveau, tout en appuyant ses lèvres contre son cou.

— T'as sauté dessus. J'étais assis devant mes cartes et tu as dû penser que tu étais un humain.

— Oh.

Redford s'était attendu à quelque chose de pire, du genre qu'il était devenu violent et que Jed avait dû le frapper avec la chaise. La véritable explication était beaucoup plus banale : une vieille chaise et un loup trop lourd.

— Hé, au fait, que penses-tu de ce que je t'ai dit hier, sur la foire de l'armement?

Redford fronça les sourcils, essayant de se souvenir de ce que Jed avait dit la veille. Il se rappelait de David et de Victor. Il se rappelait qu'il avait commencé à se transformer. Jed avait parlé de l'emmener à l'hôpital, mais, ensuite, il avait été submergé par le loup, ses instincts et son esprit beaucoup plus primaire.

— Si tu parles de ce que tu as dit pendant que j'étais transformé, je... je ne me rappelle de rien de ces nuits, répondit-il, hésitant. L'esprit du loup prend le dessus.

— Je ne savais pas que t'avais deux cerveaux là-dedans, Fido, se moqua Jed.

Redford aurait juré qu'il avait presque l'air soulagé. Qu'avait-il dit d'autre pendant la nuit?

— Ça doit vraiment être rempli dans ton crâne.

Avec un petit rire, Redford resserra ses doigts autour de ceux de Jed, soulagé qu'il ne soit pas parti de l'appartement en hurlant au monstre.

— C'est comme ça quand je me transforme. Il ne reste rien que mes instincts sauvages.

Il se réveillait toujours à la cave. Le sol froid et la cage étaient devenus ses vieux amis, et la trousse de secours était une partie essentielle de son existence. Il était presque sûr qu'il était en train de rêver de ce réveil dans un lit confortable, avec les bras de Jed le tenant, son poids rassurant pressé contre son dos. Ça ne pouvait pas être réel; sauf qu'apparemment ça l'était, apparemment c'était vraiment arrivé.

— Alors... commença Jed.

Il bougea un peu, son pouce effleurant les doigts de Redford. Il y avait une note de fascination, d'émerveillement dans sa voix, comme s'il était aussi surpris par tout ça que Redford.

— J'ai besoin de faire un peu de shopping aujourd'hui. Il y a une foire de l'armement en ville, avec plein de nouveaux jouets, et certains de mes contacts y seront. Je me suis dit que tu pouvais venir, si tu trouvais ça intéressant?

Si Redford ne le connaissait pas mieux, il aurait pensé que Jed avait l'air timide et plein d'espoir.

— Je pourrais te présenter?

Une foire de l'armement n'avait pas l'air d'être ce qu'il y avait de plus amusant, mais il hocha quand même la tête. Honnêtement, il ne comprenait pas toute cette fascination pour les armes : elles semblaient obséder toute la société, les gens les aimaient ou en avaient peur, mais, en tout cas, tout le monde avait une opinion bien tranchée sur le sujet. Mais Jed s'y intéressait et Redford ne pouvait rien lui refuser quand il demandait comme ça.

— Super, fit Jed en souriant contre son cou, avant de le pousser un peu. Va te doucher, boule de poils. La foire commence dans une heure.

Grommelant d'être ainsi tiré du lit, Redford partit vers la salle de bain avec un soupir. Sous l'eau chaude, il se demanda vaguement pourquoi la plupart de leurs conversations avaient eu lieu au lit, ces derniers temps, et pourquoi la bouteille de shampoing qui arborait un « Nouveau : parfum menthe ! » ne sentait pas la menthe, mais les produits chimiques.

Jed s'était installé de manière à pouvoir voir Redford dès qu'il sortirait de la salle de bain. Quelques jours plus tôt, Redford en aurait été gêné ; maintenant, il se contenta de sourire à Jed d'un air un peu moqueur, parce que même s'il faisait semblant de lire un journal, ce qu'il avait regardé avant était évident. Il n'en était plus gêné ; il se sentait désiré, comme s'il y avait vraiment quelque chose en lui qui méritait d'être regardé, même si Jed était un peu indécis quant à ce désir.

C'était un sentiment agréable.

Une demi-heure plus tard, ils étaient dans la voiture. Apparemment, Jed l'avait empruntée à un garage de voitures d'occasion. Redford était à peu près certain que les choses ne fonctionnaient pas ainsi ; il n'avait peut-être jamais eu de voiture, mais il était plutôt certain que le transfert de propriété impliquait en général une somme d'argent. Jed lui dit de ne pas s'inquiéter, qu'il connaissait un mec – quoi que ça puisse vouloir dire.

Redford s'était excusé tellement de fois pour la chaise cassée que Jed avait juré qu'il lui trouverait un pot à excuses. Ce qui ressemblerait en fait à un pot à gros mots, sauf qu'il devrait y mettre de l'argent à chaque fois qu'il faisait des excuses. Redford n'en voyait pas vraiment l'intérêt et il fut soulagé que Jed ne veuille pas vraiment appliquer l'idée. La radio dans la voiture hurlait qu'elle voulait posséder son corps et peut-être le faire brûler, ce qu'il trouvait plutôt morbide, mais Jed lui assura que ce groupe était « génial ».

— Bon, dit soudain Jed pendant qu'il conduisait. Tu devrais peut-être me parler de cette histoire de loup-garou, parce que je l'ai vu de mes propres yeux la nuit dernière, mais je suis toujours embrouillé.

Il regardait droit devant lui et parlait sur un ton anodin qui avait l'air un peu forcé, comme s'il n'avait pas encore totalement assimilé ce qu'il s'était passé.

Redford ne pouvait pas lui en vouloir. Voir, ou vivre ce genre de choses, était difficile à appréhender. Il lui devait une explication.

— Lorsque j'avais cinq ans, nous sommes allés camper, avec mes parents, commença-t-il, appuyant la tête contre la vitre.

L'automne était là, remarqua-t-il, et les feuilles tournaient à l'orange et au rouge flamboyant.

— À l'époque, je n'ai pas su ce qui nous a attaqués. Ça a tué mes parents, mais moi j'ai survécu.

Il ne se rappelait plus grand-chose de ses parents. Ça s'était passé trop longtemps auparavant et il avait été trop jeune. Ils avaient été des gens bons, ça, il le savait. S'il se concentrait, il pouvait presque se rappeler de la couleur des yeux de son père, du parfum de sa mère. Elle aimait les senteurs d'agrumes. Cette nuit-là, en revanche, était très claire dans sa mémoire. Frottant sans s'en rendre compte l'extrémité de sa cicatrice, là où elle suivait le bas de sa joue, Redford laissa son regard fixé par la fenêtre, se demandant pour l'énième fois pourquoi c'était lui qui avait survécu.

— Ma grand-mère m'a recueilli, continua-t-il.

Jed avait posé sa main sur son genou et il sourit au toucher.

— Je ne la connaissais pas très bien, mais elle était gentille. Je ne lui ai jamais demandé comment elle connaissait l'existence des loups-garous ou comment elle savait que j'avais été mordu. Elle comprenait que j'étais un danger pour les autres, alors elle m'a appris à m'enfermer pendant les pleines lunes.

— Salope, marmonna Jed, sans doute pour lui-même, parce qu'il parut surpris par le regard que Redford lui lança. Quoi? C'est vrai!

— Elle a empêché que je ne fasse du mal à qui que ce soit, protesta Redford.

— En t'enfermant dans une cage avec des chaînes? Merde, Red, je t'ai empêché de faire du mal à qui que ce soit et je n'ai pas eu besoin d'instruments de torture!

Jed était parti pour se mettre vraiment en colère, mais il y avait de la douceur dans ses yeux lorsqu'il regarda Redford.

— Sans aide, oui, je vois bien que le loup pourrait être dangereux. Mais il est juste frustré et effrayé. Les loups ont besoin de liberté, comme tout le monde.

L'idée était si nouvelle que Redford ne trouva rien à dire. Les loups, les loups sauvages, dans la nature, ne tuaient pas pour le plaisir, mais seulement pour se nourrir ou s'ils se sentaient menacés, c'était vrai. Était-il possible que le loup ne se soit mis en colère que parce qu'il était effrayé ? Parce qu'il se sentait menacé, terrifié de se trouver enfermé ?

— On y est.

La voix de Jed s'était faite joyeuse et il laissa peu de temps à Redford pour réfléchir à cette nouvelle question. Il le tira hors de la voiture. Plus loin, il y avait une bannière aux couleurs vives, proclamant que l'événement était « La foire de l'armement annuelle » et le nez de Redford se fronça sous l'odeur des centaines de personnes présentes, qui le submergeait.

Heureusement, Jed ne sembla pas remarquer sa soudaine anxiété. Ils se frayèrent un chemin à travers le parking, s'approchant de l'immense partie en plein air de la foire. Partout, il y avait des stands et des tentes colorés, différentes musiques sortaient de divers haut-parleurs, et des voix dans des mégaphones s'ajoutaient au chaos de tout ce bruit, tandis que des gens se promenaient partout. Il y avait de l'huile, de la bière, de la viande en train de cuire, de la fumée de pots d'échappement, du parfum, du vieux cuir, de l'acier en train de fondre…

— C'est pas génial ? demanda Jed en se tournant vers lui, un grand sourire aux lèvres, et Redford s'obligea à le lui rendre. Je ne vois certains de mes contacts qu'ici, une fois par an. Il y en a peut-être qui sauront quelque chose.

Redford prit un moment pour se demander pourquoi Jed parlait toujours de *contacts*, mais jamais d'amis. Peut-être qu'il estimait avoir des amis, mais qu'il les appelait « contacts ». Ou peut-être qu'il ne se laissait jamais approcher d'assez près par qui que ce soit.

— C'est… commença-t-il, ayant du mal à trouver quelque chose de positif à dire. Bruyant, finit-il par trouver.

Apparemment, cela plut à Jed.

— Je sais, lança-t-il avec enthousiasme, attrapant la main de Redford et l'entraînant dans la foule.

C'était une bonne chose que Redford puisse suivre dans le sillage de Jed ; l'autre homme semblait ne pas devoir faire le moindre effort pour se frayer un chemin dans la foule et il ne se heurta pas une seule fois contre quelqu'un, ce que Redford n'aurait jamais réussi à faire.

— Il y a un nouveau modèle de Glock que je meurs d'envie de voir! lui cria Jed par-dessus son épaule, et Redford dut vraiment faire un effort pour l'entendre; le bruit était vraiment *phénoménal*.

Son épaule entra en contact avec quelqu'un. Redford se recula devant l'homme, qui avait un nombre plutôt alarmant de piercings au visage, mais celui-ci continua à marcher et il estima qu'il pouvait se sentir relativement en sécurité. Frottant son épaule douloureuse, Redford fit de son mieux pour suivre Jed, qui avançait plus vite avec ses longues jambes. Celui-ci jeta un bref regard en arrière; son expression était impénétrable, mais il empoigna fermement la main de Redford, enlaçant leurs doigts, et l'attira à ses côtés comme pour le protéger.

Il y eut une énorme détonation et Redford sursauta, se réfugiant contre Jed, mais celui-ci semblait sourire. Redford avait cru qu'on leur tirait dessus.

— Les champs de tir, pour essayer, lui cria Jed, indiquant leur droite, d'où venaient d'autres coups de feu.

Personnellement, Redford pensait que laisser des gens tirer dans un endroit où se trouvait une telle foule était plutôt dangereux. Il lança un regard incrédule à Jed, un peu rassuré lorsque celui-ci lui entoura les épaules d'un bras.

— T'inquiète, mon ange, dit-il, la bouche contre l'oreille de Redford pour être sûr qu'il l'entendrait. Les vitres sont blindées et ils tirent à blanc. C'est juste pour voir la portée et le recul, pour que tu sentes l'arme. C'est ironique, mais les foires d'armement sont parmi les endroits les plus sûrs du pays.

Il s'arrêta avant de se mettre à rire, son souffle tressautant sur la peau de Redford.

— Enfin, à moins qu'il y ait une explosion. Dans ce cas, on est en plein milieu d'un volcan.

Cette dernière partie était un peu moins rassurante. Redford poussa un soupir, se plaquant un peu plus contre Jed. Même s'ils s'étaient trouvés au milieu d'un véritable volcan, il se serait sans doute senti tout à fait en sécurité avec Jed à ses côtés.

— Walker!

Redford regarda avec de grands yeux une main se tendre à travers la foule, attrapant l'épaule de Jed et les tirant tous les deux plus près d'un stand. Il s'agissait d'un homme un peu plus grand qu'eux, les cheveux poivre et sel coupés courts; il avait la taille et les bras épais et avait presque l'air énorme comparé à Jed, ses doigts boudinés enveloppant possessivement son bras.

— Je savais que tu serais là !

— Bon Dieu ! fit Jed en souriant largement avant d'abattre sa main sur l'épaule de l'homme, une expression obscène familière sur son visage ; sauf que cette fois, au lieu d'être pour Redford, elle était dirigée droit sur cet homme. Buck Cambridge, bon sang. Qu'est-ce que tu fous ici ?

— Je viens chercher un nouveau jouet.

Buck brandit un revolver. Lorsque Redford se recula, il se contenta de sourire, ses dents brillant au milieu de sa barbe bien taillée, et le reposa sur le présentoir du stand.

— J'aime bien mon Ruger Redhawk, mais j'avais envie d'autre chose.

Redford arracha son regard à la contemplation des armes pour le fixer sur Jed et Buck. Il était évident qu'ils se connaissaient. Il voulait dire à Jed que Buck avait une odeur… bizarre. Mais il n'arrivait pas vraiment à la décrire. C'était la même odeur que David, pas vraiment humaine. Jed venait à peine de se faire à l'idée qu'il était un loup-garou ; comment lui dire que certains de ses contacts n'étaient peut-être pas vraiment normaux non plus ?

Peut-être qu'il aborderait le sujet plus tard, avec délicatesse.

— Eh bien, bébé, c'est parce que si je me rappelle bien, tu aimes les *jouets* plus gros, le taquina Jed en lui lançant un clin d'œil, faisant le tour de la table en laissant ses mains effleurer les armes exposées. T'as besoin de quelque chose de plus imposant, dont tu peux sentir le poids dans tes mains. Pas vrai ?

Même Redford, qui avait toujours du mal à saisir les allusions sexuelles avec leurs formes confuses et obscures, pouvait comprendre ce que Jed disait vraiment. Et Buck aussi ; il se mit à rire, s'approchant davantage de Jed d'une manière que Redford n'aimait pas vraiment.

— Comme c'est mignon, dit-il dans un souffle, caressant les bras de Jed, un sourire connaisseur aux lèvres, tout en déshabillant Jed du regard. Tu t'en souviens. Si je me rappelle bien, tu as plutôt apprécié ce que j'avais…

Redford en avait assez.

— Qui êtes-vous ?

Il n'arriva pas vraiment à avoir l'air menaçant, mais c'était le lendemain de la pleine lune, et il y avait encore du loup dans sa voix. Même s'il était, selon Jed, la chose de Knievel.

Pendant un long moment, personne ne bougea. Jed semblait hypnotisé par la manière dont Buck le regardait. Il émit un petit bruit lorsque Buck lui effleura le cou d'un doigt et il prit une inspiration tremblante, les yeux fermés.

— Jed ? murmura Buck, avec l'intonation de quelqu'un qui avait l'habitude de donner des ordres.

— Oh mon Dieu, désolé Red.

Pour sa défense, Jed avait vraiment l'air étonnamment gêné lorsqu'il tendit le bras vers Redford et l'attrapa par le coude pour l'attirer à lui.

— Bon sang... Bien, ça c'est Buck. J'ai bossé pour lui une ou deux fois, un job de sécurité.

Il y eut une pause et il sourit.

— Ou plutôt *sexcurité*, comme j'appelais ça. Buck, voici Redford. C'est un...

Il fit une nouvelle pause, comme s'il cherchait le bon mot, regardant les deux hommes tour à tour. Avalant sa salive, il finit de façon peu convaincante par un :

— C'est mon client. On achète juste deux ou trois trucs, tu sais comment c'est.

Redford aurait été vexé d'avoir été appelé un simple client s'il n'avait pas senti les doigts de Jed se refermer autour de son coude.

— Sécurité ?

— Un homme comme moi a pas mal d'ennemis, dit Buck en haussant les épaules, comme si ça expliquait tout. J'ai des besoins très spécifiques quant aux personnes que j'engage.

À cet instant, ses yeux se tournèrent à nouveau vers Jed, et il l'attira à lui, l'éloignant de Redford, un sourire vainqueur et propriétaire sur le visage, comme s'il venait de gagner un jeu de tir à la corde.

— Jed remplissait parfaitement ces besoins.

Maintenant, Redford n'aimait *vraiment* pas cet homme. Il n'était peut-être pas très calé en allusions, mais il n'avait pas besoin de lire entre les lignes pour savoir ce que Buck était en train de dire. Jed avait couché avec cet homme et, soudain, il ressentit une jalousie glaciale au fond de lui. Le rouge qui était monté aux joues de Jed s'estompa un peu lorsqu'il lança un regard à Redford, et une ride inquiète apparut entre ses sourcils.

— Je voulais juste aider un peu, murmura Jed en se dégageant lentement de la poigne de Buck

Il recula de quelque pas, revenant à côté de Redford. Leurs épaules s'accolèrent et une expression de confusion traversa le visage de Jed, comme s'il n'était pas sûr de la raison pour laquelle il venait d'agir ainsi.

— Ce que tu cherches, beau cul, c'est un Smith & Wesson modèle 500. Il est gros, il brille et il va tout simplement être parfait entre tes mains, crois-moi.

Redford continua à foudroyer Buck du regard tandis que celui-ci attrapait l'arme que lui avait indiquée Jed. Il n'aimait pas la façon dont Jed déshabillait presque Buck du regard, et encore moins le fait que Buck lui rendait la pareille. Pire encore, Buck sembla finir par le remarquer par-dessus son arme, et commença à le regarder de la même manière, tandis que Redford sentait ses sourcils se froncer encore plus.

— Ce n'est pas vraiment ton genre, Walker, remarqua Buck.

Redford se demanda s'il pouvait juste attraper Jed et tourner les talons. Il n'était pas violent, vraiment, mais il commençait à envisager d'envoyer un coup de genou dans les parties de Buck. Ce serait sans doute satisfaisant.

Jed cligna des yeux plusieurs fois, regardant les deux hommes tour à tour.

— C'est un client, répéta-t-il, mais sa voix s'était faite plus grondante et il s'interposa entre Redford et Buck, bloquant la vision de ce dernier. Et ce revolver est le meilleur que tu trouveras, princesse, donc il vaut peut-être mieux que j'te laisse. Je sais qu'il te faut pas mal de temps pour tirer, des fois.

Redford ne fit pas vraiment d'effort pour retenir le sourire amusé qui recourba ses lèvres. Celle-là, il l'avait comprise, subtile ou non. La main de Jed s'était faufilée derrière lui pour s'enrouler d'une manière possessive autour de celle de Redford, et il se rendit compte que le soudain changement d'atmosphère et la tension dans les épaules de Jed n'avaient rien à voir avec Jed lui-même ; c'était parce que Buck l'avait regardé *lui* de cette manière.

— On devrait peut-être aller voir autre chose, suggéra Redford à voix basse en tirant Jed par la main.

Si Buck avait l'air de se sentir insulté, eh bien c'était une bonne chose en ce qui le concernait.

— C'était sympa de te revoir, Jed, dit Buck d'une voix douce, un éclat de colère dans le regard lorsqu'il fixa les yeux sur Redford. Merci du conseil. Plus gros, c'est *vraiment* mieux.

Redford eut l'impression que la dernière phrase était pour lui. Avant qu'ils n'aient pu partir, Buck attrapa le visage de Jed entre ses mains et l'embrassa, d'une manière urgente et exigeante.

Redford tira aussitôt Jed en arrière, dans la foule. Jed avait l'air un peu sonné, les sourcils froncés lorsqu'il regarda Redford, laissant la foule les envelopper et avaler entièrement la silhouette de Buck. Pour une fois, le bruit assourdissant de tous ces gens s'avérait une bonne chose : elle masquait le grognement de colère qu'émettait Redford. Cet homme venait d'embrasser *son* Jed juste devant lui. Redford n'était pas content.

La foule sembla se faire plus dense, mais Jed l'attira plus près de lui et ils se frayèrent un chemin vers la partie des fusils. Redford ne les trouvait pas plus excitants que les armes de poing, simplement plus gros, mais il sourit quand même devant l'enthousiasme de Jed. Ça le distrayait de la colère qui nouait toujours ses entrailles, ça et le fait que Jed semblait déterminé à le tenir le plus près de lui possible, un bras passé autour de sa taille, sa main enfoncée dans la poche avant du jean de Redford.

Des leçons sur l'histoire des différents fabricants se faisaient entendre à chaque stand qu'ils passaient et Jed semblait ne pas remarquer l'attention qu'ils attiraient, si proches l'un de l'autre. Apparemment, ce n'était pas aussi normal que Jed le faisait paraître, deux hommes enlacés en train de regarder des armes à feu. Jed s'intéressait plus aux fusils qu'aux regards des gens, riant et blaguant avec ceux qui tenaient les stands, montrant à Redford les armes qu'il préférait. Il en parlait comme s'il s'agissait d'art, caressant les barillets, les crosses et les courbes brillantes des viseurs tandis qu'ils s'avançaient toujours plus loin dans la foire.

Redford se servait de la voix de Jed comme d'une ancre. C'était plus facile de se détendre quand il voyait que Jed était tellement à l'aise dans cet environnement : il semblait complètement dans son élément, chez lui. Redford restait près de lui et ignorait le chaos de la foule pour se concentrer sur ce qu'il disait.

— Tu veux essayer ?

Debout à côté d'un stand, Jed lui souriait comme un chat qui venait d'avoir un bol de crème, tenant un grand fusil qui semblait peu maniable.

— Celle-là, c'est un vrai bonheur, toute en douceur. Elle sera bien pour ta première fois.

— C'est vrai, peut-être que tu *devrais* m'apprendre à tirer, avança Redford.

Sa vie était en danger et, même si Jed le protégeait, que se passerait-il si quelque chose arrivait à Jed ? Il fallait qu'il puisse se battre lui aussi, pas seulement pour lui-même, mais pour Jed aussi. Et il aurait peut-être aussi besoin de tirer sur Buck, un jour ou l'autre. Juste comme ça.

— Peut-être… quelque chose de plus petit ? suggéra-t-il, les fusils lui semblant vraiment intimidants et pas très utiles en situation de combat.

Levant un sourcil, Jed reposa l'arme et hocha la tête, l'air sérieux.

— Oui, bien sûr, admit-il, prenant Redford par la main et l'emmenant vers le mur du fond. Je sais exactement ce qu'il te faut.

Ils durent traverser à nouveau la salle, au milieu de la masse de gens, des centaines de voix et de la musique forte sortant des hauts-parleurs au-dessus de leurs têtes. Plusieurs hommes se frayaient un chemin en sens inverse et Redford dut lâcher la main de Jed – il vit sa tête disparaître derrière un véritable mur de gens.

Il était seul. Au milieu d'une foule gigantesque, sans personne qu'il connaissait, entouré de trop d'odeurs et de bruits, Redford était *seul* et il s'immobilisa, terrifié. Et si les hommes de Fil étaient là ? Ils pouvaient enlever Jed. Il pouvait l'enlever lui, l'emmener loin de Jed.

Il recula, se heurta à quelqu'un, ce qui le fit trébucher en avant. Jed allait le trouver, non ? Mais comment allait-il faire ?

Tout était un kaléidoscope de voix, de couleurs, d'odeurs et de visages inconnus. Sa maison était un endroit calme, ordonné, l'avait toujours été. Il n'y avait rien de familier ici et il ne voyait pas où aller. Il sentit sa respiration se couper sous l'effet de la panique ; puis, soudain, un bras fort s'enroula autour de sa taille et il fut submergé par une odeur de pin familière.

— Là, lui murmura Jed à l'oreille, son sourire démenti par la force avec laquelle il l'attirait et le plaquait contre lui, comme s'il n'allait plus jamais le laisser s'éloigner.

Il baissa la tête et enleva une des chaînes qui pendaient à son cou, avant de la mettre dans la main de Redford, qui sentit un métal froid.

— C'est pour que tu ne te perdes pas, lui expliqua Jed.

Ce n'était pas une clochette, non, mais un sifflet. Redford le mit immédiatement autour de son cou et le glissa sous sa chemise. C'était un cadeau étrange, mais il ne l'enlèverait plus jamais.

— J'ai toujours un truc pour contrôler les foules, dit Jed en haussant les épaules, se frottant le cou comme s'il était embarrassé. Tu serais étonné de voir comme les gens s'arrêtent tous lorsqu'ils entendent un coup de sifflet. Ça gagne du temps si j'ai besoin de traverser rapidement.

Redford attrapa fermement le bras de Jed, essayant de ne pas montrer à quel point il avait eu peur. La plupart des gens trouveraient sans doute ça stupide, sa peur de la foule, des odeurs et des bruits trop forts. Mais il avait grandi dans une maison presque totalement silencieuse et il ne sortait jamais. Tout ça était trop pour lui.

Les yeux verts de Jed se concentrèrent sur lui un instant, ses doigts lui caressant doucement la mâchoire. Puis Jed l'attira à lui et les entraîna derrière une rangée de stands.

— Bon sang, la foire est pourrie cette année, annonça-t-il, se contentant de lancer un sourire à un agent de sécurité lorsqu'ils entrèrent dans la partie interdite au public, laissant la foule bruyante derrière eux. Allez viens Red, on va essayer de rattraper la journée. Des idées ?

Non, Redford n'avait pas beaucoup d'idées à cet instant. Il luttait pour reprendre le contrôle de sa respiration, appuyé contre le torse de Jed, espérant qu'il ne lui serrait pas le bras trop fort. Il y avait moins de bruit ici, mais les odeurs restaient trop fortes et trop nombreuses pour qu'il puisse faire le tri et les identifier.

— Je suis désolé, marmonna-t-il. On ne peut même pas sortir. Je ne suis pas de très bonne compagnie.

Ils s'étaient arrêtés dans un long couloir sombre délimité par de longs rideaux qui les séparaient du reste de la foule. Jed caressa les bras de Redford, ses doigts calleux laissant des frissons dans leur sillage.

— Quoi, ça ? Ce n'est vraiment pas ce que j'appelle sortir, murmura-t-il, penchant la tête pour laisser ses lèvres effleurer l'oreille de Redford. On peut sortir ensemble, joli cœur, t'inquiète, dit-il alors que son pouce allait et venait dans le creux sensible de son coude. D'ailleurs, c'est ce qu'on va faire. On sort d'ici ?

Oui, Redford voulait vraiment sortir d'ici. Il se sentait toujours coupable d'obliger Jed à partir d'un endroit qu'il appréciait, mais il était reconnaissant de la proposition.

— Où est-ce qu'on va ?

La seule réponse qu'il obtint fut le sourire de Jed, encore une fois un de ses sourires doux, de ceux qui le faisaient paraître tellement plus jeune, tellement plus vulnérable, tandis qu'il l'entraînait sur le parking par une porte de service. Le trajet en voiture ne fut pas long. Les vitres étaient baissées pour laisser entrer la brise un peu fraîche et Jed lui laissa le contrôle de la radio. Il affirma que, vu qu'il n'y avait rien de bien, il renonçait à son droit divin sur le choix de la station, mais Redford vit la manière dont il le regardait, curieux de voir ce qu'il allait choisir. Après avoir cherché une station quelques minutes, Redford finit par choisir quelque chose de plus calme, avec une guitare sèche.

Jed lui dit que c'était de la country. Redford aimait bien ; Jed marmonna que c'était une bonne chose qu'il soit mignon, avant de soupirer et de secouer la tête d'un air abattu.

Le chanteur parlait de la perte de sa maison et Redford se relaxa, regardant le paysage défiler par la fenêtre. Il inspira profondément, s'entourant de l'odeur familière de Jed, prenant le temps de se calmer après le chaos et de se recentrer. Jed ne semblait pas aimer la musique country, mais il avait dit que Redford pouvait décider de la radio, donc il laissa cette station. Le chanteur passa à d'autres sujets, comme la mort de son chien et d'autres tragédies du même genre.

En fait, peut-être que Redford n'aimait pas la musique country tant que ça.

Avec un soupir, il éteignit la radio ; il ne saisissait pas l'intérêt de chanter à propos de toutes ces pertes, mais, en tout cas, Jed eut l'air soulagé. Ils restèrent silencieux pendant quelques minutes encore, avant que Jed ne s'arrête dans un autre parking, avec un autre panneau cette fois.

— On va au zoo ?

Redford n'y avait jamais été, mais il savait au moins ce qu'était un zoo.

Jed éteignit le moteur et se tourna vers lui, changeant légèrement de position dans son siège comme s'il n'était pas sûr de lui.

— Ça ne te tente pas trop ? demanda-t-il en grimaçant. C'est juste qu'aujourd'hui il y a école, donc ce sera tranquille, et je ne sais pas, j'aime bien venir me balader ici des fois. On peut aller ailleurs si tu préfères.

Redford se retrouva à sourire. Il prit la main de Jed, entrelaçant ses doigts avec les siens.

— J'ai toujours voulu aller au zoo, confia-t-il à voix basse. Je n'en ai jamais vu que des images.

Il comprenait pourquoi Jed hésitait ; après tout, c'était un endroit plein d'animaux en cage, comme lui-même l'était tous les mois, sauf que les animaux du zoo avaient de plus belles cages et étaient nourris régulièrement. Malgré tout, Redford avait vraiment toujours voulu y aller.

— Tu es sûr qu'on peut y aller ? Je veux dire, la foire c'était pour trouver des armes, je comprends, et tu as dit que c'était un endroit sûr, mais le zoo…

L'hésitation s'effaça du visage de Jed, qui se remit à lui faire ce *sourire*, se penchant pour presser doucement ses lèvres sur celles de Redford. Il eut l'air deux fois plus surpris que Redford à la douceur intense de son geste.

— On a du temps à perdre. Et c'est bien d'être imprévisible. Ça nous rend plus difficiles à suivre sans que je le remarque.

Ça avait l'air logique. Redford ne comprenait peut-être pas entièrement la logique derrière sa décision, mais il avait confiance en Jed. Il hocha la tête, resserrant sa main sur celle de Jed.

— Alors le zoo me semble une bonne idée.

— Okay, chuchota Jed, l'air toujours terriblement peu sûr de lui. Très bien. Entrons dans ce putain de zoo.

X

Jed

JUSTE UNE petite info : les loups-garous étaient réels. Les gros chiens poilus avec les crocs, les griffes, qui n'apparaissent qu'à la pleine lune ? Oui, tout à fait réels. Et ça faisait beaucoup à assimiler, mais, quand ledit loup-garou était le mec avec lequel il était... quelque chose, ça ajoutait un tout autre niveau à l'affaire. Jed essayait de ne pas trop y penser. Et, d'ailleurs, il y arrivait plutôt bien. Sans doute parce que Redford était tellement... *lui-même*, tellement inoffensif, que c'était facile d'oublier en quoi il se transformait.

Ce que Jed ne lui avait pas dit, c'est qu'il avait eu peur. Toute la nuit. C'est vrai, il s'était avéré qu'il suffisait qu'il se pose en alpha et Red avait été parfaitement obéissant, mais la peur avait toujours été là. Il aurait juste suffi que le loup se rappelle qu'il était plus musclé que Jed, ou que ses crocs n'étaient pas fait pour embrasser des petites fleurs, et tout le monde se serait retrouvé catapulté dans un univers de douleur. Bon sang, qui pouvait dire que la prochaine fois, le petit numéro de Jed marcherait aussi bien ? Il n'était certainement pas un alpha et il aimait les choses comme ça. Dans toutes ses liaisons, si on pouvait les appeler ainsi, il était tellement soumis qu'il léchait des bottes et, pour être honnête, il se sentait à l'aise dans cette position. Au moins, il connaissait sa place ; au moins, il était presque *remarqué*.

Quoi que ce soit, ce truc entre eux, cette émotion qui prenait de l'ampleur et évoluait et qui lui nouait la poitrine lorsqu'il se rapprochait de Redford, ce n'était pas ce à quoi il était habitué. Ça n'avait rien à voir avec toutes les fois où il se soumettait et mendiait un peu d'attention. C'était plus grand, plus terrifiant que ça, et loin d'être aussi simple.

Et à cet instant, ça l'avait amené en plein milieu du coin des singes, à tenir la main de Redford pendant que celui-ci regardait autour de lui avec ravissement.

Ça sonnait comme la chute d'une blague, vraiment. Sauf que Jed ne riait pas du tout. Les doigts de Redford emmêlés dans les siens étaient forts et assurés, et à chaque fois que son pouce lui caressait la peau, une petite étincelle de chaleur surprenante descendait le long de son dos. Tout cela était affreusement domestique et pas loin de déclencher une crise de diabète, mais il n'y avait pas un endroit au monde où il aurait préféré être. Ce qui était presque aussi effrayant qu'un putain de loup-garou essayant de lui arracher la tête.

Buck, c'était son type, fin de l'histoire. C'était *son type*, le seul de type de mecs qui l'avait jamais attiré, et il était vraiment *bon* au lit. Et pourtant il était là, au *zoo*, plutôt qu'à l'arrière de la limousine de Buck en train de se faire baiser. Pourquoi? Parce qu'au lieu de garder ses épaisses et délicieuses mains pour lui, Buck avait décidé de commencer à baiser Redford du regard. Y penser lui retournait encore l'estomac de dégoût. Et donc, au lieu d'apprécier de le baiser, il avait été occupé à se retenir de shooter Buck en pleine tête. De quoi plomber l'ambiance.

Il n'y avait même pas vraiment eu d'ambiance. Pendant tout le temps où il avait été tripoté et soumis à ces regards obscènes, tout ce que Jed avait vraiment voulu faire, c'était attraper Redford et partir. Bon sang, il n'avait même pas voulu flirter, du tout, et c'était bien la première fois depuis qu'il avait atteint sa puberté.

Sa vie était complètement bousillée.

— Est-ce que tu savais que les gorilles, les chimpanzés et les orangs-outans peuvent tous attraper des rhumes, mais pas les races de singes les plus courantes? Et un jour, à South Bend dans l'Indiana, un singe a été condamné pour avoir fumé en public.

Redford était plus vivace que Jed ne l'avait jamais vu, un sourire recourbant ses lèvres pleines et fascinantes. Il était volubile, confiant et avait l'air absolument délicieux dans son jean et son pull vert délavé, qui mettaient en valeur ses épaules et la finesse de sa taille, sans qu'il l'ait le moins du monde fait exprès. Il avait été très occupé à sortir des faits encyclopédiques sur tous les animaux qu'il s'était arrêté pour regarder, souriant devant le rugissement d'un lion, absolument fasciné par les serpents dans leurs cages en verre. Jed avait été au zoo un bon millier de fois, appréciant de pouvoir s'asseoir seul et observer autour de lui, rassembler ses idées, sans avoir l'air bizarre. Mais c'était la première fois qu'il avait l'impression de visiter les lieux comme il fallait le faire.

— Viens, enjoignit-il, tirant Redford à sa suite avec un petit sourire.

Il avait été très généreux avec ces sourires, ces derniers temps. Non pas qu'il eût été normalement maussade, mais il avait l'habitude de se cacher derrière de grands sourires charmeurs, ou obscènes, derrière les flirts, pour être sûr de ne rien révéler d'important sur lui. Mais avec Redford, c'était comme s'il ne pouvait pas s'empêcher de se montrer sous son véritable jour. Et ça voulait dire être *vulnérable*, ce qui pouvait poser un putain de vrai problème.

— Je veux te montrer quelque chose.

Le vent était assez froid, lorsqu'ils émergèrent de la maison des primates, pour faire frissonner Redford. Jed n'était pas vraiment distrait, la plupart du temps, en tout cas pas pour ce qui était important, comme analyser la démarche d'une cible, savoir si un mec était réceptif à ses avances, relever les indications les plus minimes dans une bagarre… Parfois, il manquait les interactions humaines les plus subtiles, mais, de manière générale, il se plaisait à se dire qu'il était plutôt perceptif. Malgré tout, la manière qu'il avait de se concentrer autant sur Redford était un peu surprenante : avant qu'il n'ait eu le temps de dire quoi que ce soit sur le froid, Jed avait enlevé son blouson en cuir et l'avait posé sur ses épaules avec une ébauche de sourire.

Bon sang, il était foutu.

Ils s'avancèrent plus loin dans le zoo presque désert. Il n'était pas assez tard pour que les mères avec leurs enfants soient arrivées, et encore trop tôt pour les habitués plus âgés. C'était un moment agréable, entre eux deux, et Jed pouvait imaginer qu'ils étaient seuls au monde, ce qui était plutôt très agréable. Il conduisit Redford dans une fausse caverne sombre ; ils penchèrent la tête pour éviter de se cogner au faux plafond avant de se retrouver devant un grand bassin. Pendant un moment, il n'y eut rien d'autre que du silence, l'eau sombre et calme devant eux.

— Jed, qu'est-ce que…

Jed leva une main pour l'arrêter avec un petit sourire, indiquant de la tête le verre épais. Redford se tourna, l'air intrigué, et se retrouva face au sourire calme d'un ours polaire. L'ours était énorme, glissant dans l'eau comme s'il ne pesait rien, l'air heureux tandis qu'il traçait des arcs paresseux vers la surface de l'eau.

— Oh, *waouh*.

Très fier que sa deuxième idée de sortie ait eu plus de succès – il espérait que ça compenserait pour la crise de panique de Redford – il l'attrapa par la taille, l'attirant contre lui. C'était ça le problème, en fait : ils allaient *si bien* ensemble que Jed n'arrivait presque pas à réfléchir quand ils étaient proches. Le fait que Redford n'était pas son type n'était que l'une des *innombrables* raisons pour lesquelles toute cette histoire était une très mauvaise idée ; et pourtant ils étaient là, serrés l'un contre l'autre, à regarder des ours en train de jouer dans l'eau.

— J'adore les ours polaires, murmura Redford, sa voix assez basse pour n'être qu'un grondement qui s'enfonça sous la peau de Jed, et refusa de le lâcher. Ils sont tellement gracieux dans l'eau. Et ils peuvent disparaître. Tu savais qu'ils se recouvrent le museau de neige pour ne pas être vus sur la glace ? Ils sont tellement intelligents.

Red était rayonnant et ne paraissait même pas réaliser à quel point il était *beau*. Ses yeux entre le bleu et le gris, la courbe marquée de sa mâchoire, la force qui se cachait derrière son sourire timide… Il était complètement différent de tous ceux avec qui Jed avait jamais passé du temps, mais pourtant il n'arrivait pas à se débarrasser de lui.

Lentement, Jed passa sa main le long des cicatrices qui se recourbaient sur la peau de Redford, pâles et violentes, un contraste avec l'innocence de son visage. Ses doigts glissèrent depuis son nez jusqu'à sa mâchoire et il eut soudain le souffle coupé. Les yeux grands ouverts, toujours aussi surpris par l'effet qu'une chose aussi simple avait sur lui, Jed passa sa main derrière le cou de Red et l'attira vers lui pour l'embrasser.

Lentement, doucement, Redford entrouvrit les lèvres contre la bouche de Jed, et le frisson électrique de sa langue explorant sa bouche les secoua tous les deux. Avec un grondement sourd, Jed attrapa les hanches de Redford, l'attirant contre lui, se laissant submerger par la chaleur de son corps pressé contre son torse. À chaque fois qu'ils se touchaient ainsi, Jed perdait toute notion du temps. Plus rien n'existait à part sa présence, la chaleur moite de sa bouche, et ses mains caressant son corps.

Il sentit le verre froid du bassin contre son dos et sourit un peu dans le baiser. Redford se faisait plus exigeant, le poussant en arrière, empoignant son tee-shirt de chaque côté de son corps. Dieu qu'il aimait ça.

— Mon ange ? murmura-t-il, renversant la tête en arrière lorsque Redford décida d'explorer son cou avec une langue étonnamment douée. Pas que ça me dérange de faire ça en public, parce que franchement je m'en fous, mais tu réalises que…

— Il n'y a personne, lui répondit Redford d'une voix rendue haletante par le désir.

— Non, c'est vrai, approuva Jed, son sourire s'effaçant sous un assaut soudain de désir qui lui fit tourner la tête.

Redford se pencha contre lui, pressant sa bouche contre celle de Jed sans hésitation, leurs langues s'emmêlant dans une explosion de besoin chaud et humide. Jed suçota légèrement la langue de Red, avec un sourire victorieux lorsque celui-ci émit un bruit de surprise, qui se fondit dans un grondement. Jed se retrouva poussé à nouveau en arrière et il aurait juré qu'au fond des yeux de Redford, assombris par le désir, il y avait un éclat jaune et sauvage, même dans la faible luminosité.

Il mordit la lèvre inférieure de Redford, emmêlant ses doigts dans ses cheveux pour le tirer à nouveau à lui lorsque Redford se recula sous la surprise. Il apaisa la morsure avec de longs baisers, suçant sa lèvre, et Redford sembla fondre dans la sensation de douleur et de plaisir mêlés, gémissant légèrement lorsque Jed recommença. Ses grandes mains calleuses, qui semblaient faites pour tenir une arme ou engendrer la violence, glissèrent sous la chemise de Redford avec une tendresse qui les surprit tous les deux. Du bout des doigts, il traça de lents arcs sur sa peau chaude, captivé par la douceur sous sa main.

— Jed.

Ce simple chuchotis, sur un ton agité, manqua de le rendre fou, et sa seule réponse fut d'approfondir encore leur baiser, perdant le contrôle de sa respiration, de son esprit, dans une pure sensation de plaisir.

Redford avait les doigts sur la ceinture de Jed, essayant de la déboucler avec difficulté, mais y parvint à force de détermination. Il n'était plus temps de douter, plus temps pour les nombreux problèmes de Jed de se manifester dans toute leur laideur. C'était comme si sa moindre capacité à se contrôler avait volé en éclats à l'instant où Redford avait tendu la main vers lui.

— Tout va bien, se retrouva-t-il à murmurer tout en parsemant le cou de Redford de baisers humides. Bon sang, t'es tellement bon…

L'hésitation était bien visible dans les gestes de Redford, son manque d'expérience le rendant nerveux, mais Jed répondait avec tant d'enthousiasme à la moindre de ses attentions qu'il ne pouvait que gagner en confiance. Il glissa ses doigts juste en dessous des boutons fermant le jean de Jed et gémit de plaisir lorsqu'il toucha sa peau nue en dessous.

— Hé! Qu'est-ce que vous foutez, les deux pervers? Il y a des enfants ici, bon Dieu!

L'aboiement venait d'un homme que Jed réussit à identifier, malgré son manque de concentration, comme un des gardiens, et brisa complètement l'ambiance, envoyant Redford presque de l'autre côté de la galerie.

— Putain, fut la réaction complètement appropriée de Jed.

Fronçant les sourcils, il rajusta son pantalon, essayant d'ignorer la pression sur son entrejambe. Ce jean était fait pour mettre en valeur son cul, pas pour être enfilé à toute vitesse par-dessus une érection.

— D'accord, d'accord, rabat-joie en chef! T'emballe pas. On s'en va.

Pas exactement la conclusion la plus romantique pour ce genre de situation, ni la plus satisfaisante, mais c'était loin d'être la première fois qu'il se faisait choper avec le sexe à l'air. Il attrapa la main de Redford, salua le gardien avec deux doigts et se mit à courir vers la sortie. L'air absolument mortifié de Redford voulait sans doute dire qu'il n'y avait pas le moindre espoir qu'ils se fondent dans la foule pour recommencer, dans le jardin des papillons, par exemple… Personne n'y allait jamais lorsqu'il commençait à faire plus frais. Tant pis.

Ils arrivèrent à la voiture sans incident supplémentaire. Le gardien les avait poursuivis sans grand entrain jusqu'à l'enclos des girafes, pour s'assurer qu'ils quittaient bien les lieux. Le parking était à peu près vide et Jed chercha la clé de la voiture, maudissant la perte de sa jeep bien aimée, Matilda. Matilda avait été une bonne voiture. Elle ne s'était jamais plainte lorsqu'il dépassait les limitations de vitesse ou avait des activités sur la banquette arrière qui dépassaient très certainement les intentions du fabricant. Cette voiture, là, était vraiment laide, un genre de break des années 1980 avec un intérieur en bois. Mais il y avait de la place dedans, pour ranger des trucs, les choses qui traînaient toujours dans une voiture – ou d'autres, moins habituelles, au besoin.

Il poussa un soupir et s'appuya contre la portière lorsqu'il eut trouvé ses clés, lançant un sourire un peu pathétique à Redford en se passant une main dans les cheveux.

— Il a un peu cassé l'ambiance, hein?

Alors qu'un instant plus tôt, Redford n'avait été que profondément mortifié, à présent il souriait. Presque un grand sourire, immense, et on voyait même ses dents.

— Pas forcément, répondit-il, s'appuyant à côté de Jed, hanche contre hanche, se tournant juste assez pour poser son menton sur l'épaule de Jed.

Jed sentit quelque chose faire un soubresaut en lui et il eut le souffle coupé. Il se retrouva à rendre son sourire à Redford, complètement et totalement perdu dans sa beauté. Il n'était plus recroquevillé sur lui-même, plus cette petite chose effrayée qui essayait de disparaître. Il y avait de la malice dans ses yeux, une fière satisfaction devant la réussite de leur fuite. De la confiance dans la manière dont il touchait Jed, de petites occurrences détendues qui les électrifiaient tous les deux. Il était incroyablement transformé et Jed avait du mal à croire à quel point il aimait le voir ainsi.

— Ah ouais? demanda-t-il, déglutissant difficilement sa voix bien plus grave qu'auparavant. T'as une idée, joli cœur?

— Et bien… hésita-t-il à nouveau, mais pas comme avant, pas en se figeant complètement. Chez toi… Il n'y a pas de gardiens…

— Ça, c'est vrai, approuva Jed, se tournant pour entourer la taille de Redford de son bras, l'attirant à lui pour que leurs lèvres puissent s'effleurer.

C'était plus une promesse qu'un toucher, leurs souffles qui s'entremêlaient, le soupir léger lorsque Jed lécha lentement la lèvre de Redford.

— C'est ce que je préfère dans mon immeuble. Pas d'agents de sécurité.

— On devrait peut-être y retourner, répondit Redford, un petit sourire illuminant son regard.

Jed cligna des yeux plusieurs fois pour se concentrer. Oui, cela avait été le plan, non? Un très bon plan à vrai dire, qu'il avait tout à fait l'intention de suivre. Dès qu'il aurait fini d'explorer le creux juste en dessous de l'oreille gauche de Red. Il lécha la peau douce à cet endroit et ses mains s'égarèrent sous la chemise de Redford, ses paumes plaquées contre le bas de son dos.

— Ouais, dit-il d'un air absent, raclant légèrement le cou de Redford avec ses dents. Ouais, on devrait. Bonne idée. Allons-y.

Jed plaqua ses clés dans la main de Redford, lui relevant le menton pour avoir un meilleur accès au creux de sa gorge, laissant des marques rouges sur la peau dans son sillage.

— C'est toi qui conduis, murmura-t-il, occupé à essayer de déboutonner la chemise de Redford, oubliant complètement où ils se trouvaient. Je vais te sucer tellement fort, mon ange, que tu vas jouir deux fois avant même qu'on arrive.

— Je n'ai jamais conduit, protesta Redford, rendant les clés à Jed. On va avoir un accident, et… commença-t-il avant de s'interrompre pour inspirer brutalement, essayant de réunir ses esprits. C'est toi qui conduis. Je n'ai pas envie de mourir.

Oh, c'était vrai. Saleté. Il releva la tête et jeta un regard alentour, encore étourdi, avant de se frotter le visage et de laisser échapper un rire.

— D'accord. Oui, bien sûr, désolé. J'avais oublié.

Il inspira à nouveau, plus lentement cette fois, et poussa ses hormones loin de son cerveau, ce qui était assez difficile à faire lorsque Redford était en train de lui embrasser le cou.

— Okay, allez viens.

Avec un grondement sourd, Jed s'adossa contre la portière, attirant Redford plus près encore.

— Putain, juste ici !

Il y avait un endroit, juste à côté de son pouls, qui le rendait systématiquement complètement dingue, et Redford venait juste de le découvrir avec beaucoup d'enthousiasme. Il lui fallut plusieurs minutes pour pouvoir ne serait-ce que penser à autre chose qu'à la pression chaude et humide de la langue de Redford et à ses dents qui raclaient légèrement contre sa peau.

Il finit tout de même par réussir à se redresser, poussant Redford dans la voiture et décidant de ramper par-dessus pour atteindre son siège parce qu'ainsi, il n'avait pas à arrêter de le toucher ; il s'arrêta assez longtemps, une jambe de chaque côté de lui, pour frotter leur bassin l'un contre l'autre, leurs halètements se perdant entre des baisers frénétiques, affamés.

— Putain, marmonna Jed, oubliant encore totalement pourquoi il avait les clés à la main.

— Tu vas devoir aller *vraiment* vite, lui annonça Redford une fois que Jed se fut installé dans le siège conducteur.

Pour ne pas continuer à être une source de distraction, il avait joint les mains sur ses genoux, mais ça ne l'empêchait pas de se tortiller un peu, ce qui était une distraction en soi.

Jed tendit la main et la glissa sous celles de Red, souriant en frottant la courbe dure de son sexe à travers son jean.

— Très vite, lui assura-t-il, lançant la voiture en marche arrière et sortant du parking pour se diriger vers l'autoroute dans un crissement de pneus.

Il savait conduire avec une seule main depuis longtemps déjà, mais il se faisait avoir à chaque fois lorsqu'il conduisait alors qu'il était excité ; enfin, il n'était pas exactement pris au dépourvu non plus.

Son pouce caressa la forme du sexe de Redford. Jed lui lança un regard, guettant sa réaction, se demandant s'il pouvait vraiment le faire jouir avant même qu'ils n'arrivent à la maison. Il lui fallut s'acharner, mais il réussit à déboutonner le pantalon de Redford d'une seule main, avec un grognement lorsqu'il enroula ses doigts autour de lui, de sa chaleur et de

119

sa longueur, et souriant lorsque Redford reproduisit son gémissement en se pressant contre sa main. Son boxer se trouva repoussé pour que Jed puisse mieux attraper son superbe sexe, en frottant le gland du bout de son pouce, laissant ses doigts explorer toute sa surface.

— Tu es gros, remarqua-t-il dans un soupir heureux, ne voulant rien d'autre que de l'envelopper de ses lèvres. Bon sang, mon ange, tu es foutrement magnifique.

— C'est… bien ? demanda Redford en clignant des yeux, hébété.

Étalé dans le siège passager, le rouge aux joues, ses vêtements froissés, il n'avait pas l'air de se soucier qu'ils soient en pleine circulation et puissent être vus. Il était trop occupé à essayer de baisser davantage son pantalon pour donner un meilleur accès à Jed. Ce dont celui-ci profita avec plaisir, glissant sa main jusqu'à la base épaisse de son sexe, trouvant du bout du pouce la veine plus sensible en dessous et le stimulant encore plus.

Redford écartait les jambes, les yeux voilés, et Jed réalisa soudain qu'il était sans doute le premier à lui faire ça. C'était la première fois que la main de quelqu'un d'autre découvrait tous ces endroits secrets, la chaleur et la douceur de la peau de son membre dur. Il était superbe, noyé dans la luxure, et Jed resta les yeux fixés sur lui, à le caresser doucement, jusqu'à ce que la voiture qui se trouvait derrière eux ne klaxonne et il tourna sèchement la tête vers la route en jurant.

— Ouais, chéri, dit Jed d'une voix rendue rauque par le désir. C'est très bien. Tu vas entrer en moi et je ne vais plus jamais te laisser ressortir.

La seule réponse de Redford fut un grognement sourd, son nom prononcé dans un murmure, et Jed ne put empêcher un sourire de triomphe d'étirer ses lèvres : il avait déjà réduit Redford à l'incohérence.

Heureusement qu'ils n'étaient plus très loin, parce que s'il devait vraiment donner sa première fois à Redford sur le siège avant d'un break pourri, ce ne serait pas juste avec sa main. Il freina d'un grand coup en garant la voiture et tâtonna sous le siège de Redford pour le faire coulisser en arrière aussi loin que possible. Ça tombait bien qu'il soit plutôt souple : il rampa entre les jambes de Red, s'agenouilla sur le sol, et prit enfin le temps de le regarder.

Le rouge de ses joues était descendu le long de son torse, disparaissant sous sa chemise pour réapparaître à l'intérieur de ses cuisses. Jed pencha la tête pour en lécher les contours, de grands coups de langue lui permettant de goûter la peau de Red. Il resserra sa main, et imprima un mouvement de va-et-vient, de la base vers le gland. Il se demanda ce que Redford préférait, s'il s'était déjà touché de cette manière, s'il avait déjà joui en pensant aux mains de quelqu'un d'autre.

Il remonta le long de l'intérieur de la cuisse de Redford en l'embrassant, les yeux fixés sur son visage, fasciné par ses réactions. L'excitation de Red avait assombri ses yeux et ils avaient pris une couleur bleu-gris de tempête. Il avait rejeté la tête en arrière, se mordant les lèvres, et ses gémissements et ses soupirs secouaient son corps tout entier. Jed lui mordilla la jambe et se tourna davantage vers son sexe : il était épais et long, légèrement recourbé, et complètement abandonné. À ce moment, il n'était que pour lui, et Jed comptait profiter de chaque instant.

Il commença par passer sa langue le long de la fente de son gland, le tenant à deux mains en allant et venant, sentant son érection tressauter et se durcir encore entre ses paumes.

— Dis-moi si c'est bon, murmura-t-il, le regard fixé sur lui. Je veux t'avoir dans ma bouche, s'il te plaît, mon ange. »

Redford eut l'air tellement abasourdi que la langue de Jed se retrouve sur son sexe, à ce moment-là, qu'il devint évident qu'il n'avait vraiment jamais fait l'amour.

— Je… C'est… On ne devrait pas aller à l'intérieur ? finit-il par réussir à répondre, et ce n'était décidément pas un refus. Je veux pouvoir te toucher, aussi.

Avec un sourire complice, il attrapa la main de Redford. Il savait exactement ce qu'il voulait : c'est ce qu'ils voulaient tous, en fait, et ça lui allait parfaitement. Il plaça la main de Redford à l'arrière de son crâne, lui montrant comment le guider, puis reporta son attention sur ce superbe morceau qui le tentait tant. Il enroba le gland de ses lèvres et l'aspira doucement dans sa bouche, juste assez pour creuser un peu ses joues et pour donner à Redford un aperçu de ce qui allait venir.

Il baissa la tête et avala davantage son sexe, la chair gonflée emplissant sa bouche, jusqu'à venir buter contre sa gorge. Il appuya sa langue en dessous de son sexe, ses lèvres écartées autour de lui, puis se recula lentement, les yeux fixés sur ceux de Redford. Jed savait qu'à cet instant, Redford allait comprendre quoi faire. Cette compréhension soudaine, la montée d'adrénaline allant de pair avec cette sensation enivrante de contrôle… Il l'avait déjà vu des centaines de fois, ce moment où l'homme au-dessus se rendait compte que Jed n'était qu'un trou chaud et humide qui ne demandait qu'à être utilisé.

D'un instant à l'autre.

Mais au lieu de ça, Redford attrapa ses bras, le tira à lui sur le siège et commença à l'embrasser comme si sa vie en dépendait. Il posa une main hésitante sur la cuisse de Jed.

— Je ne pouvais pas te toucher quand tu étais en bas, lui expliqua-t-il dans un murmure.

Ils étaient terriblement serrés, mais ils se retrouvèrent face à face sur le siège, leurs membres emmêlés au possible, et Redford se mit à l'embrasser comme s'il n'y avait rien de plus important à faire.

Confus, Jed se recula juste assez pour voir les yeux de Redford, en fronçant les sourcils.

— Tu... C'était une fellation, Red. T'es pas censé me toucher. T'es juste censé... tu vois. Prendre ton pied.

Mais ce qu'ils faisaient maintenant était tout aussi bon. Jed laissa sa main explorer paresseusement la hanche de Redford, allant jusqu'à ses fesses. Ils se plongèrent dans un autre baiser, affamé, désespéré, comme s'ils n'arrivaient pas à se rapprocher assez l'un de l'autre. Jed attrapa fermement l'une des fesses de Redford et utilisa sa poigne pour l'attirer encore plus près, passant une jambe autour de sa taille, le frottement de leurs hanches envoyant de petites explosions le long de son dos.

— Je ne veux pas juste « prendre mon pied », soupira Redford contre sa bouche. Je veux qu'on soit... ensemble.

Il avait du mal à trouver les bons mots et chercha le regard de Jed avant de sourire.

— Dans ton lit, peut-être, plutôt que dans un minuscule siège de voiture.

Abasourdi, Jed caressa la mâchoire de Redford, laissant ses doigts suivre le chemin qu'ils connaissaient déjà si bien.

— Ouais, d'accord, dit-il avec un nœud dans l'estomac, une sensation de chaleur qui n'avait rien à voir avec son excitation.

Il embrassa à nouveau Redford, cette fois douloureusement lentement, et l'aida à refermer son pantalon. Puis ils trébuchèrent hors de la voiture et il réajusta son tee-shirt, passant une main dans ses cheveux et tendant l'autre à Red.

Il n'avait pas la moindre idée de ce qu'il était en train de faire et son cœur battait tellement fort dans ses oreilles qu'il était surpris de ne pas être encore sourd, mais il n'y avait plus de retour en arrière possible. Tout ce qu'il voulait se trouvait devant lui et tous les regrets qu'ils pouvaient avoir étaient reportés, loin dans le futur. À cet instant, il ne pouvait penser à rien d'autre.

La menace constante de Fil était mise de côté – pas oubliée, jamais, mais il voulait attendre la nuit tombée, ce qui leur laissait du temps à tuer – pour être remplacée par la courbe des lèvres de Redford, la manière dont ils allaient tellement bien ensemble, passant la porte de son appartement sans s'être lâchés une seconde.

— Le lit, haleta Jed contre ses lèvres. Bon Dieu, maintenant, je t'en prie.

— Tout à fait d'accord, répondit Redford, lui aussi le souffle coupé, les poussant vers le lit.

Il faillit trébucher contre une chaise, riant en se rattrapant à Jed, et prit un air victorieux lorsqu'il réussit enfin à les faire tomber sur le lit, dans les draps défaits, attirant Jed au-dessus de lui dans un autre baiser.

— On est trop habillés, marmonna-t-il, tirant sur la ceinture de Jed.

— Toi, t'es un génie.

Ses doigts s'emmêlèrent dans ceux de Redford et il leur fallut beaucoup trop de temps pour enlever une simple ceinture. Sans doute parce qu'ils ne pouvaient pas arrêter de s'embrasser, leurs bouches aussi emmêlées que leurs mains, dans un combat de langues qui leur coupait la respiration. Jed finit tout de même par réussir à envoyer son jean au loin et se concentra à nouveau sur la tâche d'enlever le sien à Redford.

— Enlève ton pantalon, tout de suite, ordonna-t-il, aidant avec plaisir à faire glisser le vêtement le long de ses hanches avant de l'envoyer de l'autre côté de la pièce.

Leurs hauts étaient moins difficiles à enlever, même s'il leur fallut se séparer durant un temps affreusement long, mais ensuite ils se retrouvèrent à nouveau dans les bras l'un de l'autre, sans rien entre eux que de leurs peaux. Jed, les yeux écarquillés, les lèvres gonflées et les cheveux en bataille, se recula juste assez pour regarder Redford.

Après un moment de silence, il releva les yeux vers ceux de Red et lui chuchota, d'un air émerveillé :

— Tu es beau.

Même s'il semblait un peu dépassé par tout ça, Redford se releva, posant ses mains à plat sur le torse de Jed. Puis il se mit à explorer, les déplaçant vers le bas, empoignant ses hanches, et se pencha pour l'embrasser.

— Je n'ai pas arrêté de rêver de ça, confia-t-il, effleurant le sexe de Jed, les yeux grands ouverts de surprise et de plaisir. De te toucher comme ça.

Jed émit un grondement sourd qui résonna dans sa poitrine et il s'arqua pour se rapprocher de ce toucher si léger.

— Moi aussi. Depuis que je t'ai rencontré.

Admettre cela n'était pas facile, mais il était déjà dans la merde pour une histoire de bœuf, il pouvait aussi bien rajouter l'œuf.

— Je, euh… commença Redford en rougissant et en se mordant la lèvre, essayant de trouver les mots pour s'exprimer. J'ai toutes ces idées dans la tête et je ne suis même pas sûr que ça pourrait marcher. Je ne suis pas vraiment… Je ne sais pas comment ça se passe.

Jed attrapa la lèvre de Redford entre les siennes, la suçotant pour apaiser la morsure, et sourit.

— Dis-moi toutes tes idées. Je ferai tout ce que tu peux imaginer, joli cœur. Je te promets que rien n'est trop sale pour moi. Tu veux quoi ? Tu pourrais me baiser, bien profond, jusqu'à ce qu'on voie des étoiles tous les deux. Ou je pourrais te sucer, comme j'ai commencé à le faire dans la voiture. J'ai une super bouche, crois-moi. Je suis né pour sucer des bites. C'est quoi que tu imagines ?

Redford devint encore plus rouge, si c'était possible.

— La… partie avec la baise, dit-il en essayant de cacher son visage dans le cou de Jed tout en riant, conscient de sa gaucherie. Je voulais te toucher. Et… t'avoir en moi. Être en toi.

Jed était à peu près sûr que Redford était maintenant de la couleur d'une tomate trop mûre. Une tomate trop mûre qui se lançait dans les mots cochons avec un certain succès.

— Tout, du moment que c'est avec toi, en fait.

— Tu vas me baiser, décida Jed en laissant son sourire s'épanouir lentement. Peut-être qu'après, je vais m'occuper de toi avec ma bouche. Et après ça, on a tout le reste de la journée.

Et peut-être de la nuit ; s'il n'avait pas de nouvelles de ses contacts à la mairie, qui devaient lui donner les noms inscrits sur les actes des immeubles qu'il avait repérés, il n'avait rien à part un bon paquet de munitions.

— Moi en toi, c'est un truc qui m'intéresse aussi, ça c'est sûr. On a pas mal de choses à faire, tu ne crois pas ?

Il lécha un des tétons de Redford, la peau plus sombre se durcissant sous ses attentions.

— Tu te rappelles quand tu t'es douché, le premier jour ? lui demanda Jed dans un murmure, embrassant le torse de Red, explorant chaque courbe, chaque creux de ses muscles. Et que je t'ai parlé de mes règles sur l'économie d'eau? En fait, je voulais juste y aller avec toi, avoua-t-il en lui adressant un sourire espiègle. Je suis un gros pervers. Désolé.

— J'aurais bien aimé, lui répondit Redford en lui rendant son sourire, avant de se concentrer sur ses mains posées sur le sexe de Jed.

Ses mouvements étaient nerveux, mais ça ne l'empêcha pas de l'empoigner en baissant la tête, pour voir ce qu'il faisait.

— Mais j'aurais peut-être un peu paniqué, admit-il.

— *Peut-être?*

Jed était très fier que sa voix reste stable, les yeux à moitié fermés, tandis qu'il essayait de ne pas supplier Redford de serrer plus fort.

— J'aurais été obligé de te décoller du plafond comme un chat mouillé, ajouta-t-il, l'air attendri, et il parsema les épaules de Redford de petits baisers. Je suis juste heureux que tu me fasses désormais confiance.

Redford enfouit sa tête contre le torse de Jed pour étouffer un rire et commença à adopter un rythme plus soutenu, bougeant sa main dans un mouvement qui envoya une onde de plaisir jusque dans les orteils de Jed.

— Peut-être que maintenant que je te fais confiance, on devrait en faire quelque chose, dit-il d'une voix basse contre la peau de Jed.

— Tu crois qu'on fait quoi, là? La cuisine?

Il essaya de ronchonner, d'avoir l'air grognon, vraiment, mais malheureusement, Redford avait de longs doigts absolument *parfaits*, et au moment où il le foudroyait du regard, Red atteignit ce point à la base de son sexe qui le faisait couiner comme un chiot qui vient de recevoir un os.

— Oh, *putain!* siffla-t-il, se laissant complètement submerger par les sensations, par la manière dont les doigts de Redford jouaient sur sa peau, le bruit léger de sa main glissant contre lui. Le tiroir du haut, réussit-il à articuler, appuyant son front contre l'épaule de Redford, ses hanches bougeant sans qu'il puisse les contrôler. Le tube et le préservatif, on va en avoir besoin.

Redford y plongea sa main libre, fouillant à l'aveugle, et finit par trouver ce que Jed lui avait indiqué, l'air confus. Il avait l'air de reconnaître le paquet du préservatif, mais il regarda le petit tube comme si c'était un mystère.

— Pourquoi est-ce qu'on a besoin de ça?

Jed le lui prit des mains et s'enduisit les doigts du produit, avant d'embrasser Redford et de descendre le long de son corps, suçant et mordillant la peau jusqu'à ce qu'il arrive à nouveau devant son sexe. Bon sang, il pourrait passer toute sa vie à l'avoir dans sa bouche, et il serait comblé.

— Du lubrifiant, expliqua-t-il, si on pouvait considérer cela comme une explication, avant de refermer ses lèvres sur le haut du sexe de Redford avec un murmure satisfait.

Il s'agenouilla entre les jambes de Redford et tendit un bras derrière lui pour venir glisser son doigt lubrifié contre son propre cul, avant de s'enfoncer un doigt avec un grognement sourd.

Il lécha le dessous du gland de Redford, tout en le suçotant. Son goût doux-amer lui emplissait la bouche, lui laissant une impression lourde et chaude sur la langue. Jed l'enfonça un peu plus dans sa bouche, sa main libre encerclant la base de son sexe, et ses lèvres heurtèrent ses doigts lorsqu'il l'avala encore un peu plus. Tout son doigt était en lui à présent, opérant un lent mouvement de va-et-vient, et le sexe de Redford se pressait contre le fond de sa gorge, contre sa langue, le remplissant d'une manière délicieuse. C'était le bonheur le plus complet.

Redford était étalé sur le lit, relevé sur ses coudes pour pouvoir mieux voir ce que faisait Jed, l'air hébété, les yeux assombris par le désir. Il semblait essayer de voir ce que la deuxième main de Jed faisait, la curiosité de son expression mélangée à son désir.

— Qu'est-ce que tu fais ? finit-il par demander, interrompu par ses propres soupirs.

— Je me prépare pour toi, lui répondit Jed, ajoutant un deuxième doigt et émettant un sifflement bas à la sensation bienvenue de brûlure.

Il lécha le sexe de Redford sur le côté, avant de le reprendre dans sa bouche avec un gémissement de satisfaction. Il enfonça plus profondément ses doigts tout en les tordant comme il fallait, et ravala un grognement en enfonçant son nez dans les poils légèrement bouclés de l'entrejambe de Redford. Il sentait le musc et quelque chose de masculin. Il avait le goût de sel et de sueur et de chaleur, et tout ce que Jed désirait, c'était de rester comme ça, vibrant de plaisir et de désir. Redford ne disait plus rien ; il avait les yeux fermés, complètement allongé sur le lit, se mordant les lèvres comme s'il ne savait pas vraiment quoi faire de tout le plaisir qu'il ressentait.

Trois doigts maintenant, et Jed sentit qu'il ne pourrait pas tenir beaucoup plus longtemps. Il s'arracha au sexe de Redford avec un soupir réticent et se pencha sur lui pour l'embrasser. Il traça un chemin avec sa langue jusqu'au creux de sa gorge et laissa retomber sa main, grognant d'être soudain si vide. Mais il pouvait régler ce problème facilement. Il déchira le paquet du préservatif et le déroula le long du sexe impressionnant de Redford.

— T'es prêt, joli cœur ? demanda-t-il dans un souffle, son front contre celui de Redford, sa respiration irrégulière sous l'effet du besoin.

Il fallut quelques instants à Redford pour comprendre ce qu'il disait, pendant que Jed attendait impatiemment. Il rouvrit les yeux, les fixa d'un air perdu sur Jed, avant de hocher rapidement la tête, comme s'il allait perdre l'opportunité s'il n'acquiesçait pas assez vite.

— Qu'est-ce que je dois faire ? demanda-t-il en laissant ses mains caresser le torse de Jed avant de les poser sur ses hanches. Est-ce que tu vas aimer ça, toi aussi ?

— Oh, mon ange, répondit Jed avec un rire qui se finit sur un soupir de désir. Tu n'as pas idée.

Il posa ses mains sur celles de Redford et les guida vers son cul, grognant lorsque leurs doigts joints traversèrent ses fesses pour atteindre son orifice.

— Fais simplement ce qui te vient naturellement, enjoignit-il. Crois-moi, tu sauras quoi faire.

Se mordant la lèvre, la tête rejetée en arrière, il s'empala sur le sexe dur de Redford. Il était épais et la partie supérieure à elle seule le remplissait merveilleusement. Il dut faire une pause, la respiration rauque, pour laisser le temps à son corps de s'ajuster. Il se détendit suffisamment pour recommencer à s'enfoncer sur lui, à le prendre plus profondément, et il savait qu'il émettait des sons ; des gémissements, des supplications à moitié formées, le nom de Redford répété comme une prière tandis qu'il s'empalait avec une lenteur divine. Mais même ces sons étaient sans doute masqués par les gémissements de plaisir de Redford.

Il ne s'était pas attendu à ce que Redford change leur position, mais c'est exactement ce qui arriva, et son amant se retrouva au-dessus de lui, son expression déchirée entre le désir et l'indécision. Pour quelqu'un qui n'avait jamais fait l'amour auparavant, il réussit à les faire basculer étonnamment bien, sans perdre leur connexion.

— Est-ce que c'est bien comme ça ?

La seule réponse possible était de l'attirer pour un baiser brutal et urgent, d'enrouler ses jambes autour de la taille de Redford et de leur imprimer à tous les deux un même mouvement. Il était si incroyable, assez épais pour que Jed sente une légère brûlure à chaque fois qu'il bougeait et que son sexe l'étirait un peu plus, le pénétrant si profondément qu'il en avait le souffle coupé à chaque coup de reins. Les doigts emmêlés dans les longues mèches soyeuses de Redford, Jed l'encouragea à découvrir leur rythme. Ce fut un peu bizarre au début : il ne savait vraiment pas quoi faire, comment bouger, quel angle était le meilleur. Jed libéra une de ses mains pour agripper une de ses hanches, lui montrant comment se basculer en avant et en arrière, commençant lentement, profondément, le souffle court.

— Comme ça, l'encouragea-t-il dans un chuchotis, presque un soupir. Ne réfléchis pas, ne réfléchis pas, mon ange, baise-moi.

Redford expira, la respiration tremblante, ses lèvres pressées contre l'épaule de Jed, et ses muscles se relaxèrent un peu. Il leva la tête pour regarder Jed, le mouvement de leurs hanches douloureusement lent au départ, hésitant, attentif, ce qui allait sans doute rendre Jed complètement dingue. La douceur n'était en général pas son truc, mais c'était l'attitude que Redford semblait déterminé à adopter, parsemant sa mâchoire de baisers légers. Il y avait quelque chose de vraiment adorable chez lui, même enfoncé jusqu'aux couilles dans le cul de Jed, et franchement, il ne savait pas comment se comporter face à ça.

Il était plus facile pour lui de rendre ses propres coups de reins plus violents, de mordre son cou et de le sucer assez longtemps pour y laisser une marque rouge. Plus facile d'essayer de lui faire faire autre chose que le regarder de cette manière parce que Jed ne savait pas ce qu'il était censé faire d'une telle douceur. Le plaisir parcourait ses veines, lui enflammait la peau, et il suppliait Redford de le prendre plus fort avec des gémissements et les mouvements de ses hanches.

— Tu es tellement beau, murmura Redford contre sa mâchoire entre deux soupirs, et il se mit enfin à le baiser plus fort.

Rien à voir avec les gestes secs, presque douloureux, des hommes avec lesquels il avait l'habitude de coucher, mais il posa ses mains plus haut sur ses hanches pour les relever, cherchant l'angle qui donnerait le plus de plaisir à Jed. Celui-ci obéit volontiers, écartant les jambes pour l'encourager à aller plus loin.

Jed lui mordilla l'oreille, grondant son nom, les ongles enfoncés dans ses épaules. Il releva davantage un genou et, soudain, il voyait des étoiles. Une excitation électrique le secoua et il s'arqua en arrière, cherchant à reprendre sa respiration. Son approbation soudain plus intense fit pauser Redford un instant sous la surprise, et il eut l'air de se demander s'il avait fait quelque chose de mal, avant qu'il ne se remette à bouger, chaque coup stimulant davantage la prostate de Jed.

Il était en train de le supplier, il le savait ; il n'avait jamais été du genre silencieux. Mais les mots ne voulaient plus rien dire pour lui, c'était juste des sons qu'il émettait, des *oui* et *encore* et *s'il te plaît*. Il enroula une main autour de son propre sexe, la main de Redford par-dessus la sienne, imprimant des mouvements en contretemps avec leurs coups de hanches de plus en plus frénétiques.

Le lit tremblait, ce qui serait amusant plus tard, mais, à cet instant, c'était juste un fond sonore pour leurs souffles entremêlés, leurs soupirs et leurs gémissements, et le nom de Redford tandis que Jed s'approchait de plus en plus du précipice. Il crut même entendre Redford chuchoter « je t'aime », mais les mots furent perdus dans un nouvel angle, dans son sexe qui s'enfonçait plus profondément en lui et dans leurs baisers urgents.

Sa peau était trop étroite pour son corps et la chaleur du désir l'emmenait plus loin ; son excitation se fit sentir plus violemment en lui, remontant le long de son dos pour le pénétrer plus profondément, et il supplia Redford de le prendre plus fort, plus loin, tout en se branlant plus fort et plus rapidement, avec un besoin désespéré. Avec un soubresaut, la bouche grande ouverte contre celle de Redford, Jed sentit son orgasme contracter chacun de ses muscles, une sensation de chaleur qui le secouait, le défaisait entièrement. Il mêla le nom de Redford à son cri et l'enserra, l'entraînant avec lui dans sa chute.

Avec un bras posé sur l'oreiller près de la tête de Jed, Redford s'enfonça encore une fois en lui, la sensation presque trop forte contre ses muscles devenus trop sensibles, et suivit Jed dans son orgasme avec un gémissement tremblant, ses dents raclant contre le pouls sous son oreille. Il s'affala sur Jed, haletant, ne bougeant que pour poser son menton sur le torse de Jed et le regarder avec de l'émerveillement dans les yeux.

Jed leva un bras presque trop délicieusement lourd et réussit à passer ses doigts dans les cheveux de Redford, les plaquant en arrière pour mieux voir son beau visage, puis il lui lança un sourire paresseux.

— Hé, murmura-t-il d'une voix rauque, tournant la tête pour plaquer un baiser sur la mâchoire de Redford, sur sa gorge, sur chaque parcelle de peau qu'il arrivait à atteindre. Bordel, joli cœur, c'était...

Les meilleures sensations qu'il ait jamais ressenties.

— C'était vraiment fantastique.

Le sourire que Redford lui rendit était timide, ce qui était plutôt drôle vu ce qu'ils venaient de faire, mais il avait l'air satisfait de pouvoir juste regarder Jed, ses yeux mi-clos dans une expression paisible qu'il n'avait jamais vue sur son visage.

— Je crois que c'était le moment le plus heureux de ma vie, finit-il par dire.

Leur contact était plus léger maintenant, leurs mains explorant doucement leurs corps sans vraiment se concentrer, leurs lèvres s'effleurant légèrement. C'était bizarre ; Jed n'avait jamais fait ce genre de choses avant. La plupart de ceux avec qui il couchait renfilaient leurs pantalons avant même que leur corps ait eu le temps de sécher, mais Redford avait l'air tout à fait heureux de rester là, son sexe toujours enfoui en Jed. C'était… agréable. Vraiment agréable.

— Moi aussi, admit-il d'une voix paresseuse, caressant la lèvre de Redford du pouce. T'es vraiment doué.

Ce n'était que du sexe. Tout n'était jamais que du sexe. Ça, c'était peut-être inhabituel, mais ce n'était quand même que du sexe. Jed ne s'encombrait pas d'attaches, d'émotions, de ce genre de choses qui pouvaient rendre une situation compliquée. Les sentiments rendaient les hommes comme lui plus faibles. Il préférait le sexe. Il pouvait avoir des relations sexuelles absolument fabuleuses sans finir perplexe. Tout ce qu'il devait faire, c'était se souvenir de ce que c'était : simplement deux hommes souhaitant se défouler un peu.

— Ça s'appelle un orgasme, Red, continua-t-il donc d'une voix plus assurée, avec un sourire charmeur. Ils sont très à la mode. Ne t'inquiète pas, j'ai comme l'impression que c'est quelque chose que tu vas ressentir plutôt souvent.

C'est ça, juste deux hommes qui se défoulaient. Ça, ça pouvait marcher. Jed pouvait tuer Fil, sauver Redford, et retourner à sa routine habituelle : aller trouver des hommes plus vieux qui voulaient baiser quelqu'un pour oublier leurs femmes frigides. Ça, ça marcherait.

Jusqu'à ce que Redford le regarde avec ces grands yeux débiles de chien battu et dise :

— Je t'aime.

Pétrifié, Jed le fixa du regard, avec l'impression qu'il venait de tomber du haut d'une falaise. Ces mots n'existaient pas dans l'univers Walker. C'était le mantra des idiots, le genre de choses que les hommes disaient aux femmes pour les mettre dans leur lit. Personne n'avait besoin

130

de lui faire du gringue, son cul était disponible, n'importe où, n'importe quand, donc personne ne lui disait ce genre de choses. Et certainement pas des personnes comme Redford, pour qui ce genre d'émotions n'était pas utilisées à la légère. Jed n'était pas fait pour ça, et il ne le serait jamais.

— Non, ce n'est pas vrai, dit-il lentement, très lentement, la poitrine douloureuse ; peut-être que c'était une crise cardiaque, c'était tout à fait possible. On vient de coucher ensemble. C'était bien. Tu es encore sous l'effet de l'adrénaline, Fido. Tu ne…

Bon sang, il ne pouvait même pas *dire* ce mot.

— Pas ça.

Il s'attendait à voir Redford se mettre à rire et admettre qu'il plaisantait, ou hausser les épaules et avouer qu'il ne savait pas vraiment ce que ces mots signifiaient. Tout sauf ce regard sincère, qui semblait un peu surpris par ce que Jed était en train de dire.

— Mais je t'aime, répéta-t-il. Je me sens en sécurité avec toi. Heureux. Et je veux que toi aussi, tu ressentes ça.

— Et moi, je ressens ce genre de choses pour un *hamburger* ! lui asséna Jed avec un éclat de rire hystérique, un rire un peu brisé qui se bloqua dans sa gorge. Bordel, Red !

Cette fois, ce fut lui qui se leva du lit. Ce fut lui qui se hâta de ramasser son pantalon, qui enfila ses vêtements en quatrième vitesse et fit tout ce qu'il pouvait pour ne pas voir ce regard si expressif une minute de plus.

— Tout ça, c'était une erreur. Toi, moi, *ça*, dit-il en indiquant le lit, essayant de prendre un air dédaigneux.

Dommage, il était juste terrifié.

Il y eut une pause, qui se transforma en un long moment de silence. Redford était toujours sur le lit, désormais assis, enroulé dans les draps. Finalement, Jed entendit un malheureux :

— Alors tu ne m'aimes pas ?

Il n'y avait rien à répondre à ça. Il aurait dû trouver quelque chose. Un « bien sûr que non ! » retentissant, un rire, *quelque chose*. Son hésitation, le fait qu'il n'arrivait pas à se moquer de Redford, était éloquent. Jed serra les dents, puis il enfila ses bottes et sa veste. Il devrait juste dire « non ». Ce serait mieux pour eux deux s'il mettait un terme à tout ça, ici et maintenant.

Mais il n'y arrivait pas. Il ne nia pas. Il essaya, vraiment, mais à chaque fois les mots moururent dans sa gorge.

Bien sûr qu'il n'aimait pas Redford. Il n'aimait *pas* ; c'était un sentiment effrayant, salissant, affaiblissant, qui le rendrait négligent et finirait par causer soit son abandon, soit sa mort. Ou les deux. Jed ne voulait rien à voir avec ça.

Mais il ne dit pas non ; il ne put qu'attraper ses clés et sortir, laissant la porte se refermer derrière lui, espérant que ce serait pris comme la réponse qu'il n'arrivait pas à dire à voix haute.

Bien sûr qu'il n'aimait pas Redford.

Sauf qu'une partie de lui, une partie désespérée, blessée, pensait que si.

XI

Redford

JE RESSENS ce genre de truc pour un hamburger.

C'était ce que Jed avait dit avant de se précipiter dehors, laissant Redford seul dans son appartement. Les sentiments que Jed éprouvait pour lui était à peu près les mêmes que ce qu'il éprouvait envers un hamburger et, à moins que Jed n'ait une fascination perverse pour ce plat, ça voulait dire qu'il ne l'aimait pas.

Redford n'avait pas su identifier ce sentiment au départ. Il n'avait jamais vraiment pu vivre en société, il avait été éduqué à la maison, et les seules fois où il était sorti avaient été lorsque sa grand-mère l'emmenait parfois au parc d'à côté ; il n'avait jamais été amoureux de qui que ce soit, il n'avait jamais eu cette sensation lorsque quelqu'un qu'il aimait lui souriait, n'était jamais rentré après un rendez-vous avec un grand sourire qu'il n'arrivait pas à effacer. C'était au zoo, devant le bassin des ours polaires, qu'il avait fait le rapprochement et réalisé qu'il aimait Jed, d'un amour véritable, et qu'il voulait vraiment passer sa vie avec lui.

Il se sentait en sécurité avec Jed, chéri, spécial, comme s'il était une personne que l'on pouvait désirer. Avec lui, il avait moins peur de tout ; il devenait meilleur.

Sauf que Jed ne ressentait pas les mêmes sentiments.

Il ne savait pas combien de temps il avait passé assis sur le lit de Jed, les yeux fixés sur la porte, espérant que Jed allait revenir et lui dire que tout allait bien, qu'il ressentait la même chose que lui. Mais Jed ne revint pas, et Redford finit par sortir du lit et se rhabiller, apathique.

C'était peut-être mieux que Jed ne l'aime pas, en fait. Tout en nettoyant la cuisine pour que Jed n'ait pas à se confronter à la moindre trace de sa présence, il se dit que c'était sans doute mieux ainsi, pour Jed. Il méritait quelqu'un de meilleur que lui, quelqu'un de plus fort. Mais au moment même où cette idée lui vint à l'esprit, il sut qu'il ne faisait que se mentir. Le départ de Jed lui avait fait du mal, plus que toutes ses transformations, plus

133

que tout ce qu'il avait jamais pu vivre. Il avait vraiment cru qu'ils allaient bien ensemble.

Il rassembla ses vêtements, la brosse à dents que Jed lui avait donnée, les prit dans ses bras et se dirigea vers la porte d'entrée. Il abandonna le sifflet et la chaîne que Jed lui avait donnés sur la table. Il ne voulait pas partir, mais il devait le faire : ici, c'était chez Jed, pas chez lui. Au moment où il posait la main sur la poignée, un miaulement le fit sursauter.

Knievel. Le chat était derrière lui, une de ses souris en peluche dans la bouche.

— Je suis désolé, il faut que je parte, lui chuchota Redford, presque content que personne ne soit là pour le voir parler au chat, même si Knievel paraissait étrangement intelligente par moments.

Elle le fixa d'un regard plein d'attente, laissant tomber la souris à ses pieds, et Redford ne put que sourire malgré la douleur que cela lui causait. Il s'accroupit, ramassa le jouet et le mit dans sa poche. Il n'était peut-être pas un très bon chasseur, mais il pouvait au moins faire croire à un chat qu'il s'était débarrassé d'un faux cadavre de souris. Il la caressa avec prudence avant de se relever, partant en refermant la porte derrière lui avant d'avoir le temps de le regretter.

Il lui fallut longtemps pour rentrer chez lui à pied parce qu'il ne pensait pas qu'il arriverait à supporter un bus rempli de gens à cet instant. Au moins, il ne pleuvait pas ; il pouvait supporter de marcher pendant deux heures, s'il n'était pas trempé et n'avait pas froid.

Voir sa maison ne lui fit éprouver aucun plaisir. Auparavant, il pensait qu'elle était tout à fait fonctionnelle ; y vivre lui avait tout à fait convenu. Maintenant, tout semblait si terriblement déserté lorsqu'il déverrouilla la porte et entra qu'il en eut les larmes aux yeux. Soudain, il voyait pour la première fois le tapis râpé, les murs lézardés, le robinet dans la salle de bain qui ne fonctionnait pas, et le réfrigérateur qui semblait décider de lui-même de s'éteindre de temps en temps. Il pouvait supporter tout ça, mais pas le silence.

Pas de bruit de feuilles qui se tournaient quand Jed lisait le journal le matin. Pas de son de télévision en fond sonore. Pas de grelots des jouets avec lesquels Knievel jouait, ou les jurons de Jed lorsqu'il marchait dessus. Pas de lumière, aucun des bruits que Jed faisait de bon matin lorsqu'il se levait.

Redford n'avait eu que très peu de temps pour s'habituer à ces bruits, mais, maintenant, il avait l'impression de les avoir toujours entendus, comme si cette maison terriblement silencieuse n'avait été qu'un lointain souvenir.

Il ne restait que de faibles traces de l'odeur de Jed, une impression laissée lorsqu'il avait prétendu être un plombier pour venir le voler ou l'enlever. Redford s'assit sur son lit, mais il était trop dur comparé à celui de Jed. Même l'eau n'avait pas bon goût lorsqu'il se remplit un verre au robinet. Rien ne semblait aller, dans ces restes de son ancienne vie. Pas quand il avait voulu en entamer une nouvelle avec Jed.

Il finit par s'asseoir par terre dans sa chambre, dos au mur, en essayant de ne pas laisser la brûlure dans ses yeux se transformer en quelque chose d'autre. Cette bataille réclamait toute son attention et il ne remarqua donc pas lorsque des bruits de pas se firent entendre sur le parquet. Lorsqu'il finit par les entendre, son cœur fit un bond dans sa poitrine et l'espoir lui serra la gorge.

— Jed ?

— Pas vraiment, lui répondit une voix moqueuse.

Redford lâcha un cri, sous le choc, se levant précipitamment pour aller fermer la porte. Quelque chose la bloqua, la repoussa, et Redford perdit conscience des secondes qui suivirent lorsqu'un poing s'écrasa sur sa joue et que sa vision s'obscurcit.

— Je vois que ton humain t'a abandonné.

Effondré contre le mur, Redford essaya d'éclaircir son champ de vision brouillé par la douleur soudaine. L'homme qui se tenait sur le pas de la porte était grand, avec les épaules larges, ses cheveux noirs rabattus de manière très soignée pour lui dégager le visage. Il était habillé d'un costume et avait l'air d'un homme d'affaires ordinaire, mais son odeur racontait une toute autre histoire.

— Filtiarn, articula Redford, paniqué.

Cette odeur était celle d'un pur alpha, elle évoquait la forêt, le sang et le pouvoir. Des yeux jaunes, légèrement amusés, le regardaient de haut.

— Eh bien, au moins tu n'es pas idiot, c'est bon à savoir, dit Fil sur un ton aimable. Je ne supporte pas les loups stupides ; ils gâchent tout pour les autres.

Tous ses instincts de loup-garou lui hurlaient de se soumettre, de s'allonger et de lui présenter sa gorge, de rentrer sa queue entre ses jambes et de suivre Fil comme un brave petit subordonné.

— Sortez de chez moi, réussit-il à articuler.

Il essaya de se relever, mais la chaussure de Fil s'écrasa dans ses côtes. Ce dernier le regarda et soupira.

— Vraiment, louveteau. Ton humain est parti. Je suis ici pour t'offrir quelque chose de bien mieux que tout ce qu'il pouvait t'offrir, de toute manière.

Il s'accroupit à côté de Redford, lui passant une main dans les cheveux.

— Recruter cet humain pour t'emmener de force était une erreur. J'aurais dû t'approcher moi-même.

Les efforts de Redford pour se débarrasser de la main dans ses cheveux ne lui valurent qu'une tape sèche sur la joue où un bleu se formait.

— Je ne veux rien qui vienne de vous, cracha Redford, essayant d'avoir l'air courageux.

Il n'était pas sûr que ça marche parce qu'il était terrifié. Jed n'allait pas venir l'aider cette fois. Il était seul, tout seul contre un alpha bien plus fort que lui, qui se déplaçait avec cinq ou six autres loups, s'il pouvait en croire les odeurs qui venaient d'embaumer sa maison. L'un d'eux, un homme jeune en jean et tee-shirt, entra dans la pièce pour venir se poster derrière Fil. Puis les autres entrèrent à leur tour, leurs yeux jaunes brillant depuis chaque coin de la pièce.

— Tu ne veux pas faire partie d'une meute ?

La voix de Fil était fluide, presque douce, complètement en opposition avec la force physique dont il avait fait la démonstration.

— Oh, Redford, je pense que si. Tu veux avoir une famille qui prendra soin de toi, qui t'aimera. Tout ce qu'il faut que tu fasses, c'est te soumettre et nous suivre.

Avec une facilité terrifiante, Fil poussa Redford au sol, l'y clouant avec un genou dans son estomac, tenant ses poignets douloureusement fort de chaque côté de son corps. Redford ne put s'empêcher de gémir, mais il essaya tout de même de foudroyer Fil du regard.

— Je ne veux pas faire partie de votre meute.

— Un loup solitaire, c'est vraiment pitoyable, louveteau, lui dit Fil à voix basse. D'ici quelques années, ça va te rendre fou.

— Sortez de chez...

— *Soumets-toi* ! aboya Fil.

Redford se pressa aussitôt contre le sol, les yeux fermés de peur. D'instinct, il renversa la tête en arrière, découvrant sa gorge devant l'alpha. L'un des autres loups-garous eut un rire rauque.

136

— Et voilà, continua Fil, d'une voix à nouveau douce. Tu n'as pas besoin d'avoir peur de moi, Redford.

Redford n'était pas vraiment d'accord, vu les bleus sur sa joue et ses côtes, mais il ne dit rien.

— Cependant… remarqua Fil d'un ton plus amusé. Ce serait peut-être intelligent d'avoir peur de certains des autres. Ils jouent un peu violemment, parfois.

L'un des autres s'accroupit pour le regarder, frottant son nez contre son cou pour le sentir, et lorsque Redford essaya de se reculer, il lui attrapa fermement le menton.

— Sois pas trouillard comme ça, louveteau. Je dis juste bonjour, gronda une voix rauque dans son oreille. On ne voudrait pas se montrer impoli, si?

— Non, chuchota Redford d'une voix tremblante, incapable de retenir les tremblements de son corps tandis que les autres loups-garous se présentaient de la même façon, en le sentant et le jaugeant du regard.

Certains avaient l'air amusés; l'un d'entre eux se montra beaucoup trop entreprenant et lui passa une main sur le torse, comme pour caresser un chien. Un autre, un homme d'une quarantaine d'années, eut l'air de vouloir le tuer à la seconde où il l'eut senti et, l'espace d'un instant, Redford fut presque soulagé de la présence de Fil.

Seulement pour quelques secondes.

Lorsque tout le monde lui eut dit bonjour, il fut remis sur ses pieds sans cérémonies, ses mains maintenues dans son dos par le loup-garou qui l'avait un peu trop touché. Ils l'entraînèrent à l'extérieur, se rassemblant autour de lui pour que personne ne le voit, et le poussèrent dans une fourgonnette.

À l'odeur, elle était neuve. Redford se recroquevilla sur le siège arrière pour présenter une cible aussi petite que possible. Fil s'assit à côté de lui, parce que les alphas étaient sans doute trop importants pour faire quelque chose d'aussi ingrat que conduire, et lui passa un bras sur les épaules, comme s'ils étaient soudain les meilleurs amis du monde. Redford aurait voulu se débarrasser de son bras, mais la peur l'immobilisa.

Ils roulèrent dans un silence uniquement rompu par le murmure occasionnel des deux hommes assis à l'avant; Redford ne faisait pas attention à leur discussion. Dans le rétroviseur, il apercevait une autre voiture qui les suivait – le reste du groupe – et il détourna les yeux pour ne pas y penser. Il était entre les griffes de l'homme duquel Jed avait essayé de le sauver, mais Jed n'était pas là, ne serait probablement plus jamais à ses côtés. Il était sans doute parti quelque part et l'avait peut-être déjà oublié.

Comme s'il lisait dans ses pensées, le bras de Fil se resserra autour de ses épaules, ses doigts jouant distraitement avec les petits cheveux qui s'enroulaient autour des oreilles de Redford.

— Ne sois pas si dur envers toi-même par rapport à ton humain, louveteau, dit-il pour rassurer Redford. Les gens comme nous, nous ne tenons jamais longtemps avec des compagnons humains. La plupart d'entre nous avons essayé, et échoué.

— Qu'est-ce que… Qu'est-ce que vous voulez dire ? demanda Redford en osant lancer un regard dans les yeux jaunes de Fil.

— Nous sommes des loups, Redford. Nous ne nous intégrons pas. La société ne nous accepte pas, alors comment peux-tu t'attendre à ce qu'un humain puisse t'aimer ?

La voix de Fil était douce, comme s'il essayait vraiment de le réconforter. Cela aurait peut-être fonctionné s'il n'avait pas brutalisé Redford un peu plus tôt.

— C'est mieux qu'il soit parti tôt, plutôt que trop tard.

Il leva la main et son sourire semblait presque triste lorsqu'il montra à Redford le fin anneau d'or autour de son annulaire gauche.

Fil était marié.

— J'ai essayé de fonder une famille, soupira-t-il. J'ai essayé de m'intégrer. Un travail dans un bureau, une belle femme, un fils adorable. Mais ensuite, ils ont découvert ce que j'étais.

Redford sentit le désespoir l'envahir, pas à propos de l'histoire de Fil, mais par rapport à sa propre situation. Il avait essayé d'être avec Jed et, même si Jed n'était pas parti parce qu'il était un loup-garou, il était quand même parti. C'était peut-être vraiment mieux pour lui qu'il soit parti. Malgré sa docilité à la dernière pleine lune, il était dangereux, et les choses pouvaient changer. Il aurait toujours été un danger pour Jed.

Filtiarn resta silencieux et Redford également. Ils roulèrent pendant presque une heure et, lorsqu'ils arrivèrent, personne ne tint Redford comme s'ils avaient peur qu'il prenne la fuite à n'importe quel moment. Fil le guida simplement dans un grand bâtiment, sa main posée en bas du dos de Redford.

Le bâtiment n'avait pas l'air très grand, vu de l'extérieur. Il était haut de trois étages, en béton et en acier. Lorsqu'ils entrèrent, Fil lui expliqua :

— C'était un bâtiment résidentiel, mais les propriétaires ont fait faillite, donc je l'ai acheté et je l'ai transformé en lieu de vie pour ma meute.

Il ne mentait pas. Lorsqu'ils entrèrent dans une vaste salle commune au premier étage, Redford vit des hommes et des femmes vaquer à leurs occupations, certains devant une télévision, d'autres assis dans des canapés. Certains lisaient, d'autres cuisinaient dans une cuisine attenante. À sa grande surprise, ils n'étaient pas tous humains : il y avait des loups aussi. Ils n'attaquaient pas, ne grognaient pas de manière menaçante. L'un d'eux était même allongé de tout son long sur le sol, au soleil, la langue pendante et l'air satisfait, avec un éclat d'intelligence humaine dans le regard lorsqu'il leva la tête pour mieux voir Redford.

— Comment… commença-t-il, mais il n'arriva même pas à formuler sa question.

— C'est mon cadeau à ma meute, lui expliqua Fil. Je ne suis pas un de ces loups-garous au sang mêlé, louveteau. Je viens d'une lignée très ancienne, lorsque les loups étaient purs et pouvaient se transformer à volonté, tout en gardant leur esprit humain.

C'était impossible, et pourtant il en avait la preuve en chair et en os, juste sous les yeux. Il avait le tournis, mais se contenta de hocher la tête, incapable de formuler une réponse. Fil lui sourit, comme un bienfaiteur magnanime, et Redford essaya de ne pas avoir l'air dégoûté.

— Meute, annonça Fil en levant la voix pour être entendu. Voici Redford Reed. C'est notre nouveau membre. Faites en sorte qu'il se sente comme chez lui.

Là-dessus, Fil partit, laissant Redford seul dans une pièce remplie de loups-garous. Certains lui lancèrent des regards prudents, d'autres l'ignorèrent complètement. Une seule l'approcha, une femme d'une trentaine d'années, avec des cheveux noirs tressés en arrière. Son sourire était légèrement hésitant, prudent, et n'atteignait pas vraiment ses yeux.

— Je suis Sophia, dit-elle d'une voix douce, sentant peut-être qu'il était nerveux, et elle le guida vers l'un des canapés. Bienvenue dans notre meute, Redford. Je vais te préparer un appartement ; nous en avons un grand nombre de vides.

Toujours abasourdi, Redford hocha lentement la tête, et Sophia partit. Une fois de plus, il était seul.

Il se recroquevilla sur le canapé, soulagé d'être ignoré par presque tout le monde, et essaya de réfléchir. Le bruit de la télévision le distrayait ; son regard ne cessait de se tourner vers la porte. La porte *ouverte*. S'il se levait, il pouvait tout simplement sortir d'ici. On le suivrait sans doute, mais il pouvait courir, se cacher quelque part, espérer trouver un endroit où Fil ne pourrait jamais le retrouver. Cette idée se faisait de plus en plus tentante tandis qu'il examinait les gens dans la pièce. Il n'arrivait pas vraiment à mettre le doigt sur le problème, mais il y avait une atmosphère oppressive, une impression qu'ils ne restaient que parce qu'ils n'avaient nulle part d'autre où aller, ou parce qu'ils y étaient obligés. Les sourires avaient paru forcés, ou sincères uniquement parce qu'ils s'étaient résignés à se satisfaire de ce qu'ils avaient.

C'était affreusement effrayant. Tournant et retournant la possibilité de fuir dans son esprit, Redford resta immobile sur le canapé, enraciné par la peur. Il y resta un peu plus d'une heure.

Puis quelque chose se passa. Quelqu'un fit tomber un plat dans la cuisine, le bruit attirant l'attention de tout le monde, et Redford se leva et se mit à courir avant même d'avoir eu le temps d'y réfléchir. Il trébucha une fois sur le bord du tapis posé sur le parquet, mais il courut plus vite qu'il ne se croyait capable de le faire.

Il voyait la porte, il y était presque.

Il entendit des bruits de pas forts et lourds derrière lui, et quelqu'un lui rentra dedans, l'écrasant au sol. Il émit un cri de surprise, essaya de se libérer, essaya même de ramper vers la porte malgré le poids qui le plaquait au sol. Un poing entra en collision avec sa mâchoire, une fois, puis deux, l'affaiblissant sous la douleur.

La réalité se brouilla. Quelqu'un lui criait dessus, lui donnait des coups de pied dans les côtes. On le traînait et, lorsqu'il essaya de se débattre encore, on le frappa à la tempe avec quelque chose de lourd, assombrissant sa vision pendant quelques secondes. Tout son corps devint flasque et il n'arriva pas à résister tandis qu'on le traînait le long d'un couloir et qu'on le jetait dans une petite pièce. Le bruit de la clé dans la serrure résonna dans ses oreilles.

Comme lorsque Jed était parti, Redford n'était pas sûr de combien de temps passa. La douleur l'empêchait de bouger la tête, le laissant affalé sur le sol. Il pouvait apercevoir un lit étroit et une petite fenêtre, mais c'était tout. La pièce faisait à peine plus de deux mètres de large et autant de long.

C'était une cellule.

À un moment, Fil passa le voir. Redford entendit sa voix à travers la porte ; il disait quelque chose à propos de méchants chiens qui devaient être punis pour avoir essayé de s'échapper, mais Redford n'écoutait pas. Il se fichait de ce que Fil pouvait dire. Il se fichait d'être puni. Punition ou pas, il était coincé ici.

Les heures passèrent et le soir arriva. Redford finit par se relever, grimaçant lorsqu'il effleura sa tempe et qu'il vit que ses doigts étaient tachés de sang séché. Le sang avait dû couler le long de son visage et le démangeait. Il n'eut pas beaucoup le temps d'y réfléchir, ses pensées s'interrompant brutalement lorsque la porte s'ouvrit.

C'était l'homme qui s'était un peu trop approché lors de son salut – Redford se rappelait vaguement avoir entendu Fil l'appeler Marcus – avec à la main une chaîne attachée à un cercle de métal épais. Avant que Redford n'ait eu le temps de protester ou de se défendre, Marcus l'avait plaqué au sol, refermant le collier autour de son cou et attachant la chaîne à un pied du lit.

— Si tu te comportes comme un chien enragé, c'est comme ça qu'on va te traiter, lui grogna-t-il. Tu ne sortiras pas d'ici avant que Fil ne t'y autorise.

Il sortit pour aller chercher quelque chose de l'autre côté de la porte et Redford essaya de tirer sur la chaîne et le collier. Le collier ne se desserra pas et le pied du lit auquel était attachée la chaîne était riveté au sol.

— Je suis désolé, essaya Redford lorsque Marcus revint avec un plateau de nourriture.

Ce n'était pas grand-chose : une pomme, un sandwich et un verre d'eau, mais il n'avait pas mangé depuis ce matin et ça sentait délicieusement bon. Peut-être que s'il s'excusait et faisait comme s'il avait retenu la leçon, Marcus le libérerait.

— Bien tenté, répondit Marcus en riant.

Il s'avança jusqu'à Redford, qui était assis au bord du lit, et posa le plateau par terre.

— Comme je t'ai dit, il n'y a que Fil qui puisse t'autoriser à sortir. Essaye ça avec lui.

Vu que s'excuser ne fonctionnerait pas, Redford abandonna l'idée et ramassa le plateau. Il était sur le point de mordre dans le sandwich lorsque la main de Marcus lui attrapa la mâchoire, lui relevant la tête.

— T'es pas moche, lui dit Marcus sur un ton aimable. Un peu maigre. Il faudrait te couper les cheveux. Mais il y a pas mal de loups dans cette meute qui sont pas trop difficiles et qui aimeraient bien trouver un partenaire.

Marcus rit à nouveau lorsque Redford se recula, lui tapotant la joue avant de le lâcher. Il sortit, verrouillant la porte derrière lui. Tout à coup, l'appétit de Redford semblait bien moins urgent, mais il se força malgré tout à manger. S'évanouir de faim ne servirait à rien.

Le soir laissa place à la nuit. Redford finit par réussir à s'allonger sur le lit, même si trouver une position pour sa tête était affreusement inconfortable à cause du collier, et s'assoupit d'un sommeil anxieux. Il ne fit aucun rêve ; pas besoin. Tous ses cauchemars étaient devenus réalité.

Il était encore plus épuisé lorsque la lumière du matin éclaira son visage, le sortant de son demi-sommeil. Il n'eut pas le luxe d'avoir oublié où il se trouvait ; il se réveilla en le sachant pertinemment. C'était impossible de l'oublier, pas avec la pression désagréable du collier contre son cou. Son mal de crâne rendait toute réflexion difficile et il se rallongea, regardant la porte avec des yeux fatigués.

Elle s'ouvrit lentement et Redford se tendit. Marcus, peut-être. Fil. Un des autres. Sa tempe commença à palpiter sous le stress, la périphérie de son champ de vision se couvrant d'un voile gris. Qu'est-ce qui arrivait, déjà, quand on se cognait la tête une fois de trop ? Une concussion ?

Il renifla, mais il ne sentit pas l'odeur de l'alpha. C'était…

Jed.

Debout sur le pas de la porte, Jed lui souriait, tout en croquant dans la pomme qui s'était trouvée sur son plateau. La taille de l'arme qu'il avait à la main était ridicule. Redford ne savait même pas qu'il existait des armes aussi grosses ; clairement, il était en train d'halluciner. Sauf que son sourire assuré typique n'était pas assez large pour cacher les cernes sous ses yeux, les rides d'inquiétude et de culpabilité entourant ses lèvres. Il tenait son arme d'une poigne si serrée que ses jointures étaient blanches et il y avait des éclaboussures de sang sur ses vêtements. Si c'était une hallucination, alors c'était celle d'un Jed très stressé. Et ce n'était pas vraiment réconfortant.

— Tu es parti, lui dit Redford, avec l'impression que sa prise sur la réalité était en train de lui échapper.

Le Jed stressé de son hallucination s'avançait vers lui et Redford essaya de ne pas le quitter des yeux, ce qui s'avérait difficile lorsqu'il ne pouvait pas garder les yeux ouverts. Il y eut un son, mais si Jed était en train de lui parler, eh bien Redford devrait lui demander de répéter plus tard.

Il y eut un bruit de métal, le cliquetis d'une serrure qui s'ouvrait, et Redford sentit le collier glisser de son cou. Les bras de Jed se glissaient sous les siens, le soulevant et le serrant contre lui. Sa voix était un murmure rassurant dans son oreille ; Redford ne comprenait pas ses mots à travers le voile de la douleur, mais son ton lui donnait envie de se blottir contre lui, d'accepter ce qu'il se passait, même si ça n'avait aucun sens. Ils se déplaçaient, ils marchaient, et Redford apercevait vaguement des corps sur le sol. Jed ne s'arrêta pas pour eux.

Il se sentait en sécurité, là, tout contre le torse de Jed.

Tellement en sécurité, en fait, qu'il s'autorisa à perdre conscience. Il devrait poser des questions à Jed sur son retour plus tard.

XII

Jed

UNE CHOSE était sûre : c'était une journée qu'il espérait ne jamais revivre. Red était encore inconscient sur le siège avant de la voiture, les cheveux en bataille, les hématomes ressortant sur sa peau, sur sa pommette. Rien que le voir ainsi, battu et effrayé, lui donnait envie de faire demi-tour et d'aller tuer tous ces connards une nouvelle fois. Il s'obligea à continuer de rouler dans la même direction. Même si faire exploser la petite maison de Fil serait hautement satisfaisant, Redford était sa priorité.

— T'en a mis, du temps.

David était encore à l'appartement lorsqu'il y rentra, Redford dans les bras, et assez de revolvers sur lui pour armer un pays entier.

— Va te faire foutre, fut la réponse brève de Jed.

Il allongea Redford sur son lit, lui caressant le front d'une main inquiète.

— T'étais pas dans l'équipe d'intervention cette fois, alors tu peux fermer ta gueule sur le temps que ça a pris.

Il y eut un bruit de vaisselle dans la cuisine. Jed leva les yeux pour voir Rathbone en train de remplir une théière. Tiens ! Il ne savait même pas qu'il avait un de ces trucs.

— T'as tué tout le monde ? lui demanda David, qui était installé sur le canapé en train de feuilleter le journal. Tu sais, il existe un truc fabuleux, on appelle ça un ordinateur. Tu pourrais y lire les infos, comme tout le monde. Sauver un arbre.

— J'aime bien sentir le papier, rétorqua Jed, arrachant le journal à David pour le jeter sur la table. Et non, pas tout le monde. Apparemment, ton gamin avait raison. Les bâtards à quatre pattes aiment bien faire la sieste l'après-midi. La plupart de ceux qui n'avaient pas d'armes étaient bien à l'abri. Je suis rentré, je me suis occupé de tous ceux qui avaient une arme, et je suis ressorti.

— Fil ? s'enquérit David en levant un sourcil. J'imagine que tu n'as pas eu cette chance.

— Excuse-moi. *Gamin* ? leur parvint la voix agacée de Victor depuis la cuisine. Je te ferai savoir que j'ai vingt-huit ans.

— Tu préfères « jouet » ? lui demanda Jed en montrant les dents à travers son sourire. Quoi que tu sois, t'es complètement dépassé. David me mangerait moi tout cru, et pourtant on est dans le même univers. La différence entre nous deux, Raton, c'est que moi j'aimerais ça.

— C'est une offre ? lui lança David d'un ton suave, avec une pointe d'irritation noyée au milieu de l'amusement.

Avec un éclat de rire, Jed se retrouva à faire les cent pas au pied du lit, lançant des regards inquiets à Redford.

— Tu n'es pas mon genre. J'aime que mes hommes soient, tu sais… pas toi, dit-il avec un soupir, passant ses mains dans ses cheveux, l'air épuisé et hagard. Et non, je n'ai pas eu cette chance. Pas du tout. Fil et sa bande étaient tous partis depuis longtemps lorsque je suis arrivé.

Victor sortit de la cuisine avec la théière et des tasses – bon sang, non seulement il avait une théière, mais il avait du vrai thé quelque part aussi – et s'assit sur le canapé à côté de David. Il y eut un instant de communication silencieuse entre eux, où David eut l'air amusé et Victor exaspéré, mais attendri. Comment diable ces deux-là avaient pu terminer ensemble, il ne le devinerait jamais. La seule explication que David avait jamais offerte était un fétichisme du tweed et le tee-shirt qu'il avait offert à Victor pour le dernier Noël, avec l'inscription « queen size ». Ça ne durerait pas ; de ce que Jed en savait – pas qu'ils eussent eu de longues conversations de nanas non plus – David ne savait même pas vraiment où Rathbone enseignait, et ne connaissait rien sur lui à part ses préférences au lit.

Il ne le jugeait pas, bordel. Sa relation la plus longue avait duré trois jours, sur un bateau de croisière, pendant qu'il s'occupait d'un contrat. Jed ne connaissait David que depuis quelques années, après tout, mais il ne pensait pas vraiment que Victor soit son genre. Enfin, il avait été utile, il devait l'admettre, et c'était tout ce qui comptait au fond.

— Alors, pourquoi est-ce que tu ne m'as rien dit plus tôt ? demanda Jed pour briser le silence, les mains jointes et la tête baissée, faisant le guet au bord du lit. À propos de… putain, de tout ce merdier ?

David prit le temps de contempler le plafond, suivant le rebord de sa tasse du bout des doigts.

— Tu ne m'as jamais payé pour ce genre d'informations, Journey, finit-il par lâcher en buvant une gorgée de thé. Et en ce qui me concerne, il me semble que nous n'étions pas vraiment très proches.

C'était vrai. David était un informateur, une de ses sources. Un des meilleurs, avec ça : il ne l'avait jamais déçu. Mais un informateur ne cherchait que ce pour quoi on le payait. Et Jed n'avait pas vraiment eu besoin de commencer à poser des questions à propos de *loups-garous* avant.

— Ouais, soupira-t-il en se tournant à nouveau vers la forme immobile de Redford. Ne m'appelle pas Journey.

Avec son boulot, il avait vu un certain nombre de blessures. Redford était épuisé, sans doute terriblement effrayé et il avait été brutalisé ; son corps s'était tout simplement replié pour essayer de se protéger. Il n'y avait rien à faire à part attendre et espérer qu'il se réveillerait et que tout irait bien.

Partir avait été une énorme connerie. Il avait couru droit dans un bar, vers ce qu'il connaissait, ce qui ne le mettait pas mal à l'aise. Pas de grands yeux lui demandant des réponses, lui faisant plus confiance que ce qu'il ne méritait. Pas de sourire tendre ou de caresses timides ni cette confiance croissante qui lui serrait la poitrine à chaque fois qu'il y pensait. Au bar, il y avait des hommes qui voulaient seulement l'utiliser, n'en avaient rien à foutre de lui, et c'était exactement ce que Jed voulait. Ce qu'il avait toujours voulu.

Mais pas cette fois. Il ne lui avait pas vraiment fallu longtemps pour trouver quelqu'un, avec la fumée qui emplissait la pièce, et la musique si forte qu'il fallait se pencher, poser la main sur le bras de l'autre homme pour lui parler, son souffle sur la peau inconnue. Jed avait atterri dans les toilettes avec un mec venant du Tennessee, qui faisait du tourisme, son accent sentant la mélasse et ses mains affamées lorsqu'elles s'étaient plongées dans le pantalon de Jed, le forçant à se pencher sur l'évier.

Jed n'avait même pas été dur. Ses fantasmes étaient faits de ce genre de trucs et il n'avait réussi qu'à penser au regard blessé de Redford lorsqu'il était parti, à son goût, à ses cris lorsqu'il avait joui. Jed avait repoussé le mec, lui disant *non* pour l'une des premières fois de sa vie. *Non*, en lui flanquant son poing dans la mâchoire, tremblant, jurant, et il avait enjambé la forme inconsciente du gars pour aller vomir dans l'urinoir.

Lorsqu'il était rentré, Redford avait disparu. L'appartement avait été vide, tellement, affreusement vide. Le silence l'avait fait frissonner, et rester assis à regarder le lit vide, les draps froissés, avait fait mal quand il savait que Redford n'était pas juste à côté. Qu'il n'allait pas venir le rejoindre de son pas silencieux, avec ce petit sourire qu'il avait lorsqu'il comprenait une blague, lorsqu'il réussissait à interagir avec le monde autour de lui.

Derrière sa timidité se cachait un vrai sens de l'humour et une force qui avait été longtemps enterrés, et Jed avait commencé à vraiment aimer le voir s'éveiller ainsi.

Sauf que maintenant, tout ça était parti. Knievel avait été assise sur la table quand il était rentré, à côté du sifflet que Redford avait laissé derrière lui, le foudroyant du regard comme si tout ça était de sa faute. Et ça l'était. Tout.

— Il va se réveiller, pas vrai? chuchota Jed en relevant la tête, sa voix se brisant un peu sur les mots.

Tout ce qu'il *savait* ne suffisait pas à lui donner une contenance face à Redford, paraissant si fragile sous les draps, pâle, immobile, complètement silencieux. Les mains de Jed étaient jointes si étroitement que ça lui faisait mal, comme si c'était la seule chose qui pouvait le garder en un seul morceau. David lui jeta un regard puis baissa à nouveau les yeux vers le journal en haussant une épaule.

— Bien entendu qu'il va se réveiller, il respire encore, répondit sèchement Victor.

Puis, après un moment d'hésitation, il ajouta en regardant David :

— Il ne sait vraiment pas que…

Il s'arrêta et esquissa un mouvement étrange en direction de David, avant de montrer son propre cou.

— Non, mon cher, lui répondit David en tournant sa page, les lèvres plus serrées que d'habitude. Et ça m'étonnerait que ça ait la moindre importance. Ce n'est pas pour ça qu'il nous a tirés du lit hier soir, et ce n'est pas pour ça qu'il nous paie. Jed et moi, nous avons une relation professionnelle, rien d'autre. N'est-ce pas, Journey?

— Appelle-moi comme ça encore une fois et je vais fourrer ton joli petit cul avec une grenade, mais sans la goupille, grommela Jed en se passant les mains sur le visage. Et la réponse est non, merci bien, je ne te paie *pas* pour avoir des infos sur les petits jeux vicieux auxquels vous jouez tous les deux. Je n'ai pas besoin d'infos sur la manière dont ont fait la bête à deux dos.

— D'après ta frustration généralisée, peut-être que si, remarqua Victor sur un ton aimable, se penchant pour lire l'article sur lequel David s'était arrêté. Va voir ton loup-garou, il commence à bouger.

Bon sang. Il se pencha au-dessus de Redford, ne sachant pas quoi faire de ses mains avant de lui rabattre doucement une mèche derrière l'oreille.

— Hé, chuchota-t-il d'une voix étranglée. Bienvenue parmi nous.

— Jed ?

Redford ouvrit les yeux, regardant d'abord Jed avant se tourner vers David et Victor, la peur visible dans son regard. Il prit une grande inspiration et referma aussitôt les paupières, avant de se recroqueviller en la plus petite boule qu'il pouvait. Il avait déjà rencontré David et Victor, mais ils étaient encore des étrangers pour lui, apparemment.

Jed s'allongea immédiatement sur le lit à côté de lui, l'attirant dans ses bras, et il fit du mieux qu'il pouvait pour l'entourer de caresses, de force et de sécurité. Il était sans doute la dernière personne au monde à pouvoir lui donner tout ça, mais il était le seul à pouvoir le lui fournir pour l'instant.

— Ça va, lui dit-il à voix basse. Tout va bien. Je t'ai ramené. Tu es à la maison.

— Tu es parti, répéta Redford d'une voix basse et tremblante, mais malgré son accusation, il s'accrocha à Jed d'une manière presque douloureuse.

La culpabilité, amère et visqueuse, envahit la gorge de Jed, lui laissant un goût écœurant dans la bouche.

— Oui, admit-il sur un ton lourd. C'est vrai.

Que pouvait-il dire ? Il n'y avait pas vraiment d'explication et celles qu'il pouvait donner n'allaient sûrement pas aider. Il ne pouvait que tenir Redford serré contre lui, sur ses genoux, recroquevillés tous les deux contre la tête de lit.

David vit le regard que Jed lui envoyait et se leva en s'étirant.

— Vu que tu m'as appelé frénétiquement à une heure indue, avec ton impolitesse habituelle, je pense que je vais m'octroyer ce moment pour faire une petite sieste avant que le feu d'artifice ne commence. Vicky, pourquoi est-ce qu'on n'irait pas chez moi ? Je pense qu'on peut se permettre quelques heures de repos.

— La *sieste* ? demanda Victor d'un ton incrédule, en ramenant la théière et les tasses dans la cuisine. Tu ne fais jamais la sieste, David. Dis-le franchement, on retourne chez toi pour le sexe.

— J'essayais d'être *subtil*. À cause des oreilles innocentes et tout ça…

En lançant un clin d'œil à Redford, David glissa une main dans la poche arrière de Victor, lui tâtant les fesses avec enthousiasme tandis qu'ils passaient la porte. Il eut un sourire triomphant lorsque Victor émit un soupir exaspéré. Jed soupira de soulagement devant le silence qu'ils laissèrent derrière eux : il y avait bien trop de monde chez lui ces derniers temps. Il n'y était pas habitué.

Redford, par contre, paraissait tout à fait à sa place ici.

— Je suis parti, répéta Jed, lentement, tout en lui passant un pouce sur la tempe. Mais toi aussi.

— J'ai essayé de nettoyer, pour que tu n'aies pas à penser à moi en rentrant, lui dit doucement Redford, plus détendu maintenant qu'il y avait deux personnes de moins dans l'appartement.

Il inspira, comme s'il était en train de penser à quelque chose d'important, avant de grimacer un peu.

— Je mets du sang sur ton lit.

— Eh bien, on lavera les draps.

Jed se mit à rire d'un petit rire cassé, presque hystérique, les yeux grands ouverts. Il baissa la tête pour essayer de croiser le regard de Redford.

— Tu croyais vraiment que faire la *poussière* allait t'effacer de ma mémoire ? Bordel, Red, je suis devenu complètement dingue. Je suis vraiment devenu fou à te chercher. J'ai vérifié tous les endroits auxquels je pouvais penser, frappé sur tous ceux qui avaient même l'air d'avoir pu connaître un dénommé Fil à un moment ou à un autre, et quand ça n'a pas fonctionné, j'ai appelé David à une heure du matin et je lui ai offert un demi-million de dollars pour une miette de pain.

Les dents serrées, il laissa échapper un soupir tremblant, se forçant à baisser d'un ton avant que sa voix ne se brise.

— Je ne pourrais pas arrêter de penser à toi, même si j'étais en train de brûler vif, acheva-t-il d'un ton si bas que les mots passèrent à peine ses lèvres.

Les mains tremblantes, il passa le sifflet autour du cou de Redford. Il y avait une addition sur la chaîne, cliquetant doucement contre son torse : il avait rajouté ses plaques d'identification.

— Pour que tu ne te perdes pas.

Il aperçut un éclat dans les yeux de Redford, qui étaient un peu trop brillants pour être vraiment sereins, avant qu'il n'enfouisse sa tête sous le menton de Jed.

— Merci de m'avoir trouvé, dit-il dans un murmure contre son tee-shirt. Je pensais… Je pensais que je ne sortirais jamais de là. Que tu ne viendrais pas.

Jed remua la tête, le tenant très serré, le nœud dans sa gorge l'empêchant de parler.

149

— Je viendrai toujours. Tu comprends, Fido ? Je suis un enfoiré et je ne vaux pas grand-chose. La seule chose que je peux te promettre, c'est que je viendrai toujours. Okay ?

— Okay, dit Redford en hochant la tête contre lui avant de lever la tête.

La confiance renouvelée dans ses yeux noua encore plus la gorge de Jed. Qu'est-ce qu'il avait bien pu faire dans sa vie pour mériter ça ? Rien du tout. Et pourtant, Redford était là, à le regarder comme s'il valait *quelque chose*. Il le *voyait*. Jed ne savait toujours pas ce qu'il était censé faire de ça.

— Parce que s'il y a bien un truc où je suis bon, c'est venir, ajouta-t-il en essayant de produire un sourire obscène, pour repousser toutes ses émotions trop fortes.

C'était beaucoup plus simple d'être désinvolte. Redford exigeait trop de lui ; s'il arrivait à établir une certaine distance émotionnelle, alors peut-être qu'il ne ferait pas tout merder royalement. Au moins, sa remarque fit rire Redford. Ce dernier se recula un peu et se toucha la tempe avec une grimace.

— Je devrais sans doute prendre une douche, dit-il en soupirant, l'air désolé. Je suis crade.

Avec un petit rire, Jed passa ses doigts le long de la mâchoire de Redford.

— Tu vois ? Je t'avais dit que tu comprendrais vite cette histoire de mots cochons.

Redford prit un air perplexe. Jed les démêla doucement l'un de l'autre et lui offrit sa main.

— Je te ferais bien un speech sur l'économie d'eau, mais j'ai comme l'idée que c'est pas le moment. T'as besoin de quelque chose ?

Il s'attendait à ce qu'il hausse les épaules et parte sous la douche ; après tout, il avait pas mal de raisons de lui faire la tête. Il ne s'attendait vraiment pas à ce que Redford lui prenne la main et l'entraîne à sa suite dans la salle de bain.

— Oui, dit-il simplement. J'ai besoin de quelque chose.

Jed, légèrement étonné, était à peu près sûr que Redford ne parlait pas de ce qui lui viendrait à l'esprit dans ce genre de situation. Après tout, il ne captait pas la majorité des allusions que Jed lui lançait.

— Du savon ? essaya-t-il de deviner avec un sourire perplexe. Une nouvelle serviette ? Un évier qui ne soit pas recouvert de mes poils après le rasage ? Je pourrais peut-être t'avoir un de ces trucs.

Le sourire que Redford lui adressa voulait clairement dire : *tu es un peu idiot.*

— Toi, Jed.

Pensant de toute évidence que cette explication suffisait, Redford s'appuya contre le mur et ouvrit le robinet de la douche.

— J'ai besoin de toi.

Ah. Eh bien, il était hors de question qu'on dise de lui qu'il était un mauvais hôte. Le sourire qui lui éclaira le visage était honnêtement ravi, un peu timide, parce que Jed ne savait pas vraiment comment fonctionnait ce genre de choses. Même si niveau sexe, luxure et désir, il avait toujours eu son content, il n'avait jamais vraiment été avec quelqu'un. Pas comme ça. Il n'y avait eu personne dans sa vie qui soit même proche de ce qu'était Redford pour lui.

— Dieu merci, tu ne m'as pas demandé de faire le ménage, répondit-il en penchant le menton d'un air hésitant, presque comme une question, pour venir effleurer les lèvres de Redford des siennes.

— Te demander de faire le ménage reviendrait à demander à un éléphant de voler, lui fit remarquer Redford avec un rire, lui rendant son baiser.

Il baissa les mains vers sa chemise, fronçant les sourcils tandis qu'il essayait de défaire les boutons avec des mains mal assurées.

Jed attrapa son rire dans un autre baiser ; il n'arrivait pas à arrêter de sourire.

— Il faudra qu'on regarde *Dumbo*, un jour, murmura-t-il, joignant ses doigts à ceux de Redford avant de lui enlever sa chemise et de la laisser tomber par terre.

Son propre tee-shirt la suivit aussitôt et Jed resta à passer les mains sur ces épaules larges et ce superbe torse, satisfait.

Il y avait des bleus, comme des souvenirs vicieux, sur les côtes de Redford. Jed s'arrêta, les foudroyant du regard, avant de baisser la tête et de les parsemer de baisers légers, chuchotant des excuses contre sa peau. Redford grimaça un peu sous le contact, secouant la tête à ce que Jed disait, avant de le relever pour l'embrasser. Ce baiser n'était pas bref et chaste comme les précédents, il était plus long, plus profond, les mains de Redford enserrant les épaules de Jed pour le garder auprès de lui.

L'eau était chaude ; Jed la sentait atterrir légèrement contre son dos après s'être confrontée au rideau à moitié tiré. Leurs mains essayaient avec hâte de les débarrasser de leurs ceintures, leurs pantalons s'étalèrent au sol

151

tandis qu'ils s'embrassaient, chaque séparation pour retrouver leur souffle leur donnant l'impression qu'ils allaient mourir, chaque nouvelle étreinte plus affamée que la précédente. Jed recula sous la douche, riant lorsqu'il se retrouva trempé, entraînant Redford à sa suite.

— Ne pars plus, demanda-t-il, désirant trop ardemment la sensation d'être dans les bras de Redford, cette sensation de sécurité qu'il n'avait trouvée que là.

— Je ne partirai pas si tu ne pars pas non plus, lui répondit Redford, gardant un bras autour des épaules de Jed pour rester en équilibre ; il n'était pas encore tout à fait stable sur ses jambes.

Il se tourna, inclinant son visage face à l'eau avec une grimace pour commencer à laver le sang sur son visage, restant toujours en contact avec Jed comme s'il ne pouvait pas supporter de le lâcher.

— Marché conclu, chuchota Jed.

Il se demanda si Redford avait la moindre idée de ce que cela voulait dire, qu'il promette ce genre de choses. S'il pouvait vraiment lui expliquer. Bordel, il avait supporté assez de traumatismes pour une matinée, il avait encore du sang et des bleus sur lui. L'eau était chaude et la douche assez grande pour deux ; pour la première fois, Jed avait quelqu'un avec qui il voulait la partager. Ils pourraient avoir une conversation à cœurs ouverts plus tard.

— Là, joli cœur, murmura-t-il en attrapant un gant de toilette et en le mouillant sous le jet. Laisse-moi t'aider.

Avec une tendresse infinie, Jed tapota le sang séché, examinant la blessure à la naissance de ses cheveux.

— Ce n'est pas très grave, dit-il pour rassurer Redford en l'embrassant sur la joue, les sourcils froncés par la concentration.

Il entourait fermement la taille de Redford d'un bras, le tenant debout.

— On va mettre un peu de gaze dessus, s'assurer que tu te reposes, et tu seras sur pieds dans un ou deux jours.

— Je ne suis pas sûr qu'être nu avec toi sous la douche soit *reposant*, répondit Redford en souriant, presque un vrai grand sourire, avec cette étincelle rare de malice dans les yeux. Tu es distrayant.

— Parfait.

Jed envoya le gant de toilette loin de lui et s'avança vers Redford, le plaquant presque contre le mur.

— C'est exactement ce dont vous avez besoin, M. Reed. Une bonne vieille distraction.

Il effleura le torse de Redford, en profitant pour tâter légèrement ses côtes et s'assurer que rien n'était cassé. Satisfait de son examen, il releva le menton de Redford pour passer la langue dans le creux de son cou. Les mains de Redford hésitèrent avant de se poser sur les épaules de Jed, l'attirant vers lui pour un autre baiser.

Comment est-ce qu'il pouvait être aussi beau ? L'eau ruisselait sur sa peau, se concentrant dans le creux de ses clavicules, dévalant la courbe de son torse, les marques de ses abdominaux. Les gouttes s'arrêtaient sur ses hanches, brillant dans les petits cheveux au-dessus de la ligne droite de son sexe. Jed regardait, fasciné, ses mains glissant sur la peau humide tandis qu'il le touchait, l'explorait. Il sortit la langue pour attraper une gouttelette qui tombait d'un téton de Redford, appréciant le goût de sa peau.

L'excitation enflammait ses veines, le poussant à plus de caresses, à réapprendre la forme des lèvres de Redford, la courbe de sa mâchoire. Ils se serrèrent l'un contre l'autre sous le jet d'eau, leurs corps étroitement enlacés, se touchant, soupirant. Les doigts de Redford s'aventurèrent sur le sexe de Jed qui se durcissait, s'enroulèrent autour de la peau tendue, et Jed gémit dans sa bouche. Lui aussi referma sa main sur le sexe de Redford, traçant la fente du bout du pouce. Redford murmura quelque chose contre ses lèvres avant de s'arrêter, resserrant sa poigne et lui imprimant un lent mouvement de va-et-vient, presque paresseusement.

— Préviens-moi si ça devient trop douloureux, haleta Jed contre son oreille. Tout va bien, joli cœur. Je veux juste que ce soit bon. Bordel, tu es tellement *bon*.

Redford le regardait comme s'il avait oublié ce qu'était la douleur, les yeux assombris par le désir. Qu'est-ce qu'il était beau comme ça.

Leurs hanches bougeaient en rythme, le mouvement de leurs mains s'accélérant en cœur à mesure que le plaisir croissait. Chaque geste envoyait Jed, grognant et suppliant, plus près de ce délicieux précipice. La main de Redford était parfaite, ses longs doigts l'enveloppant, le caressant plus fort. L'eau s'abattait sur ses épaules, coulait le long de leurs peaux, s'accumulait sur la mâchoire de Red.

Ils restèrent ainsi un temps qui leur parut durer une éternité, suspendus dans le plaisir, dans une extase grandissante. Le nom de Redford tomba dans un cri des lèvres de Jed lorsqu'il jouit, tout son corps raide sous l'effet de cette soudaine chaleur intense. Avec sa main, il encouragea Redford à jouir avec lui, à se jeter dans l'incendie. S'appuyant contre son épaule, la bouche encore grande ouverte, il serra plus fort son sexe, frottant la veine à la base et tordant son poignet de cette manière qu'il connaissait et qui donnait la meilleure sensation. Il voulait que Redford jouisse, qu'il oublie, l'espace d'un moment, les horreurs de cette journée. Tout ce qu'il voulait, c'était prendre tout le plaisir qui l'emplissait encore et qui faisait trembler ses muscles, et de le donner à Redford, mais trois fois plus intensément.

Lorsque Redford jouit, ce fut avec un gémissement tremblant, et il se laissa aller contre le torse de Jed comme s'il était la seule chose à pouvoir le maintenir debout. Celui-ci s'appuya contre le mur, prenant de longues inspirations, et se retrouva à sourire ; un grand sourire, d'une oreille à l'autre, comme s'il était dans une de ces comédies romantiques débiles à propos de chaussures, ou ce genre de merdes qu'il y avait dans ces films.

— Mon Dieu, dit-il dans un grognement, tout en passant sa main dans les cheveux de Redford pour les rejeter en arrière. C'était vraiment génial.

Redford marmonna ce qui sonnait comme une approbation contre son épaule, passa sa main le long des côtes de Jed en de longues caresses satisfaites.

— Je pensais vraiment que les douches étaient faites pour se laver, dit-il, et Jed le sentit sourire contre sa peau.

— Pas chez moi, lui répondit-il en riant ; il se sentait léthargique, dans le sillage du plaisir. Nous croyons en l'économie d'eau et en autant de sexe que possible avant le déjeuner. C'est dans la constitution, version Jed Walker, expliqua-t-il en mordillant l'oreille de Redford avant de tendre la main pour attraper le savon. Mais étant donné que ce que nous voulons avant tout à la *casa del Walker*, c'est faire plaisir, j'arriverais peut-être à trouver un peu de soutien pour ta position.

Un sourire carrément obscène lui étira les lèvres et il émit un autre rire avant de chuchoter à l'oreille de Redford :

— Je veux connaître *toutes* tes positions.

Jed versa du savon dans ses mains et laissa une traînée de bulles derrière lui, passant ses paumes le long des bras de Redford, de son torse, de ses côtes. Il le lava lentement, éparpillant ici et là des baisers doux et paresseux, souriant contre sa peau, laissant son léger rire se perdre dans le bruit de l'eau. Il n'avait vraiment jamais rien connu de tel. Il n'y avait pas de hâte, rien qui menait à quelque chose d'autre. Personne ne cherchait son pantalon ou ne courait vers la sortie. C'était juste une exploration douce, se découvrir l'un l'autre, partager des baisers, l'air qu'ils inspiraient, et des mots doux perdus dans l'espace entre eux deux.

— Je pourrais rester ici pour toujours, murmura Redford contre lui, et il semblait s'être lassé du nettoyage, l'air plus intéressé par ce qu'il pouvait faire en passant ses lèvres sous la mâchoire de Jed.

Malgré l'eau chaude et le fait qu'il venait de jouir, il se sentit frissonner. Il ferma les yeux, renversant la tête en arrière, les lèvres recourbées par ce stupide sourire ravi.

— L'eau deviendrait sans doute froide, remarqua-t-il d'une voix rauque, distraite.

Sa main glissa pour venir caresser du bout des doigts les fesses de Redford.

— Mais on pourrait peut-être dresser Knievel pour qu'elle nous apporte de la nourriture et de la bière.

— On tomberait malades à force de rester sous l'eau froide, mais ça pourrait valoir le coup.

Redford rit doucement, passant lentement ses mains sur le dos de Jed.

Bizarrement, Jed pensait vraiment qu'il pourrait rester comme ça pour toujours. Il n'était pas quelqu'un de stable. Il avait peut-être l'air casanier, avec la satisfaction qu'il éprouvait envers son appartement et sa vie en solo, mais c'était ça le truc. En *solo*. Il n'avait jamais été aussi heureux de rester avec une seule personne. Il n'éprouvait pas cette urgence à repérer une sortie stratégique, à trouver des excuses, et à flanquer Redford hors de son sanctuaire. L'idée même de faire ce genre de choses lui paraissait complètement folle. Ça n'avait aucun sens, mais sans qu'il sache comment, ce crétin aux yeux doux s'était frayé un chemin profondément en lui.

— Il faut que tu te reposes, lui dit-il en l'embrassant juste sous l'oreille. Je devrais te mettre au lit.

Leur lit. Les mots lui montèrent à la bouche sans qu'il puisse rien y faire, une envie dont il ne savait pas quoi faire.

— Notre lit.

Ils étaient sortis. Soudain, ils étaient là, indéniables. C'était plus terrifiant qu'un millier de loups-garous shootés à la testostérone. Deux mots et Jed n'arrivait presque plus à respirer, la poitrine serrée.

— On devrait… Tu devrais te reposer.

Apparemment, il avait dit quelque chose de bien, parce que Redford lui sourit comme s'il venait de lui décrocher la lune pour l'accrocher dans l'appartement. Enfin, peut-être pas la lune, avec toute cette histoire de loup-garou. Le soleil. Il était Journey Walker, le donneur de soleil. En tout cas, c'était ce qu'il semblait être dans les yeux de Redford, dans ce *quelque chose* qui y brillait, captivant Jed, s'accrochant à son cœur et refusant de le lâcher.

— Tu vas te reposer avec moi ?

— Oui, dit Jed d'une voix qui se brisait, passant son pouce sur la mâchoire de Red. Oui, dormons un peu avant ce soir.

Ils partagèrent la seule serviette de Jed ; il faudrait vraiment qu'il pense à en racheter une si ça continuait. Jed frotta les cheveux de Redford pour les sécher, avec un grand sourire devant la façon qu'ils avaient de se relever dans tous les sens. Red baissa la tête, souriant d'un air timide par-dessous la serviette, et Jed eut le souffle coupé une nouvelle fois sous l'effet de cette chose qui le tordait de l'intérieur. Quoi que ce fût, il n'arrivait pas à faire grand-chose d'autre que vouloir désespérément rester près de Redford, encore plus près.

Ils tombèrent sur le lit, Jed s'installant avec satisfaction dans les bras de Redford, et il ne leur fallut pas longtemps pour s'assoupir. Jed ne fit aucun rêve. Il n'en avait pas besoin : rien dans son cerveau ne pouvait entrer en concurrence avec la sensation de Redford l'enveloppant, chaud et solide, comme s'ils étaient nés pour cette position.

Le soleil de fin d'après-midi lui fit ouvrir les yeux quelques heures plus tard. Il bâilla, faisant craquer sa mâchoire, et roula sur lui-même pour essayer d'enfouir sa tête sous l'oreiller, mais ça ne fonctionna pas. Son esprit s'était enclenché trop rapidement et il grommela lorsque cette merveilleuse sensation floue d'entre-deux s'estompa pour laisser place à un besoin certain de café et de planification. Il se détacha doucement de Redford, essayant de ne pas le réveiller, et s'arrêta pour le regarder en souriant.

Red était étalé sur les oreillers, la bouche entrouverte, tandis qu'il s'enfonçait plus profondément dans un rêve. Ses cheveux retombaient sur son front lisse et paisible, et Jed déposa un baiser sur sa tempe. Un émerveillement douloureux lui serra la gorge, aussi surprenant qu'indéniable. Il ne savait pas ce que c'était, mais on aurait dit un feu dans ses veines, une *douleur* presque palpable tant elle était puissante.

Il enfila son boxer et un tee-shirt, et se dirigea vers la cuisine avec un autre bâillement. Il avait besoin de caféine. David serait de retour d'ici environ une heure et il mettrait la touche finale à son message personnalisé pour Fil. Il pensait que des explosions serait une touche parfaite. Peut-être quelque missiles anti-air bien placés, tout droit dans son putain de salon, juste pour s'assurer qu'il avait bien compris.

Fouillant dans les placards, Jed jura à nouveau, cette fois à voix haute, et claqua une porte de frustration. Pas de café. Pas même dans la réserve d'urgence qu'il rangeait dans le fond, avec sa colonie locale de moisissure. Il jeta un œil à sa montre, soupira et alla chercher un pantalon. Il y avait un camion-snack juste en bas de chez lui qui restait en général quelque temps après l'heure de pointe du dîner. Ils auraient peut-être de cet horrible café amer dans des tasses en carton. Ce serait un début.

Distrait, il enfonça ses pieds dans ses bottes et sortit. Il serait parti au plus cinq minutes. Lorsqu'il rentrerait, il réveillerait Redford, et peut-être qu'ils pourraient se programmer une petite session de briefing prémission, rien qu'eux deux… Un petit sourire étira ses lèvres lorsqu'il repensa à ses lèvres gonflées par le sommeil et ses cheveux en bataille sous ses doigts.

La balle le prit par surprise. Mais d'un autre côté, n'était-ce pas toujours comme ça ?

Il savait, il avait toujours su, qu'il y aurait des balles avec son nom écrit dessus. Ça allait de pair avec son job. Et une de ces salopes serait la bonne, lui vaudrait plus qu'une semaine à l'hôpital ou qu'une super cicatrice. L'une d'elles serait pour de bon. On ne pouvait pas combattre le destin. Ceux qui prennent l'épée meurent avec un bon gros trou dans le cou, ou quelque chose comme ça, c'était ce qu'on disait.

La douleur ne fut pas immédiate. Il y eut d'abord le bruit, si fort que Jed se baissa instinctivement. De la poussière de brique explosa contre sa joue, là où une autre balle l'avait manqué, il entendit un autre écho de coup de feu, puis baissa les yeux, sous le choc. Un rouge profond s'étalait sur sa poitrine, imprégnant le tissu blanc de son tee-shirt.

— Merde.

Jed tomba à genoux et regarda autour de lui, les yeux fous. Ses doigts étaient trop maladroits, ils tremblaient trop, et il n'arrivait pas à sortir son arme. Merde, il ne voulait pas mourir sans son arme à la main. Il en avait besoin ; il ne pouvait pas tomber comme ça. Le ciment du hall était sale et des saletés s'enfoncèrent dans sa peau lorsque sa joue se pressa contre le sol. Il y eut des bottes, des bruits de pas, son pouls qui battait dans ses oreilles. Du sang collant sous son oreille, en flaque sur le sol. Ce n'était pas bon signe.

— Red, croassa-t-il.

Personne ne l'entendit. Peut-être qu'il ne l'avait pas dit du tout.

Bon Dieu, il avait mal.

Il faisait froid, non? Il aurait dû mettre un manteau. Red aurait froid; il n'avait pas encore de manteau. Pourquoi diable est-ce que Jed ne lui avait pas encore acheté de manteau? Bon sang, il faudrait qu'il s'assure que Redford n'ait pas froid. Mais ses bras ne l'écoutaient plus. Ses jambes étaient étalées sur le sol, son corps jeté comme une poupée cassée.

Et puis il n'eut plus si mal que ça. Il ne sentait plus grand-chose.

Et puis il n'y eut plus rien.

Rien du tout.

XIII

Redford

Un *BANG* résonna si fort que Redford se réveilla, tous ses muscles contractés dans un réflexe de peur. Les secondes s'écoulèrent. Une, deux, et Redford commença à se demander s'il n'avait pas imaginé le bruit, si ça n'avait pas été un rêve.

Un deuxième coup de feu, le bruit presque familier à force de vivre avec Jed. L'odeur métallique et douceâtre du sang emplit l'air.

Ça n'avait pas été un rêve, alors.

Avant même de commencer à réfléchir, Redford était hors du lit, enfilant un jean et une chemise à manches longues, bataillant avec les boutons parce que ses doigts tremblaient de peur. Les coups de feu et l'odeur de sang ne pouvaient vouloir dire qu'une chose : Fil l'avait à nouveau trouvé. Mais il n'y avait plus un bruit et Redford jeta un regard inquiet dans l'appartement, cherchant Jed. Si quelqu'un était en train de leur tirer dessus, il s'attendait à voir Jed en train de crier, de jurer et de tirer lui aussi.

Rien. Il n'y avait que le silence et l'odeur du sang qui se faisait plus intense. Le regard de Redford tomba sur un revolver posé sur la table, que Jed avait appelé un « neuf millimètres » et, malgré ses hésitations à l'égard des armes à feu, il le prit, ses doigts se repliant avec embarras autour de la crosse et de la détente. Il s'avança vers l'endroit d'où provenait l'odeur de sang, ne s'arrêtant que le temps d'enfiler une paire de chaussures.

La porte était légèrement entrouverte. Le cœur battant sous l'effet de la peur, Redford la poussa un peu plus. Il pouvait voir le couloir qui menait à la porte du bâtiment, vieux et mal éclairé.

Jed.

Une autre balle, si proche de sa poitrine qu'elle fit exploser une brique.

Des hommes avançaient au bout du couloir. Non, pas des hommes. La meute de Fil. Épaule contre épaule, leurs armes levées vers lui.

Redford fit la seule chose qui lui vint à l'esprit. Il s'enfuit.

Claquant la porte derrière lui, il jeta un regard frénétique à l'appartement. Jed lui avait montré d'autres sorties, des échappatoires si jamais il en avait besoin. Il courut vers une des fenêtres et essaya désespérément de l'ouvrir, tirant de toutes ses forces parce que Jed l'avait prévenu qu'elle se coinçait parfois, qu'il fallait vraiment la convaincre qu'elle pouvait s'ouvrir. Les bruits de pas se rapprochaient, mais la fenêtre ne cédait toujours pas.

Redford fit un pas en arrière, visa la fenêtre et tira. Le bruit était si fort qu'il le fit reculer, ses tympans résonnant. Mais, contrairement à ce qu'il s'était passé dans un film qu'il avait vu un jour dans un magasin, la fenêtre ne se brisa pas immédiatement en mille morceaux. Il tira encore, et encore, et finit par faire pression sur la fenêtre fissurée avec un coussin. Le verre se brisa vers l'extérieur et il sauta au moment où une autre balle s'enfonçait dans le mur à côté de son épaule.

Il courut. Il courut assez longtemps pour avoir un point de côté terriblement douloureux. Il courut à travers des petites ruelles, essayant de semer Fil et sa meute, même s'il avait peur que courir ne serve à rien puisqu'ils pouvaient le suivre à l'odeur de toute manière.

Finalement, alors que ses jambes étaient sur le point de lâcher, Redford prit un tournant et s'effondra contre un mur, haletant. Les briques étaient rêches contre son dos, mais elles étaient fraîches et le mur dispensait une ombre qui faisait du bien à son corps échauffé par l'exercice. La pause lui laissa le temps de se calmer, de repenser à ce qu'il venait de se passer.

Mon Dieu. *Jed.*

Il avait été allongé par terre, ses membres écartés d'une manière qui ne paraissait pas naturelle. Son visage avait été si pâle, les yeux fermés, les traits détendus. Il y avait eu une flaque de sang qui s'élargissait sous lui, d'un rouge vivace, contrastant avec la pâleur de sa peau. Il était forcément mort. Redford ne voyait pas comment il aurait été possible de perdre autant de sang, d'avoir l'air aussi immobile, sans être mort.

Jed était mort, et c'était de sa faute. Si Redford n'était pas entré dans sa vie, s'il n'avait pas été pourchassé par Fil, alors il serait encore en vie. Ces yeux d'un vert de forêt seraient encore brillants de vie, pas mornes et pâles dans la mort. Il ne serait pas étendu sans mouvement dans un couloir sale devant son appartement. Sa fenêtre ne serait pas cassée parce que Redford avait tiré à travers comme un idiot incapable de réfléchir. Il serait encore en vie ; mais il ne l'était plus.

Redford ferma les yeux pour refouler ses larmes et essaya de remettre de l'ordre dans ses pensées. Il devait toujours s'inquiéter pour sa propre vie, même si une partie de son esprit ne voulait que s'allonger par terre et se rendre. Jed n'aurait pas voulu qu'il fasse ça. Dans la pénombre silencieuse de la ruelle, Redford pouvait presque entendre la voix de Jed à son oreille. *Continue à courir*, aurait-il dit, *continue à courir et ne te retourne pas. Ne les laisse pas t'avoir.*

Enfin, peut-être qu'il aurait plutôt dit quelque chose comme : *bouge ton cul, joli cœur, on a pas le temps pour une discussion de nanas.* Ça sonnait plus comme Jed. Étrangement, c'était aussi plus réconfortant.

Alors Redford obéit et bougea son cul. Comme il avait déjà vu Jed le faire, il coinça le revolver dans son dos, dans la ceinture de son pantalon. L'arme tomba immédiatement dans son pantalon et il dut passer un moment très inconfortable à essayer de la rattraper. Son pantalon était trop grand pour lui. Il devrait sans doute plutôt garder l'arme à la main. Lorsque c'était Jed qui le faisait, tout ça avait l'air beaucoup plus simple.

Puisque Fil savait où était sa maison et qu'il avait trouvé celle de Jed, Redford n'avait pas la moindre idée de l'endroit où il serait en sécurité. Il ne connaissait personne d'autre, en fait, et il doutait fort que David apprécie qu'il débarque chez lui, en admettant qu'il puisse même le trouver. Il était tout seul et, maintenant, il fallait qu'il réfléchisse comme quelqu'un qui avait déjà fait ce genre de chose. S'avançant plus loin dans la ruelle, il jeta un œil dans la rue perpendiculaire, prit une grande inspiration et s'y engagea. Il sentait Fil et sa meute, mais ils n'étaient pas très proches. Sa seule option était de continuer à avancer jusqu'à ce qu'il trouve un endroit sûr, ou en tout cas un endroit qui pourrait masquer son odeur.

Donc, il avança. Même s'il ne savait pas où aller, il savait au moins qu'il pouvait s'éloigner de l'odeur de Fil et de sa meute en allant vers l'est, et ça lui donnerait du temps pour réfléchir.

Vu qu'il avait une arme à la main, il se dit qu'il serait sans doute préférable de rester loin des gens qui se pressaient dans les rues principales. Il resta dans de petites rues désertes, avançant rapidement pour que les propriétaires des boutiques et les clients ne l'aperçoivent pas. Au bout d'une rue, il vit une plaque : Fitzgerald Road. Il avait vu cette rue sur une des cartes de Jed.

Trois rues plus loin, se rappelait-il, il serait dans le quartier chaud de la ville. Jed avait mentionné une fois que ce genre de quartier était un bon endroit où se cacher, parce que les gens ne se regardaient pas de très près. Il s'y glissa, collé aux murs, fronçant un peu les sourcils aux odeurs qui lui parvenaient.

Condom Castle. *Fouets et Cravaches*. Une boutique n'avait pas de nom du tout, juste une pancarte dans la devanture qui disait « Peep-show X ». *Accessoires en cuir*. Des hommes et des femmes traînaient sur le pas des portes, passaient rapidement, et une musique forte provenait d'un bâtiment nommé « Le Donjon ». Redford était perplexe, mais il devait avouer que c'était un bon quartier pour se cacher et dissimuler son odeur.

— Hé, beau gosse, tu veux passer un bon moment ? lança une voix rauque depuis sa gauche, au moment où une main se posait sur son épaule, et Redford se retourna brutalement en reculant.

L'homme ne sentait pas le loup, réalisa-t-il un instant plus tard, et le soulagement l'envahit. Ce n'était qu'un homme très large d'épaules, habillé d'un pantalon en cuir et d'un blouson clouté.

—No... Non, balbutia Redford en réponse, essayant de se débarrasser de la main sur son épaule. Mais... Merci ?

L'autre se contenta de lui sourire. Il se tenait debout devant une porte qui donnait sur un long escalier sombre qui descendait, illuminé de bleu et de rouge à cause du néon au-dessus.

— T'es sûr ? T'as l'air d'en avoir besoin. Tout le monde est le bienvenu, surtout les mecs de ton style.

La confusion balaya temporairement toutes ses inquiétudes.

— Mon style ?

Il n'avait pas la moindre idée de ce dont cet homme voulait parlé. Il aurait aimé que Jed soit là pour traduire.

— Oui, confirma l'homme en se mettant à rire, faisant un signe de tête à un autre qui sortait de l'escalier. Le style qui a besoin qu'on le mette à quatre pattes et qu'on lui flanque une bonne fessée.

Son expression se fit vicieuse et il fit un pas de côté, invitant clairement Redford à descendre les escaliers, qui avaient pris une apparence vraiment effrayante.

Redford le fixa sans rien dire. Non, il ne pensait pas avoir besoin que cet homme lui flanque quoi que ce soit, vraiment.

— Désolé, je suis occupé, marmonna-t-il après quelques secondes de silence abasourdi, avant de se remettre à avancer.

Il l'entendit dire autre chose dans son dos, une histoire de chaînes, mais l'ignora. Il fallait qu'il continue d'avancer. Avec un peu de chance, cet endroit pourrait brouiller la piste de son odeur, et Fil et sa meute auraient plus de mal à le suivre.

Mais il ne pouvait quand même pas rester ici éternellement. Déjà, il apercevait quelqu'un de l'autre côté de la rue qui lançait des regards soupçonneux à la façon qu'il avait de cacher son arme sous sa chemise. Il ne pouvait pas prendre le risque de faire une scène parce que cela rendrait sa présence plus visible. Selon les cartes de Jed, à quelques rues d'ici, il y avait un grand entrepôt abandonné à côté d'une distillerie de whisky. Jed avait mentionné que ce genre de distillerie émettait de très fortes odeurs ; en fait, il n'avait dit ça que parce qu'il avait tiré sur quelqu'un dans une distillerie un jour, et il avait dit qu'il aimait bien l'odeur de la mélasse et de la poudre mélangées, mais c'était quand même bon à savoir.

Laissant derrière lui le quartier chaud, Redford continua vers l'est. Jed avait eu raison sur l'odeur de la distillerie. Il entra en silence dans l'entrepôt abandonné, se dirigeant vers l'arrière. Il y avait des signes prouvant que des gens squattaient les lieux, mais il ne semblait y avoir personne pour le moment, Dieu merci.

Il s'accroupit contre le mur, l'arme serrée entre ses mains, essayant de rester concentré. Il ne pouvait pas penser à Jed, pas maintenant, pas alors qu'il devait se concentrer pour rester en vie. Mais Jed était là, dans chacune de ses pensées, derrière chaque décision qu'il prenait. Tout ce que Redford pouvait faire, c'était fermer les yeux et essayer de ne pas s'effondrer ici et maintenant, sur le sol sale de cet ancien entrepôt abandonné.

Qu'allait-il faire, après tout ça ? S'il parvenait à échapper à Fil cette fois, que se passerait-il après ? Il serait obligé de continuer à fuir jusqu'à ce que soit lui, soit Fil meurt, ou jusqu'à ce que Fil abandonne, ce qui semblait peu probable. Peut-être qu'il devrait trouver un des contacts de Jed et se cacher de manière plus permanente ; mais même s'il pouvait le faire, Jed ne serait quand même pas là.

Il resserra sa prise sur le pistolet pour se distraire de la douleur qui lui nouait la gorge et des larmes qui lui montaient aux yeux, essayant de s'obliger à ne plus y penser. Il pourrait pleurer Jed, mais ce n'était ni l'heure ni le lieu.

— Tu penses vraiment qu'une distillerie va nous empêcher de te trouver ?

Redford sursauta violemment avant de se jeter derrière une portion de mur effondrée. Il n'avait ni entendu ni senti l'homme s'approcher, trop occupé à penser à Jed. Ou à essayer de ne *pas* penser à lui. La voix provenait de derrière le mur.

— Je me sens un peu vexé, louveteau, ajouta l'homme d'une voix traînante ; ce n'était pas Fil. Pas la peine de te cacher. Les autres vont arriver plutôt vite, alors c'est pas la peine de t'acharner.

Pour une fois, trop d'informations était une bonne chose. Redford réalisa que l'homme était seul. Il jeta un œil à son arme ; il lui restait trois balles. Il ne pouvait pas se permettre de tirer au hasard en espérant que l'une des trois fasse mouche ; il fallait qu'il s'en serve au mieux.

Avec une profonde inspiration, il se prépara, écoutant les bruits de pas qui se rapprochaient. Dix mètres. Cinq. Trois.

Il sortit de derrière le mur, visa et tira si vite qu'il réalisa à peine ce qu'il se passait. Il grimaça sous le recul de l'arme. L'homme, qu'il reconnut comme étant Marcus, s'était effondré au sol, son sang coulant d'un trou dans sa poitrine. Il lui avait perforé le poumon avec son tir, réalisa vaguement Redford lorsqu'il entendit le gargouillis qu'il produisait en essayant de respirer.

Il avait toujours pensé que tirer sur quelqu'un serait quelque chose d'impressionnant ; mais curieusement, peut-être parce qu'il avait trop d'adrénaline dans les veines pour réaliser quoi que ce soit, il se contenta de jeter un regard à Marcus avant de partir. Il penserait à ce qu'il venait de faire plus tard parce qu'il n'avait pas le temps de le faire dans l'immédiat.

Marcus lui avait dit que le reste de la meute était proche ; il devait recommencer à bouger.

Redford sortit de l'entrepôt par l'arrière et s'avança lentement dans la rue, essayant d'être le plus silencieux possible. Un bruit, comme du verre écrasé par quelqu'un, le fit se cacher dans un recoin, son cœur battant à tout rompre.

— Je te suggère de ne plus essayer de t'enfuir, dit Fil, l'air furieux.

Réalisant qu'il ne servait plus à rien de se cacher, Redford fit un pas hésitant vers le centre de la rue. Fil était là, flanqué par quatre hommes à l'entrée de la ruelle, bloquant le passage. Un regard par-dessus son épaule lui confirma que d'autres hommes s'étaient aussi rassemblés de l'autre côté, condamnant l'autre direction qu'il aurait pu prendre. Il était piégé.

— Tu as tué Marcus, dit Fil en s'approchant d'un pas lourd.

Son comportement agréable et ses tentatives de passer pour un ami avaient disparu, remplacés par la colère dans ses yeux jaunes.

— On a fini de jouer, Redford. Soit tu te soumets et tu jures loyauté à cette meute, soit je te tue comme un bâtard.

Les hommes s'avancèrent, mais Redford tint sa position. Lorsqu'il leva son arme pour la pointer vers Fil, il sentit le sifflet et les plaques de Jed bouger sur sa poitrine.

— Vous avez tué Jed, rétorqua-t-il d'un ton mordant.

Si Fil avait peur de l'arme, il ne le montra pas. Il se contenta de rire.

— Tu devrais me remercier.

La colère lui serra la gorge et Redford appuya sur la détente. Fil sursauta sous l'impact, levant une main pour appuyer sur son torse, mais il ne tomba pas. La deuxième et dernière balle que Redford tira eut le même effet : rien à part une détonation. Fil avait l'air vaguement agacé.

— Cette chemise m'a coûté cher, dit-il en fronçant les sourcils, puis il s'avança et arracha l'arme des mains de Redford. Tu ne peux pas me tuer, Redford. Est-ce que j'ai oublié de te dire que ça fait très, très longtemps que je fais partie de ce monde ?

Il le frappa et Redford vit des étoiles avant qu'elles ne laissent place à l'obscurité.

Il perçut un mouvement, comme si on le portait. Des voix, des rires. Le moteur d'une voiture, une porte s'ouvrant et se refermant. Il n'avait qu'une conscience très vague du temps, décousue et embrouillée. Des mains lui attrapèrent les épaules, menottant ses poignets derrière son dos. Le sol froid sous lui.

Redford se débattit pour reprendre connaissance, ouvrant les yeux avec difficulté. Il ne pouvait voir que le sol, en pierre fissurée, mais son odorat lui apprit qu'il était en plein dans la tanière de Fil. Il y avait des dizaines d'odeurs, appartenant chacune à une personne différente. Personne n'était à côté de lui, mais ils étaient proches. Il était étendu sur le côté, sentant du métal froid contre ses poignets, un chiffon sale attaché autour de sa tête pour faire office de bâillon.

Cette fois, Jed n'allait pas pouvoir le sauver. C'est la pensée de Jed, plutôt que de sa propre capture, qui fit finalement monter les larmes aux yeux de Redford, les fit rouler sur ses joues, son visage pressé contre le sol tandis que des sanglots ravalés secouaient ses épaules. Ce n'était pas le meilleur moment pour penser à Jed, mais ses émotions n'en avaient rien à faire, le submergeant comme un tsunami et le noyant sous leur flot. Il lui semblait impossible que Jed ne soit plus là, que toute cette confiance et cette vitalité puisse être soufflée par une seule petite balle.

Mais c'était vrai. Jed n'était plus là. Même si Redford parvenait à s'en sortir vivant, même s'il trouvait un moyen de vivre en sécurité, ce serait sans Jed. La seule chose qu'il aurait de lui, ce serait ses plaques d'identification.

Des hommes allaient et venaient, mais Redford n'y faisait pas attention. L'un d'eux amena une chaise et le traîna pour l'y asseoir; ses mains attachées s'enfoncèrent douloureusement dans son dos. Il se pencha en avant pour alléger la pression. Il essaya de se rappeler que, même s'il était bouleversé, il devait quand même sortir d'ici. Il devait *réfléchir.* Planifier. Courir ne l'aiderait en rien, surtout avec les poignets menottés.

Il s'attendait à une autre visite et Fil ne le déçut pas. Il entra d'un pas lent, avec une petite boîte à la main. Redford s'attendait aussi à plus de colère, mais ce ne fut pas le cas. Au lieu de ça, lorsque Fil vit les traces de larmes sur son visage, il fronça les sourcils d'un air inquiet. Une expression qui était aussi fausse que sa Rolex.

— Je sais que c'est dur, de perdre ton humain, dit-il d'une voix douce, essuyant le visage de Redford avec un mouchoir sorti de sa poche, avant de détacher le bâillon et de le laisser tomber par terre. Ça a été dur quand j'ai perdu ma famille. Mais c'est pour le mieux.

Redford attendit, laissant la salive s'accumuler dans sa bouche, tournant la langue pour la rassembler. Fil se recula brutalement, surpris, lorsqu'il lui cracha au visage.

— Vous les avez sans doute tués vous-même, lâcha-t-il.

Fil s'essuya calmement le visage avec le mouchoir.

— En effet, admit-il. J'ai peut-être plusieurs milliers d'années, mais il m'arrive à moi aussi de perdre mon calme, parfois.

Plusieurs milliers d'années. Redford tourna et retourna cette information dans sa tête et le choc fut sans doute apparent sur son visage. Fil avait dit plus tôt qu'il était très vieux, mais Redford n'avait pas vraiment fait attention à ce qu'il disait. Qu'est-ce que Victor avait dit, déjà? Filtiarn signifiait « le seigneur des loups » en celte.

— Le seigneur des loups, répéta-t-il à voix haute. Comment pouvez-vous être aussi vieux?

— C'est simple, louveteau, soupira Fil, évidemment ennuyé de ces questions. Je ne meurs pas. Et quand on est aussi vieux, on réalise certaines choses. Je ne peux pas laisser des loups solitaires faire ce qu'ils veulent dans cette ville, Redford. Ça mettrait ma meute en danger.

Il ouvrit la petite boîte qu'il avait amené, laissant Redford voir ce qui se trouvait à l'intérieur : cinq seringues hypodermiques remplies d'un liquide rouge. Du sang.

Se postant derrière la chaise, Fil prit l'un des bras de Redford, frottant l'intérieur de son coude avec du désinfectant.

— Qu'est-ce que vous faites? demanda Redford, essayant de se dégager, mais Fil le tenait d'une poigne trop forte.

— Je t'ai dit que j'offrais à ma meute la capacité de se transformer à volonté et de garder leur conscience humaine, lui répondit Fil d'un ton aimable. Tout ce qu'il faut, c'est un peu de mon sang. Je ne peux pas te donner la dose complète en une seule fois, évidemment; ça te tuerait sans doute. Mais cinq doses plus faibles sur une journée fonctionnent mieux.

Redford serra les dents lorsque l'aiguille perça sa peau et que le sang étranger pénétra dans son corps. Au moins, Fil savait ce qu'il faisait et ne rendait pas l'injection plus douloureuse qu'elle ne devait l'être. L'aiguille fut retirée et il tapota son bras, prenant la boîte avec lui lorsqu'il sortit.

Les effets du sang commencèrent lentement. D'abord, Redford remarqua seulement que sa vision était améliorée, la pièce semblait plus claire à mesure que ses pupilles se dilataient. Son cœur battait plus rapidement, son sang lui parut plus chaud pendant quelques minutes, mais l'impression finit par s'estomper.

La deuxième dose, administrée deux heures plus tard, eut davantage d'effet. Redford n'avait jamais pris de drogue, mais il avait lu les effets qu'elles pouvaient avoir et pensa que ce devait être similaire. Sa perception de la réalité semblait s'estomper puis s'améliorer, tout à la fois, ses sens submergés. Il n'avait pas besoin de regarder dans un miroir pour savoir que ses yeux étaient devenus jaunes.

Cela ressemblait aux premières étapes de la transformation. Les instincts se faisaient sentir dans son esprit, mais ils n'étaient pas aussi puissants que durant les nuits de pleine lune. Ils ne prenaient pas le contrôle. Ils étaient juste *là*, hantant le fond de son esprit comme un animal affamé, mais un animal affamé qu'il pouvait ignorer.

Il essaya de mordre Fil lorsque celui-ci revint, parvenant à refermer ses dents autour de son poignet, fort. Lorsque Fil se contenta de secouer le bras en riant, Redford gronda, un peu surpris par le son qui résonnait dans son torse.

— Calme-toi. Trois autres doses et on a fini, lui dit Fil en lui administrant la troisième.

Pendant un instant, le monde sembla tourner et il fut prit de nausées. Il sentit sa tête se rabattre en arrière, ses yeux se fixant au plafond. Il y avait quelque chose qui le démangeait sous sa peau, quelque chose qui voulait

167

sortir, une sensation qui le faisait remuer inconfortablement dans sa chaise et tourner ses poignets dans les menottes. Elles ne se détachaient pas, mais, sans qu'il sache pourquoi, il pensa soudain qu'il *devrait* être capable de les briser.

C'était le sang. Seigneur, qu'est-ce qu'il était en train de lui *faire*?

Deux heures plus tard, Fil revint une nouvelle fois. Cette fois, il le regarda un moment, avec un étrange sourire.

— Tu auras peut-être besoin d'un peu d'entraînement, louveteau, mais tu feras un bon loup, dit-il.

L'aiguille, une nouvelle fois, comme un disque rayé, mais cette fois Fil sembla hésiter. Il leva la tête pour regarder la porte et renifla l'air; lorsque Redford fit de même, il le sentit lui aussi. Une odeur de poudre et de pin.

Son cœur tressauta, mais il n'osa pas espérer plus longtemps que quelques secondes erronées. Ça ne pouvait pas être Jed. Il était mort, allongé, brisé dans un couloir, et il ne viendrait pas le chercher. Ce devait être autre chose ou son imagination fébrile qui invoquait ce qu'il voulait le plus au monde.

Une explosion secoua tout le bâtiment. Elle parut durer une éternité aux sens suraiguisés de Redford : la détonation initiale, les secondes suivantes durant lesquelles les ondes sonores traversèrent la pièce, le souffle d'air qui suivit, portant une odeur âcre. Le bâtiment trembla jusque dans ses fondations, avec un grondement de protestation. L'aiguille tomba des mains de Fil, explosant sur le sol.

C'était sa chance. Peu importait ce qui avait déclenché cette explosion, il fallait que Redford l'utilise. Il carra les épaules, serra les poings et écarta violemment les mains, ravalant un gémissement de douleur lorsque les menottes mordirent dans ses poignets. Les chaînons s'affaiblirent, se tordirent, et un défaut de fabrication tourna à son avantage lorsqu'ils cédèrent. Les menottes étaient toujours autour de ses poignets, mais il était libre. Il se tourna, attrapa Fil et lui mit une droite en plein visage.

Il n'était pas sûr de qui fut le plus surpris, Fil ou lui-même. En tout cas, il n'avait jamais frappé personne. Il regarda une goutte de sang dégouliner lentement le long de la lèvre de Fil, abasourdi par son propre geste.

Fil sauta et Redford ne fut pas assez rapide pour l'éviter. Avant qu'il ait vraiment eu le temps de s'en rendre compte, ils étaient sur le sol, à s'échanger des coups. Redford sentait à peine les coups contre sa mâchoire et ses côtes pourtant toujours endommagées, et il voyait rouge en abattant son propre poing dans le visage de Fil. Il leva brutalement le genou et, par chance, le toucha sous le menton, l'assommant pour un moment.

C'était impossible, un espoir désespéré que la mort présumée de Jed s'avère fausse ; Redford souffla dans le sifflet autour de son cou.

Pendant une minute, le silence se fit tandis que le son strident du sifflet s'estompait, laissant place à ses inspirations haletantes et au grondement bas qui résonnait dans la poitrine de Fil. Rien ne bougea et son stupide espoir sombra, rapidement, mais lourdement, pour venir empoisonner le cœur de Redford. Fil remuait à nouveau, accroupi, les dents découvertes, et il se prépara.

— Chéri, je suis rentré !

Les mots résonnèrent, stridents, accompagnés d'un rire de psychopathe. Une autre détonation, cette fois d'arme lourde, et le corps d'un des hommes de Fil s'effondra par la porte ouverte. Les pas qui suivirent étaient plus lourds qu'ils n'auraient dû l'être, toute grâce perdue, mais c'est bien Jed qui franchit la porte d'une démarche mécanique et mal assurée, son arme dans un holster sur son torse, tâché de sang et de sueur, souriant comme un maniaque.

Pendant un long moment, Redford se contenta de le fixer, incrédule. Il aurait presque pensé qu'il s'agissait d'une hallucination si Jed n'avait pas été aussi clair dans son champ de vision, si l'odeur de pin et de poudre n'avait pas été si forte à chaque fois qu'il inspirait. C'était vraiment Jed, debout devant lui.

— Salut toi, lança Jed à Fil en lui faisant coucou de la main. Content de t'avoir retrouvé, Filly. Tu vois, il y a eu un petit malentendu à mon appartement, rien de grave, ça arrive tout le temps. Te prends pas ta joli petite tête avec ça.

Son sourire s'effaça, laissant place à quelque chose de plus sombre, ses yeux illuminés par la fureur tandis qu'il levait sa très grosse arme vers la tête de Fil.

— Je suis là pour te rendre la pareille.

— Ton louveteau a déjà essayé de me tirer dessus. Si tu crois vraiment qu'une arme plus grosse va me tuer, tu te trompes, lança Fil d'un ton venimeux, abandonnant Redford au sol pour se lever, regardant Jed de haut. J'ai vécu assez longtemps pour que…

Jed tira. Fil trébucha en arrière, une main sur la poitrine, et Redford vit le regard de Jed se durcir tandis qu'il calculait ce qu'il lui faudrait faire. Il tira une nouvelle fois, puis une troisième et quatrième, vida tout son chargeur dans le torse de Fil, qui s'effondra sur le sol, inanimé, comme sans vie – mais Redford en doutait.

— Jed, chuchota-t-il, la voix étranglée ; il essaya une nouvelle fois. Jed ? J'ai cru que tu étais…

Mort. Il avait cru que Jed était mort, et pourtant il était là.

— Qui, moi ?

Même si Jed lui décocha un de ses grands sourires, éblouissant et parfaitement sûr de lui, il pouvait voir les fissures dans la façade. La façon dont il oscillait légèrement, comme s'il n'arrivait pas à tenir en équilibre, la sueur luisante qui recouvrait sa peau trop pâle, la maladresse de ses doigts lorsqu'il rechargea son arme, rien de tout cela n'était vraiment masqué par sa fausse confiance.

— Je suis une locomotive, mon ange, tu te souviens ? C'est pas un petit bout de métal qui va me faire dérailler.

Redford avait cru que la balle avait touché Jed dans la poitrine, mais, vu le sang sur son tee-shirt, elle avait dû le toucher haut sur l'épaule. Il y avait tellement de sang, beaucoup trop, mais Jed était en vie.

— Tu es surtout un *emmerdeur*, s'éleva la voix de Fil derrière eux, froide comme l'acier, et Jed sursauta.

— Putain de *merde*.

Il mitrailla à nouveau Fil, cette fois plus par réflexe que parce qu'il pensait vraiment que ça allait aider, et il poussa Redford derrière lui, le protégeant de son corps et entourant ses hanches d'une main pour le garder près de lui, avant de jeter son arme. Il y avait un air de témérité calculée dans la façon dont il serrait les dents et dans le regard glacial qu'il lança à Fil.

— Très bien, alors. On va danser, connard.

Redford ne savait pas jusqu'à quel point Jed pouvait se battre en corps à corps dans ces conditions, mais il avait l'air déterminé à essayer. Lui et Fil entrèrent en collision, leurs poings volants, et il resta sur le côté à s'inquiéter. Fil frappa l'épaule blessée de Jed, l'envoyant s'écraser au sol sous la douleur, puis il reporta son attention sur Redford.

— Ne pense même pas à te débattre, louveteau, lui cracha-t-il.

Tous ses instincts, qui s'étaient tant développés avec le sang de Fil, hurlaient à Redford de se soumettre, mais il les ignora.

— Tu n'as eu que trois doses. Allonge-toi comme un bon chien et je vais te donner les deux dernières.

— Va te faire foutre, cracha Redford, la colère dans ses mots le surprenant lui-même.

Jed essayait lentement de se relever derrière Fil, mais il ne pourrait pas encore se battre. Il fallait qu'il fasse quelque chose qui ne soit pas juste frapper Fil parce que ça ne servait à rien. Il fallait…

Qu'il se transforme.

Comme en réponse à ses pensées, son rythme cardiaque s'accéléra et, une fraction de seconde plus tard, il ressentait la douleur terriblement familière. Elle traversa ses muscles et ses os, l'envoyant à genoux. Paniqué, il batailla avec les boutons de sa chemise, il ne voulait pas la déchirer. Avec maladresse, il parvint à l'enlever juste avant que les coutures des épaules ne craquent complètement. Il eut moins de chance avec son jean et ne réussit qu'à déboucler la ceinture avant que la douleur de la transformation ne lui ôte toute concentration. Il se métamorphosait alors que ce n'était pas la pleine lune, juste parce qu'il le voulait. Filtiarn ne lui avait vraiment pas menti à propos du pouvoir de son sang.

Celui-ci le fixait, la colère et l'horreur émergeant dans ses yeux.

— Tu n'as pas eu la dose complète, stupide louveteau, aboya-t-il, avançant vers lui. Tu apprécies la douleur ? C'est ce qui se passe lorsque le rituel n'est pas complet.

Redford ne l'écoutait pas. La transformation se déroulait beaucoup plus rapidement que jamais auparavant, il n'y eut qu'une demi-minute entre le moment où il était entièrement humain et le moment où il ressentit les dernières modifications dans son corps. D'habitude, son esprit était submergé par les instincts bien avant cette étape, mais cette fois il était toujours intact lorsqu'il se releva sur ses pattes, se dégageant du reste de ses vêtements et grognant dans la direction de Fil. Il bondit, plaquant Fil au sol et enfonça ses crocs dans son bras, son épaule, tout ce qu'il parvenait à atteindre. Un mouvement dans son champ de vision le fit se tourner rapidement pour faire face à la nouvelle menace, mais il arrêta son attaque lorsqu'il vit que c'était son amant.

Jed frappa, un couteau en argent couvert de sang brillant dans la faible lumière lorsqu'il l'enfonça dans la gorge de Fil. Celui-ci essaya d'attraper et de déloger l'arme, mais Jed l'enfonça encore plus profondément. Un frisson parcourut tout le corps de Fil, contractant ses membres, avant qu'il ne s'immobilise, ses yeux sans vie grand ouverts sous la surprise de ses derniers instants.

171

Ils le regardèrent tous les deux, espérant que cette fois il resterait au sol. Il ne fit aucun mouvement, pas même une légère contraction ; seul son sang continua de s'écouler, formant une flaque autour de son corps.

— Red. Chéri ? T'es un loup, commenta Jed, toujours agenouillé dans une position inconfortable à côté du corps de Fil.

Il tendit une main hésitante, levant les sourcils sous la surprise lorsque Redford pressa son museau contre sa paume.

— Tu ne vas pas devenir complètement dingue et attaquer ?

Redford secoua la tête pour dire *non*, espérant qu'il arriverait à reprendre forme humaine. Comme la dernière fois, y penser semblait suffire ; malheureusement, ce fut tout aussi douloureux et, lorsqu'il eut repris sa forme humaine, il était à peu près sûr qu'il avait l'air en aussi mauvais état que Jed.

— Tu n'es pas mort, répéta-t-il bêtement.

Il le regarda essayer d'arracher son couteau de la gorge de Fil, ses mouvements bizarrement maladroits sous l'effet de la douleur et de la perte de sang. Redford se secoua, s'approchant rapidement de Jed.

— Est-ce que tu peux te lever ? Je pense qu'il faut que tu ailles à l'hôpital.

Jed se contenta de lui sourire, lui prenant la main.

— Je ne sens plus mes jambes, dit-il calmement, avant de perdre conscience.

XIV

Jed

VRAIMENT, IL n'était pas idiot. Jed savait que pour la majorité des gens, il n'était pas vraiment un exemple de bonne santé mentale, mais de manière générale ses actions n'étaient pas dépourvues de sens. Elles étaient logiques, réfléchies. Lorsque l'on connaissait sa façon de penser, si l'on pouvait comprendre ce qu'il se passait dans son cerveau, alors il n'était ni suicidaire ni impulsif.

Tout ça, par contre, avait été plutôt très idiot. Il connaissait les règles liées à la perte de sang et à une balle qui déchirait un bon morceau de chair et de muscle. À moins que bouger ne soit la seule manière d'empêcher que cette plaie ne se trouve tout plein d'amis, il fallait rester immobile. Panser la plaie, soigner la blessure, parce que se démener comme un maniaque avec un trou qui traversait pour de vrai son épaule n'était pas la bonne manière de continuer à vivre. Mais lorsqu'il avait repris connaissance sur le sol, sale et hébété, avec une douleur si intense qu'il avait vomi plusieurs fois juste pour le fun, faire ce qui était le plus *intelligent* était la dernière chose qui lui était venue à l'esprit.

On avait enlevé Redford. Encore. Et cette fois, Jed imaginait qu'il n'allait pas vraiment y avoir de fête de bienvenue pour l'accueillir. Fil était furieux et Dieu seul savait ce que ça pourrait vouloir dire. S'il ne trouvait pas Redford immédiatement, il ne pouvait pas être sûr qu'il arriverait jamais à le retrouver.

Non, ça, c'était trop logique. Son processus de réflexion n'avait même pas été aussi complexe. Tout son être s'était réduit à une seule idée :

Trouver Red.

Le temps, entre ce premier coup de feu et la mise à mort finale, avec du sang sur ses doigts et son couteau enfoncé dans Fil jusqu'à la garde, avait passé en flashs brouillés. Il ne cessait de perdre conscience, se réveillant sur sa table, dans une ruelle, devant le bâtiment où Fil gardait sa meute. La douleur était devenue de pire en pire, atroce, constante et engourdissante, et

Jed avait de plus en plus de mal à rester debout, sans même parler d'avoir l'air menaçant.

Il avait eu la présence d'esprit d'emmener son sac d'urgence avec lui. Quelques explosifs, une énorme arme à feu, un couteau pour le travail au corps, et une seringue remplie d'adrénaline ; un sac entier de stupidité. Plus du tout concerné par la présence d'innocents, par qui que ce soit d'autre au monde, la seule chose qu'il savait, c'était que le mur était sur son chemin, qu'il était entre lui et Red.

Ce qui voulait dire qu'il fallait s'en débarrasser.

À un moment, il avait été appuyé contre une porte, la tête lui tournait, il s'étranglait sur son sang tandis qu'il essayait d'obliger ses pieds à bouger. Hébété, il n'était que vaguement conscient des bruits de pas, des gens qui couraient, des corps étalés au sol autour de lui comme du pop-corn jeté ici et là. Puis il l'entendit, une vraie musique à ses oreilles.

Le sifflet.

— Ça, c'est mon Redford.

Avec un léger sourire, Jed avait rassemblé ce qu'il lui restait de forces. Un feu brûlait quelque part. Quelqu'un essaya de se précipiter vers lui, d'attraper son arme, mais il tira deux fois, trébuchant sur le corps et parvenant lentement à se traîner dans le couloir.

Il n'était pas idiot. Pas la plupart du temps, en tout cas. Mais à cet instant, plongé dans son désespoir affolé de retrouver Redford, il n'en avait vraiment rien à faire que tout le monde brûle. Fil était une emmerde, rien d'autre qu'un obstacle de plus. Lorsqu'il tomba dans les pommes pour la dernière fois, il s'accrochait à Redford, et tout se fondit dans les ténèbres, puis plus rien.

Jusqu'à ce que ces foutus *bips* le réveillent.

Entrouvrant un œil, il prit une inspiration douloureuse, avec l'impression que sa bouche était remplie de coton. Il resta complètement immobile, essayant d'additionner deux et deux. Okay : des draps rêches, des « bips » incessants, une puanteur d'antiseptique ; il devait être à l'hôpital. Super, vraiment. Avec une grimace, il se tourna sur un côté, battant maladroitement de la main pour trouver son intraveineuse. Il y avait toujours une intraveineuse. Il allait l'arracher, trouver un pantalon, et rentrer chez lui.

— Jed ?

La voix le stoppa net tandis que le reste de ses souvenirs lui revenaient d'un seul coup. Le coup de feu. Redford. Fil. Le sang. L'explosion. *Redford.*

Avalant la salive amère qui lui emplissait la bouche, Jed obligea ses deux yeux à s'ouvrir et se tourna.

Redford était assis dans une chaise à côté du lit, droit comme un I, les mains serrées sur ses genoux. Il avait l'air d'être à peine capable de garder une contenance, comme si la façon dont il serrait les doigts était la seule chose qui l'empêchait de craquer. Il avait deux yeux au beurre noir et une coupure sur la joue. Jed fronça les sourcils et il tendit la main, malgré la lourdeur et l'engourdissement qu'il éprouvait dans ses membres, pour lui caresser le visage.

— Tu es blessé, réussit-il à dire d'une voix rauque, surpris lorsqu'un rire qui était aussi un sanglot échappa à Redford, avant qu'il ne lève une main pour entremêler ses doigts à ceux de Jed.

— La ferme.

Puis Redford l'embrassa, doucement, lentement, ses larmes coulant sur leurs lèvres. Sous le choc, Jed resta immobile un instant, sans répondre à son baiser. Après tout ça, après tout le sang, la douleur et l'incertitude, Redford était toujours là. Il voulait toujours être proche de lui, il voulait toujours de *lui* et c'était beaucoup plus énorme que ce qu'il avait été prêt à gérer.

Après une inspiration tremblante, Jed leva la tête pour voler un autre baiser à Red, léger comme un plume et terriblement tendre.

— Ne me dis pas de la fermer, gronda-t-il en mordillant la lèvre de Redford, avec un sourire fatigué et perdu. Crétin.

Redford s'accrochait à sa main comme si ça le tuerait de la lâcher et Jed n'avait pas vraiment envie de s'en plaindre. Il soupira doucement lorsque Redford lui caressa le front du bout des doigts, se concentrant sur cette sensation plutôt que sur la douleur sourde qui l'épuisait, ou sur le fait qu'il n'était pas sûr de bien savoir tout ce qui s'était passé. Des morceaux faisaient surface, rendus troubles par la morphine, mais Jed ne pouvait pas vraiment les identifier.

— Tu étais mort.

Redford le regardait, les yeux écarquillés, l'air grave. Il y avait encore des larmes en train de sécher sur ses joues et ses yeux gris étaient cerclés de rouge, montrant toute la douleur que Jed n'avait pas pu lui épargner. Redford hésita un instant, regardant autour d'eux, avant de pousser Jed, les dents serrées, déterminé. Il s'allongea à côté de lui dans le lit, l'entoura de ses bras, et enfouit son visage dans le creux de son cou.

Oui. Il avait été mort. Pendant tellement longtemps, il avait poursuivi toutes les excitations qu'il pouvait, la moindre connexion, juste pour se sentir *vivant*. Il avait été mort et enterré depuis une éternité avant que Redford ne débarque. Il ne l'avait simplement pas réalisé. Jusqu'à ce que tout le reste ne s'efface et que ce seul besoin, cette seule urgence, ne noie tout ce qui n'avait aucun intérêt.

— Qu'est-ce qui s'est passé? demanda-t-il à voix basse, décidant que ce n'était pas le moment de s'embarquer dans un moment émotionnel profond de recherche intérieure, pas quand tous ces calmants circulaient dans tout son corps. Avec Fil? Je me rappelle…

Il sourit légèrement et tendit la main pour effleurer la chaîne qui disparaissait sous la chemise de Redford.

— Le sifflet.

Redford secoua la tête.

— Le reste n'a plus d'importance maintenant, marmonna-t-il, posant sa tête sur la bonne épaule de Jed. Tu devrais dormir. Les docteurs ont dit que tu avais besoin de beaucoup de repos.

Les sourcils froncés, Jed laissa son esprit repartir en arrière, essayant d'assembler les pièces du puzzle.

— Est-ce que tu étais un loup? demanda-t-il au bout d'un moment, baissant les yeux vers Redford. Bordel, je crois que j'étais plus attaqué que ce que je pensais. J'aurais juré que tu t'étais changé en un énorme loup, juste parce que t'en avais envie.

Il y eut une pause et il se frotta le front de sa main libre, grimaçant lorsque le mouvement tira sur les points de suture.

— Dis-moi qu'on a tué le grand méchant, Red.

Celui-ci rit contre son épaule, et un sourire soulagé étira ses lèvres.

— Tu l'as tué, confirma-t-il. Et j'étais bien un loup, dit-il à voix plus basse.

Il jeta un regard rapide autour d'eux pour vérifier qu'il n'y avait ni médecins ni infirmières, avant de relever sa manche pour montrer trois piqûres dans le creux de son coude.

— Fil m'a injecté son sang. Il a dit que c'était son cadeau à sa meute.

Waouh. Okay, il venait juste de franchir un nouveau seuil de bizarrerie. Regardant d'un air vide la preuve supplémentaire de la folie de Fil, il laissa échapper un soupir en passant son pouce sur les piqûres.

176

— Eh bien dans ce cas, je suis deux fois plus ravi de l'avoir tué maintenant, marmonna-t-il en pressant son visage contre l'épaule de Redford, décidant que c'était un bon endroit où se cacher.

D'après l'expression de Redford, la mort de Fil était pour lui loin d'être aussi importante que d'autres choses, comme par exemple le fait que Jed était ici et non mort dans un couloir.

— Je suis juste heureux que tu sois en vie, dit-il doucement, en le fixant du regard. Je ne voulais pas imaginer ce qu'il se passerait si j'arrivais à me libérer, mais que tu n'étais pas... là.

— T'aurais survécu, répondit Jed en haussant une épaule, fermant les yeux pour mieux se laisser absorber dans la chaleur du corps de Redford.

Même s'il était le premier à avouer qu'il était lui aussi plutôt content de ne pas être en train de bouffer les pissenlits par la racine, il avait du mal à imaginer que le fait qu'il soit vivant ou pas puisse affecter Redford à ce point. Oui, bien sûr qu'il serait triste. C'était ce qui arrivait quand quelqu'un mourait. Les gens étaient tristes pendant un certain temps, puis ils passaient à autre chose. Il n'y avait pas de raison que ce soit différent pour lui.

Sauf qu'il se rappelait la sensation de se réveiller seul. De savoir, avec la plus grande certitude, que Redford avait disparu. S'il n'avait pas retrouvé Redford à temps, si Fil avait été encore plus salaud... La douleur ne s'appliquait pas à ce genre de pensée. La douleur était quelque chose de passager, de trop faible. Elle pouvait être supportée, elle pouvait s'estomper, on pouvait s'en occuper, l'accueillir à bras ouverts ou la transmettre. Si ça avait été Redford, par terre en train de se vider de son sang, Jed n'aurait pas simplement ressenti de la douleur. Il savait, il pouvait sentir les bords menaçants de l'abysse dans un coin de son esprit. Ce ne serait pas juste de la *douleur*. Il se décomposerait, il se ferait avaler entièrement dans l'intensité de la peine, obligé de respirer dans un monde où il n'existerait plus.

— Peut-être, mais pas heureux comme dans les contes, grommela Redford, se décalant pour ne pas lui faire mal.

Jed laissa échapper un rire, pressant son front contre la tempe de Red. Pendant un moment, il resta silencieux, les mots ne se formant qu'à moitié avant qu'il ne les ravale, effrayé à l'idée de les laisser sortir, devenir réels.

Mais finalement, il ouvrit les yeux pour se retrouver plongé dans des profondeurs de gris pâle et il posa la question.

— Tu veux une fin de conte avec moi ?

Un sourire commença à se former au coin des lèvres de Redford, et il essaya de l'arrêter, se hâtant de le prévenir :

177

— Je ne peux pas te promettre un : « ils vécurent heureux » et je suis un peu un connard. Je ne fais pas le ménage, je laisse mes armes partout, je ne me rappelle pas la dernière fois où je suis resté sobre une semaine entière. Oh, et puis je nourris mon chat mieux que je ne me nourris moi-même. Sérieusement, je fais souvent pousser de la moisissure qui ferait paraître une décharge plus saine et je ne sais pas me comporter autrement que comme une pute, je te jure Red, j'ai de sérieux problèmes, et…

Il fut interrompu par un baiser intense et féroce, tandis que Redford l'enlaçait, le tirant plus près.

— Oui, lui chuchota-t-il, souriant contre sa bouche, un grand sourire, enfouissant un rire à l'endroit où leurs lèvres s'unissaient. Oui, oui, je t'en prie, *oui*. C'est ça que je veux. C'est toi que je veux.

Il y avait une différence, que Jed apprenait à reconnaître, entre être *satisfait* et être *heureux*. Avant, il se serait décrit comme heureux. Il avait un boulot qui n'était pas complètement nul. Il fixait ses propres heures, faisait son truc, personne ne l'emmerdait. Il avait un appartement avec de la bière au frais, il pouvait passer des nuits entières à regarder des films policiers et du porno, et parler à son chat quand il s'ennuyait. Qu'est-ce qu'il pouvait demander de plus ? Mais ensuite, il y avait eu Redford, et il avait réalisé que tout ça signifiait simplement qu'il ne détestait pas sa vie, la plupart du temps. Elle ne le rendait pas heureux. Elle n'était pas ce dont il avait *vraiment* besoin.

Ça, c'était ce dont il avait besoin.

— Dans ce cas, d'accord, murmura-t-il, réalisant qu'il souriait lui aussi ; il avait sans doute l'air niais. Tu sais ce que ça veut dire, pas vrai ?

Redford secoua lentement la tête, une ridule se creusant entre ses sourcils tandis qu'il réfléchissait. Jed se contenta de rire, un rire bas qui résonna dans sa poitrine, et de s'avancer pour lui embrasser le front.

— On va devoir acheter une deuxième serviette.

Redford laissa échapper un rire surpris et haussa une épaule.

— Une seule, ça avait l'air de suffire.

— Eh bien, si ce n'est pas trop mignon ça, lâcha une voix moqueuse depuis le pas de la porte.

Jed dut faire un effort conscient pour se souvenir qu'il n'avait pas d'arme sous cet oreiller. Dommage.

— Sérieusement, vous devriez vous acheter des tee-shirts assortis, ce genre de truc.

Avec un soupir agacé, Jed se laissa retomber dans le lit, foudroyant l'intrus du regard.

— David. Serais-tu une sorte de harceleur, princesse ? Parce que je te l'ai déjà dit et ça ne changera pas : t'es pas mon type.

— Hilarant, Walker, rétorqua sèchement David en posant un vase sur la table de chevet, avant de s'installer sur la chaise abandonnée par Redford. Tu es, comme toujours, à des sommets de répartie.

— C'est quoi, *ça*? demanda Redford, les yeux fixés sur le vase, l'air perplexe.

Contrairement à la dernière fois où David les avait interrompus, il avait l'air tout à fait disposé à rester où il se trouvait au lieu de plonger se cacher sous les draps. Jed passa une main sous sa chemise, la posant en bas de son dos contre la chaleur réconfortante de sa peau. Puis il lâcha un éclat de rire en examinant paresseusement le cadeau de David, un sourcil levé.

Fièrement arrangés dans un vase en verre se trouvaient des emballages aux couleurs criardes, arrangés comme des fleurs.

— J'espère que tu as pris les extra large, dit Jed avec un petit sourire, tendant la main pour donner une chiquenaude à l'un des préservatifs, faisant bouger le bouquet tout entier comme s'il les saluait. Ou ceux qui sont striés, ils sont plutôt sympas.

— Ceux qui brillent dans le noir, lui répondit David avec un sourire en coin. Pour t'aider à trouver ton sexe.

Redford les surprit tous en éclatant de rire, plaquant une main sur sa bouche, choqué par le bruit presque fort qu'il venait d'émettre.

— Pardon, s'excusa-t-il, les yeux illuminés par l'amusement en échangeant un regard avec Jed. C'est juste que... tu n'as pas vraiment besoin d'aide.

Ébloui de voir Redford aussi libéré, de voir à quel point il était superbe quand il riait, Jed se retrouva de nouveau avec ce stupide sourire sur son visage.

— T'es incroyable, Red, murmura-t-il en attirant Redford dans un long baiser, ignorant le soudaine douleur dans son épaule pour mieux le prendre dans ses bras.

Il ignora complètement David qui se raclait la gorge, se demandant s'il pouvait convaincre Redford d'utiliser ce bouquet, à condition qu'ils inclinent le lit et qu'il reste en dessous.

Apparemment, ses pensées étaient plus évidentes qu'il ne l'avait pensé. Redford renifla, fronçant les sourcils.

— Non, dit-il. Le docteur a dit que tu ne devais pas faire d'efforts physiques. Je sais à quoi tu penses ; je peux le sentir sur toi.

La bouche grande ouverte, il envoya un regard boudeur à Redford. Ça, ce n'était vraiment pas juste.

— Je n'ai pas d'odeur, grommela-t-il, se tournant sur le dos avec un soupir.

Stupides loups.

— Si je vous gêne, je peux toujours aller trouver un infirmier pour me distraire pendant un moment, offrit David avec un sourire moqueur.

Mais il y avait quelque chose de dissimulé derrière se sourire, une question ou une pointe de jalousie. Jed comprenait. Bon sang, lui-même ne savait toujours pas ce qu'était ce truc. La tempête Redford avait transformé sa vie en quelque chose de différent, quelque chose de *vrai*. Il pouvait comprendre que ça abasourdisse les gens. Il se recroquevilla contre Redford, haussant un sourcil pour David.

— Même si j'apprécie beaucoup ta tentative de fabrication de bouquet, je doute que tu sois simplement venu pour me l'offrir. Crache le morceau, pour que je puisse convaincre cette mère poule que la seule chose dont j'ai besoin pour guérir plus vite, c'est une bonne baise bien longue.

Avec un rire, David leva les yeux au ciel avant de s'installer plus confortablement.

— Ah, oui, le sperme guérisseur. Un remède homéopathique bien connu.

— Exactement.

— Vraiment ? demanda Redford, l'air surpris, avant de prendre un air soupçonneux, puis embarrassé. Non, bien sûr que non, marmonna-t-il pour lui-même. Désolé.

Jed sourit, lui embrassant la mâchoire.

— Si seulement. Je ne sortirais jamais du lit.

— Je voulais juste m'assurer que tu n'étais pas mort, finit par expliquer David en haussant les épaules, fixant le plafond, les sourcils légèrement froncés.

Il semblait lui-même surpris de son attention.

— Je suis arrivé à ton appartement, j'ai vu le sang, et j'ai imaginé que ta stupidité avait fini par causer ta perte. Lorsque j'ai fini par comprendre tes cartes – et tant que j'y suis, elles sont encore plus confuses qu'un fantasme de schizophrène – je suis arrivé juste à temps pour trouver M. Reed en train de tirer ta carcasse inconsciente hors des restes du bâtiment.

180

Il sourit légèrement, l'air moqueur.

— J'aurais sans doute mieux fait de faire des tours en voiture et de guetter les explosions, mais bon.

Étrange. Jed travaillait depuis des années avec David. Ils s'étaient battus, ils avaient flirté et s'étaient engueulés puis réconciliés plus de fois qu'il ne pouvait compter. Dans la très courte liste des contacts à qui il faisait confiance, ceux qu'il ne soupçonnait pas en permanence de vouloir le poignarder dans le dos, David était presque au sommet, mais ils n'avaient jamais interagi en dehors du travail, pas une seule fois. Et il ne s'était certainement jamais pointé devant le lit de Jed à l'hôpital, avec des fleurs en préservatifs ou l'air inquiet. C'était... plutôt sympa. Bizarre, oui, mais surtout sympa.

— Je suis bien en vie, confirma-t-il avec un petit sourire pour David, passant les doigts sans même y penser dans les cheveux de Redford. Et mon système cartographique est parfait. Ce n'est pas parce que tu n'arrives pas à comprendre la magie de mon cerveau qu'il faut que tu détestes le système.

— *Moi*, j'ai compris les cartes, intervint Redford. C'est sans doute la seule raison pour laquelle je suis encore en vie.

— Tu vois ! triompha Jed en poussant David du pied. On est des génies, tous les deux. Je t'en prie, reste là à te noyer dans ta jalousie.

— Vous êtes tous les deux fous, déclara David avant de se lever et de lisser des plis invisibles sur son costume. Et maintenant que j'ai confirmé cet état de fait, je vous laisse. Le travail, tout ça.

Il hésita, les regardant tous les deux, et sembla vouloir dire quelque chose deux fois, avant de soupirer et de secouer la tête.

— Appelle-moi pour la facture, dit-il en remettant sa veste. Et essaie de ne pas te faire éjecter pour exhibitionnisme.

— David, l'arrêta Jed, tripotant le bord de la couverture et le considérant du regard.

Le jouet n'était pas là. Il n'allait rien demander sur le sujet, mais il notait.

— Avant que tu me fasses la facture, je voudrais vérifier certains trucs. Ce mec, un des hommes de Fil. Celui dont je t'ai envoyé le croquis.

— Edward Grasio ? demanda David.

Jed hocha la tête, et il haussa les épaules, s'appuyant contre la porte.

— Le bâtiment était grillé, Walker. Ton mec se frayait un chemin dans les décombres. Si Grasio était là-dedans, j'imagine qu'ils sont en train de trouver des morceaux de lui à des kilomètres à la ronde. De toute manière, il y avait plus de macchabées qu'à un concert de Bieber. Tu l'as peut-être eu.

Jed fronça les sourcils et soupira, essayant de se souvenir. Il aurait aimé penser qu'il avait descendu M. Moustache de Guidon, mais il aurait sans doute pu croiser sa mère là-dedans et il ne s'en souviendrait même pas.

— J'ai tiré sur ce bâtard, marmonna-t-il en se frottant le front d'une main. Fil. Je lui ai vidé un putain de chargeur dessus, et c'est à peine s'il a cligné des yeux.

David émit un petit rire sardonique.

— Bon sang, Jed, est-ce que ça t'arrive d'écouter? Tu ne peux pas simplement *tirer* sur ce genre de bêtes. Bon sang, je pensais que tu avais saisi le message de Raton, vu que Fil est mort et pas toi, mais apparemment tu es simplement le crétin le plus chanceux de tout l'univers. Qu'est-ce que tu foutais à te balader avec un couteau en argent?

Jed cligna des yeux, surpris.

— Quoi? Je te l'avais piqué, à Reno. C'était dans mon stock d'urgence. Je l'ai juste utilisé parce que mes balles, pouvant creuser des cratères, semblaient à peine le chatouiller. Tu veux dire quoi, que le Grand Méchant Moche avait un genre d'allergie?

— Il y avait de ton sang sur le couteau en argent, Jed, intervint Redford. C'est ça qui l'a tué.

— Bien évidemment que c'est ça, confirma David en se redressant et en secouant les manches de sa veste. Le sang du sacrifice sur une lame d'argent. C'est la seule chose qui fonctionne vraiment sur des garous du calibre de Fil.

Il leur lança un regard en coin et émit un rire amusé.

— Va t'acheter un ticket de loto, Walker.

Puis il partit, silencieux et gracieux. Jed fixa un long moment l'endroit où il s'était trouvé, puis laissa échapper un souffle avant de se laisser aller contre son oreiller. Bordel de merde.

— Bon, dit-il en se tournant vers Redford. Et maintenant?

— Maintenant, tu te concentres sur ton rétablissement, lui répondit-il en l'embrassant sur la mâchoire. Et oublie le sexe à l'hôpital. Ça n'arrivera pas.

Il frotta son nez contre le cou de Jed en souriant.

— Même si tu sens bon quand tu y penses.

Ah, c'est vrai, l'histoire de loup. Multiplié par à peu près mille maintenant, grâce à un certain connard. Jed devrait se rappeler d'aller brûler le reste du bâtiment à l'occasion. Il se sentirait peut-être mieux.

Il n'était pas vraiment sûr de ce que représentait ce nouveau Redford amélioré. Ça ne changeait pas vraiment grand-chose, en fait. Quand son... quoi qu'il puisse appeler Redford, était un putain de loup-garou, les degrés d'intensité ne semblaient pas vraiment importants. Il ne réalisait pas vraiment encore et ça lui prendrait sans doute un certain temps. Toute sa vision du monde était plus ou moins basée sur le fait qu'il n'existait rien d'autre que ce qu'il connaissait. Maintenant, il se demandait même si la petite souris existait.

Ce qu'il savait, en revanche, c'était qu'il appartenait aux bras de Redford. Vraiment, loups-garous ou pas, c'était plus important que des considérations philosophiques sur ce qu'était la réalité. Il réfléchirait à ce que tout cela voulait dire plus tard. Voire jamais. Tant qu'il pouvait le faire avec Redford à ses côtés, et même si ça sonnait absolument cliché, ça irait.

— Imagine à quel point je sentirai bon quand je serai en train de le *faire*, dit-il sur un ton obscène, plein d'espoir, en haussant les sourcils.

Redford se contenta de rire en secouant la tête et de lui passer une main dans les cheveux.

— Je vais imaginer, oui, répondit-il, pince-sans-rire, et Jed aurait juré qu'il y avait un éclat malicieux dans son regard.

Il s'amusait bien, le salaud.

— Pendant quatre à six semaines, le temps que tu devrais mettre à te rétablir.

Oh, qu'elles aillent se faire voir, les quatre à six semaines. Jed serait sur pied d'ici *une* semaine, même s'il devait en mourir. Il poussa un soupir bruyant pour manifester son mécontentement avant de se rapprocher de Redford, posant sa tête sur son épaule. D'accord, il voulait bien admettre qu'il était un peu fatigué. Une petite sieste ne ferait pas de mal, mais, quand il se réveillerait, ils allaient reparler de tout ça.

Dans les jours qui suivirent, il fit effectivement beaucoup de siestes. Il passa aussi pas mal de temps à zapper de chaîne en chaîne et à se plaindre auprès des infirmiers qu'ils ne lui amenaient que de la nourriture immangeable. Sérieusement, la gelée, ce n'était *pas* de la nourriture. C'était une erreur de la nature. Ça *tremblotait*. La vraie bouffe ne lui tremblotait pas au nez. En plus, tout le monde lui interdisait de fumer, ce qui allait contre la constitution, et il aurait tué pour boire un verre. En fait, il aurait sans doute tué juste pour ne plus se faire chier. Il ne pouvait pas se rappeler d'un moment où il s'était autant ennuyé.

Mais Redford ne le laissa pas. Même lorsque, au bout de trois jours, Jed essaya de mettre en place une évasion de prison et dut être retenu de force par un immense infirmier appelé Sheldon. Red avait juste soupiré et avait suivi son avancée faiblarde, en s'inquiétant, portant sa robe de chambre. Toutes les nuits, il s'endormait à côté de lui, lui tenant la main, et Jed essayait de nier à quel point il comptait sur sa présence. Il ne faisait plus de cauchemars. Lorsqu'ils faisaient ne serait-ce que commencer, il se collait plus près de la présence chaude à ses côtés, et ça suffisait à les chasser.

Enfin, il finit par réussir à convaincre ces fascistes de médecins que le fait qu'il était faible et montrait les premiers signes d'une infection ne suffisait pas à le retenir. Du moins, il aimait à croire que c'était l'œuvre de son fabuleux talent de négociateur. C'était sans doute plutôt dû au fait que son assurance santé était aussi fausse que sa carte d'identité et que les antibiotiques dont ils le bourraient coûtaient cher. En tout cas, il se sentait mieux le cinquième jour, assez bien pour pouvoir marcher tout seul et aller pisser sans se casser la figure. Un jour à marquer d'une pierre blanche dans l'univers Walker. Ils le déclarèrent valide et prêt à sortir lorsque sa température resta stable pendant vingt-quatre heures et, enfin, il fut libéré.

— Je veux un hamburger, dit-il à Redford tandis qu'ils montaient dans un taxi, en lui tenant la main fermement ; pour garder son équilibre, bien sûr. Et des frites. Et un milk-shake. Je veux un repas typique des années cinquante et je veux qu'il soit frit.

— C'est vrai que c'est tentant, admit Redford avec un petit sourire, posant leurs mains enlacées sur son genou.

L'espace d'un instant, Jed anticipa un bon hamburger juteux, un paradis de frites croustillantes et salées, tout en se demandant s'il arriverait à convaincre Redford de lui laisser prendre aussi du bacon. Jusqu'à ce que ce dernier ajoute sur un ton anodin, en regardant le paysage défiler par la fenêtre :

— Tu pourras avoir de la soupe.

Salaud.

La soupe était verte. Du brocoli, ou un truc du genre, pleine de légumes et sans la moindre trace de bacon. Malheureusement, Redford le fixa de ses yeux de chien battu, et Jed n'eut pas d'autre choix que de soupirer et manger sa soupe, comme un bon petit soldat. Knievel était endormie sur ses genoux. Elle l'avait virtuellement attaqué à la seconde où il était entré, miaulant d'un air piteux et passant entre leurs jambes. Les brèves visites que Redford avait faites à l'appartement, qui avaient été déclenchées lorsque les infirmiers le mettaient dehors pour qu'il aille se doucher et dormir, n'avaient apparemment pas suffi à Son Altesse.

L'appartement était monstrueusement propre. Apparemment, Redford avait évacué son stress sur la crasse dans la douche et les saletés des fenêtres. D'ailleurs…

— Sympa, la réparation, dit Jed avec un sourire moqueur.

La vitre cassée avait été recouverte d'une vieille boîte à pizza scotchée, pour protéger l'intérieur du vent et de la pluie.

— Je pense qu'on devrait la laisser comme ça. En souvenir.

Redford rougit, balbutiant qu'il ne savait pas qui appeler, qu'il y avait eu trop de vitriers dans les pages jaunes, mais il s'interrompit et lança un regard incrédule à Jed à ses derniers mots.

— Pourquoi est-ce que tu veux…

— Parce que tu as réussi à sortir, l'interrompit Jed en pressant un doigt sur ses lèvres, le regardant sérieusement. Parce que tu es incroyablement fort, mon ange.

Il fit une pause puis sourit, machiavélique, laissant son doigt descendre le long de sa gorge.

— Parce que ça me fait un effet dingue de t'imaginer en train de courir avec une arme, l'air d'un gros dur. J'aime bien cette image.

Red rougit à nouveau, mais il y avait une chaleur différente dans son regard lorsqu'il se rapprocha un peu.

— Ah oui? murmura-t-il, baissant la tête pour attraper le bout du doigt de Jed entre ses dents.

Jed ne put retenir le gémissement bas déclenché par la sensation de morsure, se rapprochant lui aussi, jusqu'à atterrir presque sur ses genoux.

— Oh, oui, lui assura-t-il d'une voix plus basse.

— Je n'étais pas vraiment un gros dur, confessa Redford. J'ai essayé de cacher l'arme comme toi, sauf qu'elle est tombée dans mon pantalon. Et pendant que je fuyais, je… J'ai atterri dans le quartier chaud et un homme m'a dit que j'avais l'air d'avoir besoin d'une fessée, dit-il en dissimulant un sourire gêné dans la paume de Jed. Je pense que je vais te laisser assurer l'action, à l'avenir.

Jed renversa la tête en arrière et se mit à rire, les joues douloureuses tellement il souriait largement. Mais comment est-ce qu'il avait réussi à trouver quelqu'un comme Redford? Seigneur, son *innocence* était incroyable. Il y avait quelque chose d'étranger dans son regard, de quasiment primitif ; on pouvait voir qu'il avait beaucoup souffert et connu des heures sombres. Mais tout cela était mêlé à un émerveillement d'enfant pour des choses qui laissaient Jed de marbre. Ce poids que Jed portait sur les épaules, et que selon lui *tout le monde* portait sur les épaules, avait l'air tellement plus léger quand Redford était là.

— Tu manques juste d'entraînement, se moqua-t-il en passant ses lèvres le long de sa mâchoire, jusqu'à trouver le creux où elle rejoignait son cou. On se programmera des sorties de gros durs. Des camps d'entraînement.

Il eut un autre rire, plus grave, et se cala sous l'oreille de Redford pour tracer des cercles sur sa peau avec sa langue.

— Tu es parfait, chuchota-t-il entre les baisers qu'il déposait sur le cou de Redford. Tout simplement parfait. Je ne veux plus jamais te perdre.

Redford inspira brutalement lorsque Jed trouve un endroit particulièrement sensible – il faudrait qu'il s'en souvienne – et essaya de le foudroyer du regard. Ça ne marcha pas vraiment, étant donné que même son air le plus menaçant était tempéré par l'innocence émerveillée qui était toujours présente en lui.

— Ça ne fait pas encore quatre à six semaines. Tu ne dois pas… faire d'efforts physiques.

Malgré ses mots, il eut tout à fait l'air disposé à se pencher pour embrasser Jed, faisant attention à ne pas toucher son épaule.

— Ce ne sont pas des efforts, marmonna Jed, ses yeux se fermant sous leur baiser, levant une main pour la perdre dans ces cheveux en bataille. On va y aller doucement. Ce sera presque de la rééducation.

Oui, il disait n'importe quoi. Il avait du mal à rester concentré lorsque Redford l'embrassait comme ça, lorsque leurs langues s'emmêlaient et que leurs lèvres se pressaient, chaudes et humides. Leurs mains s'égarèrent, repoussant leurs vêtements pour trouver des pans de peau à caresser, pour tracer des chemins que leurs langues pouvaient suivre. Sans s'en rendre compte, sous la direction de Redford, ils se frayèrent un chemin jusqu'au lit. C'était une danse, un gracieux ballet de besoin, et Jed se retrouva allongé sur les oreillers, Redford appuyé au-dessus de lui.

— Laisse-moi faire, lui chuchota Redford lorsqu'il essaya de bouger, défaisant les boutons de sa chemise avec des doigts tremblants. Je veux te toucher.

Surpris, Jed se rallongea, regardant avec de grands yeux Redford qui s'installait entre ses jambes, le déshabillant lentement. Chacun de ses mouvements étaient doux, le bout de ses doigts caressant sa peau, ses lèvres explorant chaque courbe et chaque creux de son corps. Ce n'était pas juste du sexe. L'urgence du besoin était absente. Redford faisait ça pour son propre plaisir. Pendant un moment, pendant cet instant d'éternité, Jed était adoré, vénéré.

Redford plaça le baiser le plus léger sur le bandage qui recouvrait son épaule, avec l'air de s'excuser, avant de s'écarter pour enlever sa propre chemise. Il était décidé à ce que Jed ne fasse pas un mouvement, afin qu'il ne se fasse pas mal, donc celui-ci se dit qu'il ferait aussi bien de rester allongé et d'apprécier le spectacle, soulevant juste les hanches pour laisser Redford lui enlever son pantalon. Enfin, ils furent nus, mais Red ne passa pas tout de suite aux endroits où Jed voulait vraiment qu'il aille. Il recommença sa lente adoration, traçant un chemin de baisers le long de ses bras, de son torse, de ses hanches et de ses jambes.

— Je voudrais... commença Redford, posant sa joue sur la hanche de Jed.

Redford devait bien savoir que Jed était à deux doigts de le supplier de le toucher, non ? Il allait peut-être vraiment mourir de frustration. Même si Redford était bien plus confiant, à des années-lumière de la créature presque silencieuse qu'il avait rencontré au tout début, hantant sa maison délabrée, il était encore hésitant lorsqu'il appuya ses lèvres à la base du sexe de Jed.

— Je veux... tu sais. Euh... t'avoir en moi.

Lorsqu'il eut enfin rassemblé le courage d'exprimer à voix haute ce qu'il voulait, Jed était quasiment fou de désir. Il n'était jamais allé *lentement* et *doucement* avant, et il découvrait que l'anticipation était encore meilleure que ce qu'il aurait pu imaginer. Tout était si incroyablement *réel* avec Redford, si intense, tendre et plein de désir, qu'il avait un mal fou à se concentrer sur autre chose. Il leva les yeux, hébété, et laissa échapper un rire silencieux qui se transforma en un grognement dans sa gorge.

— Ah oui ? murmura-t-il avec un sourire lent. Je dois t'avouer quelque chose, joli cœur... C'est juste que, la majorité des mecs avec qui j'ai couché, ils n'étaient pas passifs. Jamais.

Waouh, il n'y avait jamais vraiment pensé avant. Il lui fallut une minute pour faire mentalement la liste de ses expériences sexuelles – et vraiment, il ne donnerait jamais de chiffre à Redford sur le sujet –, mais sa conclusion resta la même.

— Tu serais ma première fois, chuchota-t-il, abasourdi.

Malgré tout ce qu'il avait fait, tous les types pour qui il s'était mis à genoux, qui aurait cru qu'il lui restait quelque chose à donner. Une soudaine sensation de gêne lui fit monter le rouge aux joues, même si ça aurait dû être impossible, et il bougea un peu, fronçant les sourcils dans un réflexe de défense. Bon sang, il se comportait comme un imbécile. Ce n'était pas comme s'il était *puceau* ou ce genre de chose. Juste parce qu'il n'avait, techniquement, jamais été au-dessus ne voulait pas dire qu'il ne savait pas, dans les moindres détails exquis, comment ça se passait.

— Toi aussi, tu seras ma première fois, répondit Redford avec un sourire timide.

Il n'y avait vraiment que Redford pour avoir l'air timide alors que ses lèvres étaient si près du sexe de Jed.

Redford remonta pour s'installer sur les hanches de Jed, se baissant pour l'embrasser, un baiser affamé, mordant, qui fit gronder Jed. Comme la dernière fois qu'ils s'étaient trouvé là, entrelacés, Redford tendit la main vers la table de chevet, attrapant le lubrifiant pour le presser dans la main de Jed.

— J'ai envie de toi, souffla-t-il contre les lèvres de Jed, parsemant ses pommettes et sa mâchoire de baisers. J'ai envie de ça.

Pour être vraiment honnête, Jed ne se rappelait pas vraiment de sa première fois. Elle avait été rapide et sale, dans un placard sur une base, quelque part. Il se rappelait que ça avait fait mal, qu'il avait étouffé ses cris contre son avant-bras, mais pour lui la douleur avait fait partie de l'attrait. Il voulait quelque chose de mieux pour Redford. Il méritait que ce soit vraiment bon.

Il appliqua le lubrifiant – à la cerise, juste pour le plaisir – sur ses doigts et arqua son cou pour capturer les lèvres de Redford dans un autre baiser. Il tourna lentement autour du trou de Redford avec un doigt, le caressant doucement.

— Détends-toi, lui enjoignit-il.

Il glissa son autre main le long de son torse pour empoigner son sexe, passant son pouce sur la fente. Il enfonça à peine son doigt en lui, et regarda son visage.

— Ça va? chuchota-t-il.

Même au milieu de toutes ces sensations, Redford eut la présence d'esprit d'arracher la main de Jed à son sexe avec un regard sévère. Oh, bien sûr, c'était le bras rattaché à son épaule blessée. Étrange, comme l'excitation pouvait lui faire complètement oublier la douleur. Jed vit la surprise sur le visage de Redford se transformer en un besoin intense lorsqu'il plongea son doigt une fraction plus profondément.

— Ça va très bien, soupira-t-il en réponse à sa question.

Il appuya ses mains sur le torse de Jed et sa respiration s'accéléra tandis que Jed enfonçait lentement, très lentement, son doigt jusqu'à ce qu'il soit enfoncé jusqu'au bout. Il s'arrêta, regardant attentivement Redford pour s'assurer que tout allait bien – il fut vite évident qu'il n'avait pas besoin de s'inquiéter lorsque Redford se pressa contre sa main. Il y avait toujours de la surprise sur son visage, de la surprise que ce soit si bon quand il n'avait sans doute jamais pensé à ce genre de chose avant de rencontrer Jed.

Et *seigneur*, qu'est-ce qu'il était *bon*. Jed dut s'obliger à continuer à bouger lentement, malgré l'enthousiasme avec lequel Red bougeait contre lui, et le désir qui assombrissait ses yeux. Doucement, il bougea son doigt, le tournant en le sortant avant de le rentrer à nouveau, encore et encore, tout en le regardant avec émerveillement. Redford chevauchait sa main, les mains à plat sur son torse, se mordant les lèvres sous le coup du plaisir. Il était sublime, libéré et sexy, mais tellement pur.

Redford se pencha, les cheveux dans les yeux, et embrassa Jed assez fort pour lui enfoncer la tête dans l'oreiller. Élans de douleur ou pas, Jed posa à nouveau sa main sur le sexe de Redford, grondant lorsque Redford essaya de la chasser.

— C'est bon, insista-t-il dans un murmure, occupé à sucer la lèvre inférieure de Redford. Tout dans le poignet, mon ange.

Il ajouta un deuxième doigt, allant et venant plus rapidement, et utilisa la surprise de Redford comme couverture pour enfin mettre la main sur cette superbe verge. S'il tordait ses doigts comme ça lorsque Redford roulait ses hanches en arrière, il trouverait le bon endroit, pressant contre sa prostate. Il ne pensait plus à la douleur, aux courbatures ou aux pincements dans son épaule; le regarder dans cet état valait largement tout ça. En fait, s'il pouvait rester comme ça toute la journée, il en serait heureux. Redford semblait avoir oublié son idée de reposer le bras de Jed, trop surpris par la sensation de plaisir lorsqu'il toucha sa prostate pour la première fois.

Il eut tout de même la présence d'esprit de demander, haletant :

— Pourquoi est-ce que ça sent la cerise ?

— Pour célébrer la fin de ton pucelage ? proposa Jed avec un sourire ; il fallait qu'il le dise.

Il le pénétra d'un troisième doigt, gémissant d'anticipation, embrassant avec impatience le torse de Redford. Il était souple et élancé au-dessus de lui, son corps tendu en une courbe d'anticipation et de désir intense. Chaque mouvement semblait le perdre davantage, tirant de sa bouche si parfaite des gémissements et des soupirs. Jed le regardait. Il ne semblait pas être capable de faire autre chose que regarder, que garder ses yeux rivés sur le beau visage de Redford.

— Ça va toujours ? demanda-t-il dans un halètement.

Il traça un chemin avec ses lèvres le long de l'épaule de Redford, embrassa son pouls, ravi de le sentir battre si vite.

— Dis-moi ce que ça te fait, joli cœur.

La réponse qu'il obtint de Redford fut un regard, qui lui disait clairement : *si tu t'arrêtes, je vais devenir dingue*. Il attrapa à nouveau le tube de lubrifiant et le pressa contre le torse de Jed, profitant du moment pour se baisser et l'embrasser.

— Ça va, confirma-t-il en lui mordillant la lèvre. Vraiment bien.

Il posa son front contre celui de Jed, prenant quelques secondes pour atterrir un peu.

— J'ai envie de toi, ajouta-t-il.

N'ayant jamais fait ce genre de chose, Redford était de toute évidence un peu perdu quant à ce qu'il devait faire, mais il resserra sa main sur le sexe de Jed, le regardant de ses yeux assombris.

— Est-ce que je… tu sais… maintenant ?

Un sourire, complètement hors de son contrôle, s'étira lentement sur le visage de Jed. Il se redressa sur ses coudes et frotta son nez contre celui de Redford. Pendant ce court instant, ils *étaient*, tout simplement. Partageant le même air, perdus dans le regard de l'autre, ils n'existaient que dans le sourire de l'autre, dans la courbe de leurs lèvres ou la tendresse avec laquelle Redford l'embrassa.

— Oui, chuchota Jed. Maintenant.

Il se lubrifia la main avant de l'envelopper autour de son propre sexe et de guider Redford pour qu'il se penche en arrière.

— Détends-toi, ordonna-t-il une nouvelle fois, appuyant son front contre celui de Redford. Respire. Je suis juste là, mon ange, d'accord ?

Redford hocha la tête contre son front et se pencha davantage en arrière, se redressant, ses mains à nouveau plaquées contre son torse. Malgré un froncement de sourcil devant le fait qu'il ne pourrait pas embrasser Jed aussi facilement dans cette position, il émit un soupir tremblant d'anticipation avant de relever les genoux. Il jeta un bref regard à Jed pour vérifier qu'il faisait ce qu'il fallait, puis se mordit la lèvre, concentré, et commença lentement à s'empaler sur le sexe de Jed.

Avec un sifflement, Jed rabattit sa tête en arrière, les yeux fermés sous l'assaut de sensations. Redford était incroyablement serré, chaud et parfait, et il lui fallut tout sa maîtrise de soi pour ne pas pousser plus fort ses hanches dans cette délicieuse sensation de friction. Il se mordit les lèvres pour se retenir. Il était presque sûr de pouvoir jouir simplement lorsque Redford s'abaissait sur son sexe de cette façon, mais il voulait que ce soit bon pour Redford aussi, donc il se remémora des scores de base-ball et les joueuses de l'équipe de basket féminine, essayant de se contrôler. Même si Redford semblait complètement décidé à faire exploser cette maîtrise, sans même essayer.

Il s'arrêta, haletant, avec seulement le gland du sexe de Jed en lui. Et même si ce dernier ne voulait rien de mieux que de commencer à baiser maintenant, il s'obligea à rester immobile, passant sa main sur la cuisse tremblante de Redford. S'il voulait que ce soit bon pour lui aussi, il devait le laisser aller à son propre rythme.

Avec une lenteur terrible, Redford s'abaissa, centimètre par centimètre, avec des soupirs à moitié ravalés, jusqu'à ce qu'il soit enfin assis complètement sur Jed, la tête renversée en arrière sous le plaisir. Jed venait de recommencer à réciter les gagnants du Super Bowl des dix dernières années lorsque Redford commença à bouger, de légers mouvements de reins d'avant en arrière, regardant Jed comme s'il venait de découvrir le paradis sur terre. Et, effectivement, Jed n'allait pas le contredire.

— Bordel, Red, dit-il d'une voix tremblante et tendue, essayant de retenir un grognement. T'es tellement bon.

Ses mains ne restaient pas en place, caressant toute la peau qu'elles pouvaient atteindre, et il se mit à bouger lui aussi. Ils basculaient en rythme, doucement d'abord, des mouvements légers qui obligeaient Jed à enfouir ses gémissements dans les lèvres de Redford. Mais cette lenteur ne dura pas. Redford prit confiance en lui, leurs baisers devinrent affamés, sauvages, et il commença à le chevaucher comme s'ils n'existaient tous les deux que pour ce plaisir.

Ils s'emmêlaient dans cette danse frénétique, dans un rythme parfait. L'instinct les dominait ; Redford n'était plus du tout hésitant. Il était un Dieu, baigné dans le plaisir, vénéré. Jed ne pouvait que le suivre, ne voulait que le suivre, le contempler tandis qu'il s'envolait plus haut, plus loin. Il arquait ses mains contre les épaules de Jed ; chaque coup de hanche lui

191

envoyait un frisson de douleur le long de la colonne, mais il ne protestait pas ; en fait, il le remarquait à peine, tellement il était plongé dans toutes ces sensations.

C'était quelque chose de nouveau, de fragile et de rare. Malgré toute son expérience sexuelle, ce qu'ils faisaient là, c'était terriblement nouveau. Redford ne prenait pas vraiment, c'était plutôt Jed qui le lui donnait ; en retour, il semblait ne se focaliser que sur Jed, malgré le plaisir inédit qui le parcourait. Il penchait la tête pour l'embrasser, brusque et tendre à la fois, sauvage et affamé et pourtant tellement doux que Jed en avait du mal à respirer. Leurs muscles se contractaient, douloureux, mais continuaient à remuer dans leur besoin désespéré. Tout ne tournait pas autour de l'orgasme, le but n'était pas d'atteindre la fin. Ils ne voulaient – *Jed* ne voulait – qu'être aussi proches que possible. Se débarrasser de tout l'espace entre eux et de n'exister que l'un dans l'autre.

S'il avait pu durer assez longtemps, Jed aurait vendu le monde entier pour rester comme ça, à l'abri, satisfait, enfoncé en Redford, une moitié d'un tout. Mais le plaisir était trop intense ; la friction, la chaleur, la façon que Redford avait de se contracter, serré, et de frissonner et trembler autour de lui, tout le faisait gémir, submergé par les sensations. Il disait des choses, des mots au hasard et des bouts de phrases, des *je t'en prie* et *encore* et *ah* et *oh oui* ; le nom de Redford et toute une symphonie de prières, d'encouragements coquins et de surnoms tendres murmurés contre sa peau.

Redford jouit avec le nom de Jed sur ses lèvres, chacun de ses muscles se tendant lorsque l'orgasme le parcourut. L'espace d'un instant, il n'y avait plus rien, plus d'inquiétude ni d'hésitation, juste le plaisir le plus absolu. Tout le reste fut effacé par la sensation qui l'envahissait en cet instant. Mais il ne s'arrêta pas ; il lança un regard passionné à Jed et continua à bouger, plantant ses ongles dans le torse de Jed.

Bordel, il allait mourir. Jed Walker allait être tué par cet homme fantastique, sexy et létal. S'il avait pensé qu'il était beau avant, ou même terriblement sexy, ce n'était rien comparé à ce qu'il voyait maintenant : Redford le surplombant, abandonné à l'extase, l'emportant avec lui. Il ne pouvait pas résister ; en fait, il ne voulait même pas essayer. Tout son corps arqué, ses doigts empoignant les hanches de Redford, il jouit tellement fort qu'il vit des étoiles ; vraiment, des étoiles filantes d'un blanc éblouissant dans tout son champ de vision. Il s'était peut-être cassé quelque chose.

— Putain de merde, lâcha-t-il, haletant, assommé, étalé sur les draps, l'image vivante de la débauche. Bordel, mon ange. *Bordel*, c'était tellement bon. Tu es tellement *bon* !

— Je pense que le meilleur vient de toi, marmonna Redford, lui aussi hébété.

Lorsqu'il se rallongea, il fit attention à éviter l'épaule de Jed, se plaquant à ses côtés. Il tremblait encore, les muscles palpitants, et s'étira avec un petit son de contentement, fourrant son nez dans le cou de Jed.

— C'était…

Ne trouvant de toute évidence pas les mots pour exprimer ce qu'il ressentait, il se releva pour embrasser Jed, lentement, paresseusement, souriant contre ses lèvres. Il jeta un coup d'œil au bandage enveloppant l'épaule de Jed et sembla satisfait de voir qu'il était encore en place avant de se rallonger, enroulé autour de Jed.

— Peut-être qu'un peu d'exercice physique, ça ira, accorda-t-il.

Avec un sourire victorieux, Jed se contenta de fixer le plafond, son bras valide entourant les épaules de Redford.

— C'est ce que je disais. Rien de mieux qu'une petite partie de jambes en l'air pour faire circuler le sang.

C'était maintenant ; c'était le moment où il craquait et s'échappait. Il pouvait le voir clairement : en se tortillant un peu, il libérerait son bras, et de là il avait la voie libre jusqu'à la salle de bain ; ensuite, il déclarerait peut-être qu'il avait besoin de café ou autre chose et il pourrait sortir. Simple, facile. Il n'était jamais vraiment resté au lit avec quelqu'un, après tout. Pour ce qu'il en savait, ce n'était pas normal. Les mecs partaient, c'était comme ça. Tout le monde se cassait. Il y avait ce moment agréable post-orgasmique et, ensuite, c'était sauve-qui-peut.

Tournant la tête vers Redford, il ouvrit la bouche pour sortir son excuse. Pour s'enfuir. Sauf que Redford était parfaitement à sa place contre lui, sa joue appuyée contre son épaule. Sauf qu'il avait dans le regard cette satisfaction paresseuse, cette confiance, qu'il n'y avait jamais vu. Il aimait ça. Il voulait en voir davantage.

— Je ne sais pas comment gérer cette situation, admit-il à voix basse, les yeux froncés sous la perplexité. Rester. C'est juste… J'ai été avec pas mal de mecs, tu le sais. Mais il n'y a jamais eu *ça*, tu vois ? Il n'y a jamais eu un après, et je ne sais pas si je peux le faire.

Redford le regarda de ses grands yeux naïfs et posa sa main sur son torse.

— C'est simple, se contenta-t-il de dire. Reste.

Oui. *Simple*. La mâchoire serrée, Jed lança un dernier regard à la porte, se demandant comment il avait bien pu atterrir dans ce merdier.

Sauf que… Il ne partait pas. Alors même qu'il y pensait à moitié, il avait enlacé ses doigts avec ceux de Redford et s'était davantage enfoncé dans l'oreiller. Secouant la tête, il détourna le regard, comme si ça allait suffire à maintenir une certaine distance.

Ce n'était pas simple. C'était juste le seul choix qu'il avait. Il ne voulait pas s'en aller ; même si c'était terrifiant, énorme, un tournant effrayant, il ne voulait pas partir.

Alors, il ne partit pas.

XV

Redford

— ÇA NE fait que quatre semaines, Jed. Le docteur a dit qu'il ne fallait pas que tu conduises.

Redford se tracassait, il n'y avait pas d'autre mot. Il se tordait les mains et tournait autour de Jed ; vraiment, tracassé. Lorsque Jed lui avait fièrement montré une moto et dit qu'ils allaient la conduire… eh bien, il n'était pas vraiment censé bouger autant. Son épaule était toujours en train de cicatriser. Un mois à supporter Jed, plutôt mauvais patient, et maintenant ils se retrouvaient en bas de son immeuble, devant une moto qui avait l'air franchement intimidante.

— Tu pourrais te faire mal à l'épaule si tu l'utilises trop, continua Redford.

Il posa sa main sur une hanche, essayant de regarder Jed d'un air sévère. Celui-ci laissa échapper un sourire légèrement moqueur, relevant un coin de sa bouche, et se pencha pour embrasser doucement Redford. Puis il lui mit un casque sur la tête et son sourire s'agrandit, éblouissant.

— Tout à fait vrai, joli cœur. C'est exactement pour ça que c'est *toi* qui vas conduire.

— Je ne vais pas conduire, répliqua automatiquement Redford en levant les yeux pour regarder le rebord du casque qui descendait sur son front. Je ne sais pas conduire. De toute manière, j'ai lu que les motos sont très dangereuses.

Apparemment, Jed avait décidé de l'ignorer aujourd'hui. Il avait commencé à faire ça de temps en temps, en particulier lorsque Redford insistait pour qu'il mange des salades, ou rien de frit au petit-déjeuner. Balançant une jambe gainée dans son jean par-dessus la moto, Jed s'installa et tapota la place devant lui avec un air impatient sur le visage.

— Tu ne sais pas *encore* conduire, le corrigea-t-il. C'est pour ça que je vais t'apprendre. Allez, princesse, en selle !

Avec un regard peu convaincu vers la moto, Redford monta et s'installa avec difficulté sur la selle, devant Jed. Ils étaient serrés, pas comme dans une voiture : Jed était pressé contre son dos et il se demanda comment il était censé pouvoir se concentrer.

— Je ne sais même pas faire du vélo, remarqua-t-il, légèrement hystérique, tandis que Jed posait ses mains sur les siennes et leur faisait saisir les poignées.

Pourquoi faisait-il ça ? C'était entièrement la faute de Jed. En prenant soin de Jed le mois passé, en essayant de le faire se reposer et manger correctement, il avait rapidement appris qu'il pouvait être très persuasif. Tout ce qu'il avait à faire, c'était se rapprocher un peu trop de et lui sourire, et Redford était perdu. C'était pour ça qu'il se retrouvait sur ce véhicule extrêmement dangereux. Parce que Jed le lui avait demandé, et aussi parce qu'il avait mis un jean incroyablement serré aujourd'hui.

—Alors… qu'est-ce que je dois faire ? demanda Redford en regardant nerveusement Jed par-dessus son épaule.

Jed ne devrait-il pas porter un casque, lui aussi ? Toute cette situation était stressante. Mais Jed lui souriait avec cette expression tendre qu'il avait parfois. Il posa son menton sur l'épaule de Redford, se serrant un peu plus contre lui. Il enveloppait Redford de ses bras si facilement, tout son corps autour de lui comme une couverture en forme de Jed.

— D'abord, il faut y aller doucement avec l'accélérateur. Tu peux pas défoncer une moto. Il faut la séduire. La faire supplier.

— Est-ce que tu es en train d'essayer de m'apprendre à conduire une moto en comparant tout ça à du sexe ? demanda Redford avec dérision, mais il fit comme Jed le lui avait dit, tournant l'accélérateur avec attention.

La moto était toujours garée, la béquille bien en place contre le ciment, donc il ne se passa rien à part que le moteur se mit en marche, mais Redford émit un bruit de surprise étouffé lorsque la moto se mit soudain à vibrer. Il espérait vraiment que c'était normal.

— Comme ça ?

— Oh oui, lâcha Jed, appuyant encore plus ses hanches contre les fesses de Redford. Écoute mon bébé ronronner.

Redford imaginait qu'il parlait de la moto.

Pour essayer, il tourna un peu plus la poignée. Jed se serra encore plus contre son dos et Redford se demanda un instant pourquoi est-ce que Jed était si visiblement excité par cette situation. Il était un peu étrange parfois.

— C'est vraiment dangereux, répéta Redford, foudroyant les poignées du regard. Tu as de la chance que je t'aime.

Il y eut un long moment de silence, Jed soudain immobile derrière lui. Puis il se racla la gorge et se pencha pour allumer les phares, même s'il faisait grand jour. Il toucha à quelques boutons, l'air d'avoir besoin d'occuper ses mains.

Redford se rappela soudain que Jed ne réagissait pas très bien à ce mot. La dernière fois qu'il l'avait dit, il s'était enfui tellement vite qu'il avait presque oublié de mettre ses chaussures. Alors peut-être que son silence était un pas en avant. Un pas important, un de ces pas qui semblaient si petits. Tout était sans doute mieux qu'une nouvelle fuite. Il sentit Jed soupirer doucement dans son dos, comme si la tension s'évacuait de lui.

— Hé, Fido? dit Jed à voix basse, si basse qu'il l'entendait à peine contre son cou. Moi aussi, je t'aime.

ROBIN SAXON, a passé toute son enfance en Nouvelle-Zélande et vit à South Bend, dans l'Indiana, en concubinage avec Alex Kidwell. En dehors de l'écriture et de ses rêveries sur de nouvelles idées de romans, Robin joue à des MMO comme World of Warcraft, aime lire, dessiner, et s'occuper de leurs chats, Starsky et Hutch.

Robin aime aussi écouter du heavy métal lorsque leurs chats leur en laissent l'opportunité et lit de tout, des classiques comme Chaucer à de la littérature urbaine. Il cuisine également des repas végétariens et aime les infliger à Alex.

Si vous souhaitez contacter Robin Saxon, vous pouvez le faire via :

– Son blog : saxonkidwell.blogspot.com
– Facebook : www.facebook.com/robin.saxon.77
– Son adresse e-mail : robin_saxon@yahoo.com.

ALEX KIDWELL, geek et bibliophile par excellence, vit à South Bend, dans l'Indiana, en concubinage avec Robin Saxon. Alex se détend en tuant des dragons dans des MMO, écoute de la musique qui peut se chanter sous la douche et apprécie les programmes de la BBC.

À part l'écriture, ses loisirs comprennent le tricot, avec l'apprentissage du tricot en rond ; Alex estime que ses plans de chapeaux pour chats devraient être très bien acceptés par les félins de la maisonnée. Il apprécie également un peu trop les émissions de cuisine, mais ne possède qu'une seule casserole.

Si vous souhaitez contacter Alex Kidwell, vous pouvez le faire via :

– Son blog : saxonkidwell.blogspot.com
– Facebook : www.facebook.com/alexkidwellwrites
– Son adresse e-mail : alex.kidwell@yahoo.com

Par ROBIN SAXON

Avec Alex Kidwell : Lune de sang

Publié par DREAMSPINNER PRESS
www.dreamspinner-fr.com

Par ALEX KIDWELL

Avec Robin Saxon : Lune de sang

Publie par DREAMSPINNER PRESS
www.dreamspinner-fr.com

CŒUR
et avenir

Mary Calmes

www.dreamspinner-fr.com

www.ingramcontent.com/pod-product-compliance
Lightning Source LLC
Chambersburg PA
CBHW022147240626
47153CB00007B/2544